W0467322

CHRISTIANE TRAMITZ

Himmelsspitz

SCHICKSALSBERG Isabel macht sich Sorgen um ihre Tochter Lea. Die Achtjährige schlafwandelt und wird von heftigen Albträumen geplagt. Die Ärzte raten zu einem Urlaub in den Bergen. Zusammen mit Isabels Lebenspartner Horst machen sich Mutter und Tochter auf den Weg nach Fuchsbichl, einem kleinen Touristenort in den Ötztaler Alpen. Das Dorf liegt am Fuße des Himmelsspitz, dem Berg, den Lea im Fotoalbum ihrer Mutter entdeckt und der sie von da an nicht mehr losgelassen hatte. Ihr großer Traum ist es, einmal seinen Gipfel zu erklimmen. Für Isabel ist der Berg mehr als nur ein Urlaubsziel. Die Reise entwickelt sich für die Familie zu einer harten Auseinandersetzung mit der Vergangenheit, die auf mystische Weise mit dem Schicksal der Fuchsbichler Bergbauern verwoben ist. Sie stoßen auf Missgunst, dunkle Geheimnisse, zerbrochene Beziehungen – und tödliche Gewalt.

©2014 fotostudio-charlottenburg

Die SPIEGEL-Bestseller-Autorin Christiane Tramitz ist gebürtige Münchnerin. Große Teile ihrer Kindheit verbrachte sie jedoch in der Bergwelt Tirols. Sie studierte Sprechwissenschaften und promovierte am Max-Planck-Institut für Verhaltensforschung. Früh begann sie zu schreiben und veröffentlichte die Erkenntnisse ihrer Forschungsprojekte zum menschlichen Verhalten als erfolgreiche Sachbücher. Für ihre Reportage »Zerrupfte Paradiesvögel« erhielt sie den Karl-Buchrucker-Förderpreis. Christiane Tramitz ist Mutter von Zwillingen und lebt in Oberbayern.

CHRISTIANE TRAMITZ

Himmelsspitz

KRIMINALROMAN

GMEINER

Immer informiert

Spannung pur – mit unserem Newsletter informieren wir Sie regelmäßig über Wissenswertes aus unserer Bücherwelt.

Gefällt mir!

Facebook: @Gmeiner.Verlag
Instagram: @gmeinerverlag
Twitter: @GmeinerVerlag

MIX
Papier | Fördert gute Waldnutzung
FSC® C014496

Besuchen Sie uns im Internet:
www.gmeiner-verlag.de

© 2011 – Gmeiner-Verlag GmbH
Im Ehnried 5, 88605 Meßkirch
Telefon 07575/2095-0
info@gmeiner-verlag.de
Alle Rechte vorbehalten
1. Neuausgabe 2023

Lektorat: Claudia Senghaas, Kirchardt
Herstellung: Mirjam Hecht
Umschlaggestaltung: U.O.R.G. Lutz Eberle, Stuttgart
unter Verwendung eines Fotos von: © Eliasbilly / stock.adobe.com
Druck: GGP Media GmbH, Pößneck
Printed in Germany
ISBN 978-3-8392-0357-6

Personen und Handlung sind frei erfunden.
Ähnlichkeiten mit lebenden oder toten Personen
sind rein zufällig und nicht beabsichtigt.

DER MORD

Für einen kurzen Augenblick sah der Bub das schwarze Loch direkt vor sich. Aus der Tiefe roch es modrig. Noch einmal krachte der Deckel in seine Fugen zurück. Die Hand krallte sich in seinen Nacken und drückte ihn zu Boden. Er hörte Fluchen und schweres Atmen. Für einen kurzen Moment löste sich die Umklammerung. Schnell entwischen, dachte er, doch die Hand ergriff sein Bein und zog ihn zurück. Dabei bohrte sich ein Schiefer in seinen Schenkel. Weit offen stand der Deckel nun, das schwarze Loch lag vor ihm, gierig wie ein unendlicher Schlund.

Der Junge klammerte sich an die Jacke. Kurz fanden seine Finger Halt an einem Knopf. Dann riss der Faden. Ein starker Stoß in den Rücken ließ das Kind die steilen Stufen in die Tiefe stürzen.

Der schwere Deckel fiel zu Boden, Dunkelheit senkte sich über den Buben wie ein schwarzer Vorhang. Nur durch eine Ritze fiel, einem feinen Faden gleich, ein blasser Lichtstrahl. Auf allen vieren tastete sich der Junge die Stufen hinauf. Er hämmerte gegen das Holz des Deckels, von oben antwortete ihm schepperndes Lachen. »Verrat, wo'st den Zettel hast.«

Der Junge presste die Lippen zusammen. Er hörte den Mann die Treppe hinauf in den ersten Stock und dort auf und ab gehen. Dann kehrte er zurück. »Hast's dir überlegt?« Der Junge hielt sich die Ohren zu und schwieg.

Die Schritte wurden leiser. Eine Tür fiel ins Schloss.

Der Bub tastete sich die Wände entlang, spürte nichts als feuchte, glitschige Steine. Er ließ sich auf die kühle Erde nieder und rutschte von Ecke zu Ecke. Er fühlte den Lehm, ein paar Steine, und plötzlich: etwas Hartes, Rundes. Er kroch zurück zu den Stufen, um im fahlen Lichtstrahl zu betrachten, was er gefunden hatte.

Er lächelte. Ein letztes Mal.

Dann umklammerte er seine Knie und wartete.

Er wartete auf die Zeit, bis sie ihn finden mögen, und hoffte auf die Erinnerung, auf dass sie ihn nicht vergessen würden.

Es war so still, dass er hörte, wie Geister erwachten. Er fühlte, wie sie ihm Trost ins Gesicht hauchten, an sein Ohr schwebten und ihm Geschichten zuraunten. Von oben. Vom Himmelsspitz.

I.

Nicht die schwache Zunge darf's gestehen,
Nicht der Blick verstohlen zugesandt,
Was sich eigen hat das Herz ernannt,
Nicht im Seufzer darf's der Brust entwehen!

KAPITEL 1

Hamburg, 1960er-Jahre

»So, mein kleines Fräulein Lea«, sagte Horst zu dem Kind, »wir packen jetzt mal was Schönes für die Ferien ein. Spiele wie *Mensch ärgere Dich nicht*, *Malefiz* oder *ABC + Phantasie*.« Er lachte. »Ja, *ABC + Phantasie*, das passt am besten zu dir.«

Lea sah ihn kurz an, wie er ausgebreitet im Türrahmen stand. Sie musste sich bücken, als sie an ihm vorbeiging. Er roch nach Seife.

»*Mensch ärgere Dich nicht*«, sagte er und klopfte ihr auf den Hintern.

In ihrem Zimmer kroch Lea unter das Bett und zog einen bunten Spielzeugkoffer hervor. In diesen legte sie einen Malblock, in dem sich ein paar Zeichnungen befanden. Auf dem ersten Blatt sah man einen Mann mit Hut, auf dem zweiten war eine Kuh zu erkennen, auf dem dritten Blatt winkte ein lachender Junge vor einem großen Berg mit einem Tannenzweig. Lea sammelte ihre Stifte aus der Schublade und füllte sie in ein schwarzes Mäppchen. Dann holte sie ihr Tierlexikon aus dem Regal und blätterte darin herum. Unter vielen Tieren standen Namen. Sophie unter dem Zebra, Petra unter der Kuh, Mutter war der schöne Pfau, die Schlange hieß Luise.

»Hast du auch an deine Tabletten gedacht, meine Kleine?«, rief Isabel von unten. Lea nahm das Röhrchen und legte es zusammen mit dem Buch in den Koffer.

»Ja, Mama.«

»Isabel, pack doch bitte auch deine eleganteren Kleider ein, wir wohnen schließlich in einem schicken Hotel«, hörte Lea Horsts tiefe Stimme sagen.

Eine Stunde später hatten sie die Rollladen heruntergelassen, das Wasser abgedreht, die Türen abgesperrt.

»Einsteigen, meine Gnädigsten.« Horst öffnete die Türen seines blauen Opel Kapitän. »Los geht's in die Sommerfrische. Keine Schweinerei in meinem Auto!«, sagte er zu Lea und nahm ihr den Lutscher aus der Hand. »Der klebt. Das ist schließlich ein Neuwagen.«

Lea saß auf dem Rücksitz und betrachtete Horsts Gesicht von der Seite. Es erinnerte sie an ein Tier. An einen Vogel. Eine Eule, ja, an eine Eule mit Federohren und stechenden Augen. *Sie nähert sich dem Opfer geräuschlos. Nach einem kräftigen Tötungsbiss wird die Beute mit den kräftigen Fängen gewalkt, dabei werden die Flügel in der sogenannten Fangstellung weit über der Beute gespreizt*, las Lea in ihrem Tierlexikon.

Sie kramte in ihrer Tasche nach einem Stift und schrieb unter die Waldohreule: Horst.

Das monotone Geräusch des Motors und die leisen Gespräche der Erwachsenen, deren Inhalt sie nicht verstand, wirkten einschläfernd, und irgendwann trug ein Traum das Mädchen fort. Als sich Isabel umdrehte, sah sie, wie Leas Nase leicht zuckte.

Schönes Kind, schön und geheimnisvoll.

Das schwarze Haar lag über ihren Augen wie ein Schleier. Sie hatte das Gesicht ihres Vaters geerbt, die dunklen Augen, die markanten Züge trotz aller Kindlichkeit, der weiche, geschwungene Mund, der, wenn er geschlossen war, etwas Bestimmtes, Trotziges hatte. Isabel fuhr ihr über das Haar. Leas Augen zuckten bei der Berührung, und ihre Lippen bewegten sich.

»Sie spricht wieder im Schlaf. Horst, ich glaube, es ist gut, dass wir wegfahren. In letzter Zeit ist alles schlimmer geworden. Ihre Lehrer sagten mir, sie würde sich in der Schule immer mehr zurückziehen, auch von ihren Mitschülern.« Isabel hielt einen Moment inne und fügte dann leise hinzu: »Die meisten Sorgen mache ich mir wegen ihrer Träume. Sie müssen wirklich schrecklich sein.«

»Hör doch endlich auf, dir dein hübsches Köpfchen zu zerbrechen, sonst bekommst du am Ende noch diese hässlichen Sorgenfalten zwischen den Augen. Das wäre schade, wirklich, meine Süße.«

Horst legte seine Hand auf ihr Knie. »Dem Kind fehlt es an nichts anderem als an der Wirklichkeit. Verstehst du? Deine Tochter entzieht sich dem wahren Leben, und wenn du sie weiterhin in Watte packst, wird sie auch in ihrer merkwürdigen Welt bleiben mit all ihren Fantastereien und Träumereien.« Er lachte spöttisch. »Keine schlechte Welt eigentlich, im Gegenteil, eine durchaus angenehme, denn auf diese Weise kann sich das Fräulein allerhand herausnehmen. Diesen Urlaub zum Beispiel. Diesen Urlaub am Ende der Welt. Wem bitte haben wir den zu verdanken? Na?«

Er sah Isabel herausfordernd an. »Rücksichtnahme, Verständnis und Aufmerksamkeit fordert sie im Überfluss«, setzte er dann seine Ausführungen fort. »Von uns allen, von den Lehrern, dir und somit auch von mir. Lea hin, Lea her.«

»Horst, bitte hör auf«, bat Isabel.

»Oh nein, meine Liebe, das musst du dir schon anhören, so oft und so lange, bis du es verstanden hast, schließlich bin ich ja auch noch da in deinem Leben. Oder etwa nicht?«

Isabel biss sich auf die Lippen und schluckte das, was es zu sagen gäbe, hinunter.

Während Horst sich nun in einem seiner quälend langen Monologe erging, klebten seine Finger wie Saugnäpfe an ihrer Haut, Isabel spürte Feuchtigkeit und Widerwillen. Doch irgendwann flogen seine Worte an ihr vorbei wie die Landschaft. Flüchtig, kaum wahrgenommen, vergessen, bevor sie verletzen konnten. Eine dicke Fliege, die gegen die Windschutzscheibe klatschte, gelbliches Sekret, ein Flügel und Reste des zarten Rumpfes beendeten Horsts Beschwerden über Leas sonderbare Befindlichkeit. »Die ersten unangenehmen Vorboten des Landlebens«, zischte er durch die Zähne. Die Wischerblätter hinterließen eine helle schleimige Spur, über die sich Horst bis zur nächsten Tankstelle ärgern sollte. Was für ein wirkungsvoller Tod eines so kleinen Geschöpfes, überlegte Isabel. Eine Fliege lässt in dem sonst so kontrollierten Horst das Wutherz rasen. Nach einer kurzen Rast bei Frankfurt, bei der die Windschutzscheibe akribisch gesäubert worden war, der Ölstand kontrolliert – »lieber zu oft als zu selten«, hatte Horst konstatiert – und der Tank aufgefüllt worden war, ließ Horst den Motor kurz aufheulen. Dann atmete er tief und erleichtert durch.

»Tja«, sagte er, »nun herrscht endlich Klarsicht!« Seine Hand wanderte wieder auf Isabels Knie, und er setzte seinen Sermon fort: »Du kennst ja meine Meinung zu Leas Hirngespinsten.«

Isabel schloss die Augen. Sie ärgerte sich über sich selbst, sie hätte Leas Verhalten erst gar nicht zum Thema werden lassen sollen. Horsts Meinung zu Leas bizarrem

Benehmen war ihr keine Hilfe, sondern verstärkte ihre Ohnmacht. »Mehr Strenge«, pflegte er nämlich zu sagen, »meine Eltern hätten das nicht geduldet. Für Träumereien ist das Fräulein mit seinen acht Jahren zu alt. Mal einen ordentlichen Klaps, wenn Gnädigste so tun, als würde sie nicht zu unserer Welt gehören. Mal einen ordentlichen Klaps, wenn sie die Nachtruhe stört.« Und jedes Mal, wenn er das Wort Klaps aussprach, ließ er das Lenkrad los und klatschte sich auf seine Schenkel. »Klaps.« Klatsch.

Irgendwann, kurz vor Nürnberg, hatte Horst seine Gedanken in andere Bahnen gelenkt. Zufriedenheit machte sich breit, denn er entsann sich der Macht seines Opel Kapitäns. »Ah, wie der Wagen schnurrt. Isabel, meine Beste«, er tätschelte ihren Oberschenkel. »Wir werden das Kind schon schaukeln.« Dann fuhr er über ihr Bein, immer höher, bis er die Spitzen ihrer Wäsche spürte.

Isabel betrachtete das Treiben seiner fleischigen Hand, wie sie Besitz von ihr ergriff, mit dem blauen Siegelring, den glänzenden Manschettenknöpfen, der goldenen *Omega*. Und sie schauderte.

Wie sehr hatte sich ihre Welt verändert, seit Horst vor drei Jahren in ihr Leben getreten war. So vieles hatte sich ihr entfremdet, das Vertrauen, die Zuversicht, die Liebe, vor allem aber sie sich selbst, denn ihre einst eigenwillige, impulsive Natur hatte sich gewandelt in jene Biederkeit, die Männern wie Horst gefiel: feinste Wäsche, enge, elegante Röcke, hohe Schuhe, die wilden Locken gezähmt und hochgesteckt, Perlen in den Ohren und teure Ringe an den Fingern. Das schnelle Ende ihres ebenso leidenschaftlichen wie kurzen Abenteuers mit Leas Vater und die nachfolgende Verbitterung führten zur allmählichen Veränderung nicht nur ihrer äußerlichen Erscheinung, sie ließ auch ihre Seele erkalten. Bereit, alles zu geben, um nie mehr zu verlieren, wurde sie nach etlichen halbherzigen Affären zur kühlen Schönen an der Seite eines erfolgreichen Immobilienmaklers, der, so schien es zumindest, seine große Erfüllung darin fand, Isabel, *seine Isabel*, attraktiv und gut versorgt zu sehen.

Seine Hand mühte sich ab, als sie Isabels Beine auseinanderspreizte. Auf seinem Gesicht bildete sich feuchter Glanz. Horst steuerte den Wagen auf die rechte Fahrbahn.

Isabels Augen blickten starr nach vorn, als suchten sie am Horizont nach Bedeutsamkeit, in ihrem Gesicht lag Anstrengung, ihre Sinne spürten nichts, sie waren den Gedanken tief ins Innere gefolgt. Die Autobahn war leer, offizieller Ferienanfang war erst in einem Monat, doch die Schule hatte Lea auf Empfehlung ihres Therapeuten schon ein paar Wochen früher vom Unterricht befreit.

»Was ist bloß mit Ihrem Kind los?«, hatten die Lehrer gefragt. »Lea macht uns langsam Sorgen. Sie beteiligt sich immer weniger am Unterricht, träumt nur, und in letzter Zeit schläft sie auch noch öfters ein. Während der Schulpausen steht sie im Abseits. Merkwürdig, Ihr Kind, sehr merkwürdig. Sie sollten mal einen Arzt konsultieren!« Mit ihren Beobachtungen hatten die Lehrer bestätigt, was Isabel seit einiger Zeit mit Sorge selbst bemerkt hatte: Leas Verhalten wurde immer befremdlicher.

Vor einem Jahr begannen dann auch noch die nächtlichen Unruhen. Zunächst schlief Lea nur schlecht ein und wachte in der Nacht öfter auf. Irgendwann fing sie damit an, mit ihrem Kopf in die Kissen zu schlagen, bis sie halb bewusstlos in einen kurzen Schlaf fiel, aus dem sie dann ein Albtraum riss. Schließlich begann sie auch noch schlafzuwandeln.

Früher hatte Isabel mit ihr geschimpft, wenn Lea nachts umhergeirrt war, vor allem, wenn sie dabei das Haus verlassen hatte und im Garten umhergeschwebt war wie ein Geist, unheimlich, aschgrau, mit starrem Gesicht und geweiteten Augen. Oft erwachte sie an den seltsamsten Örtlichkeiten, mal im untersten Regal des Bücherschranks, mal im Badezimmer unter dem Waschbecken oder im Garten neben der Gießkanne. Eine Zeit lang hatte Isabel die Kinderzimmertür abgesperrt, dann aber ließ Lea die Furcht vor Enge nicht einschlafen, und sie weinte ohne Unterlass. »Meine Kleine, wie kann ich dir nur helfen? Ich bin so ratlos«, hatte Isabel geklagt, und Horst hatte mit noch mehr Strenge gedroht, als Lea ohnehin von ihm bereits erfuhr. Als Lea auch noch begann, laute Schreie durch die Nacht zu schicken, sodass man in der Nachbarschaft munkelte, das Kind sei nicht ganz normal, und die Lehrer zunehmend ungehaltener wurden, weil das Kind in der Schule schlief, anstatt aufzupassen, konsultierte Isabel Doktor Henning, den besten Psychologen Hamburgs, wie Horst versichert hatte.

»Es tut mir leid, was ich Ihnen nun mitteilen muss«, sagte Doktor Henning nach der ersten Sitzung mit Lea. »Aber Ihre Tochter leidet unter sämtlichen Formen der *Parasomnien*, angefangen von *Jactatio capitis nocturna*, dem Kopfschlagen, bis hin zu *Somnambulismus*, auch Schlafwandeln genannt. All das weist darauf hin, dass Lea von Problemen gequält wird, die sie am Tag nicht bewältigen kann. Ahnen Sie, um welche Sorgen es sich dabei handeln könnte?«

Isabel schüttelte den Kopf.

»Dann müssen wir das Geheimnis Ihrer kleinen Tochter eben knacken. Zusätzlich soll sie vorläufig mal abends ein paar beruhigende Tabletten einnehmen«, beschloss er und notierte sich die weiteren Sitzungstermine in seinen Kalender.

Lea mochte die Stunden bei ihm nicht besonders leiden. Henning stellte nämlich viele Fragen, die sie nicht beantworten konnte und wollte.

Schließlich ließ er sie Bilder malen. Weil auf beinahe jedem, egal, ob sie eine Familie oder Tiere zeichnete, auch ein Berg zu sehen war, zu dessen Gipfel ein kleiner Weg führte, war Henning davon überzeugt, der Berg stünde in enger Verbindung zu all den wirren Nächten.

Und so begann er seine Fragen auf den Himmelsspitz zu konzentrieren. Zu diesem Zweck breitete er alle gemalten Bilder auf einem großen Tisch aus und eröffnete die Therapie stets mit dem gleichen Satz:

»Hier haben wir also viele schöne Himmelsspitze! Himmelsspitz, schöner Name für einen Berg. Warst du schon mal in den Bergen, Lea?«

Lea schüttelte den Kopf.

»Also warst du auch noch nie auf dem Himmelsspitz, hab ich recht?«

Wieder schüttelte sie den Kopf.

»Liebe Lea, willst du mir verraten, woher du den Himmelsspitz kennst?«

»Von einer Postkarte«, antwortete das Kind.

»Warum gefällt dir denn der Berg so gut?«

Lea zuckte mit den Schultern. »Ich weiß nicht.«

»Überleg mal. Was ist das Besondere an dem Berg?«

»Nichts«, wiederholte Lea. »Nichts.«

Henning seufzte. Irgendwann, nach der fünften oder sechsten Sitzung, nahm er einen Radiergummi in die Hand und sagte:

»Gut, wenn der Berg nicht wichtig ist, dann können wir ihn ja aus dem Bild entfernen. Ja?« Und er begann, mit ungeduldigen Bewegungen die Zacken des Berges wegzuradieren, bis Lea kaum hörbar flüsterte:

»Weil er bis zum Himmel geht.«

Henning hielt inne und legte den Radiergummi zur Seite. »Soso, bis zum Himmel. Hm, und dieser Weg, den du hier«, dabei zeigte er auf all die Pfade, die ausgebreitet vor ihnen lagen, »immer so schön malst, der führt also in den Himmel?«

Lea wusste keine Antwort. Sie hatte nicht die leiseste Ahnung, wohin der Pfad sie führen würde, nur, dass er in ihren Träumen stets schrecklich unwegsam war, gespickt mit garstigem Gebüsch, an dem spitze Dornen saßen und auf sie warteten, um ihr Gesicht, Beine und Arme zu zerkratzen. Sie musste sich ducken und wie ein Wurm über den Boden kriechen, derart dicht waren die Äste gewachsen. Käfer und Würmer begleiteten sie auf dem Pfad. Kleine Vögel hüpften neben ihr auf dem Boden. »Weiter, weiter, kleine Lea«, zwitscherten sie ihr aufmunternd ins Ohr. Die ersten Meter dieses Pfades verliefen immer gleich, doch endete er an unterschiedlichen Stellen seines Verlaufs. Mal gelangte Lea zur Biegung, bei der das Geröll begann, mal bis zu jener Stelle, an der links am Rand der dichte Moosteppich wuchs. Einmal, und in dieser Nacht war sie besonders weit gekommen, befand sie sich auf etwas, das wie eine Hängebrücke aussah. Weil diese so furchterregend hin und her wackelte, dass Lea drohte, das Gleichgewicht zu verlieren und in den reißenden Fluss unter ihr zu stürzen, umklammerten ihre Hände die Seile, welche links und rechts gespannt waren, bis die Finger bluteten. »Nicht fallen, nicht fallen«, krähten die pechschwarzen Raben, die neben ihr durch die Lüfte wehten. Doch als ein heftiger Windstoß die Brücke erfasste, sie aus den Felsangeln riss und durch die Luft schleuderte, dass Lea verloren dem Himmel entgegensegelte wie die großen Todesvögel, durchzuckte es ihren Körper, und sie schrie aus vollen Kräften, bis Isabel und Horst aus dem Haus gestürmt kamen und sie von der Gartenschaukel zogen.

Ja, so endete der Pfad stets.

»Vielleicht führt der Weg tatsächlich in den Himmel«, murmelte Herr Henning und kratzte sich bedächtig am Bart. »Möchtest du denn in den Himmel?«, fragte er schließlich.

»Ich bin doch nicht tot«, antwortete Lea. Henning seufzte wieder.

Schwerer Fall, dachte er und schrieb ein paar Notizen in sein dickes Patientenbuch.

Nach ein paar Wochen Therapie bat Doktor Henning Isabel in seine Praxis.

»Ich denke«, hob er an, »Ihre Tochter braucht Ruhe. Ruhe und einen Ortswechsel. Fahren Sie doch mit ihr in die Berge, am besten so bald wie möglich«, riet er.

»Die Berge? Warum ausgerechnet dorthin? Worunter leidet meine Tochter, haben Sie denn eine leise Ahnung, Herr Doktor?«, fragte Isabel.

»Das weiß ich nicht, ich weiß auch nicht, ob sie überhaupt leidet. Ich fühle nur, dass ein Teil ihrer Gedanken mit einem Berg zu tun hat. Ihre Tochter malt in den Sitzungen auffallend häufig einen Berg. Dieser Berg hat stets die gleiche Form mit seinem zackigen Gipfel.«

»Ah, der Himmelsspitz!« Isabel lächelte kurz.

»Was hat es mit diesem Berg auf sich?«

»Nichts Besonderes, Lea kennt ihn von einer alten Postkarte aus meinem Fotoalbum.«

»Wo liegt denn dieser Berg?«

»Irgendwo in Österreich, glaube ich zumindest.«

»Waren Sie denn schon mal dort?«

»Nein, ich kenne den Berg nur von der Postkarte, die mir ein alter Schulfreund geschenkt hatte.«

»Ich denke, das wäre doch für Ihre Tochter eine nette Überraschung, was meinen Sie? Überlegen Sie es sich doch einmal.«

Isabel versprach, sich den Vorschlag durch den Kopf gehen zu lassen. »Gut, vielleicht haben Sie ja recht, vielleicht tun ihr die Berge wirklich gut«, sagte sie.

»Ich habe noch eine Frage an Sie«, sagte der Psychologe. »Leas Vater, Sie erzählten mir, sie würde ihn nicht kennen.«

»Stimmt, sie kennt ihn nicht.«

»Fragt sie nicht häufiger mal nach ihm?«

»Manchmal. In den letzten Jahren aber immer seltener.«

»Wo ist denn ihr Vater?«

Isabel zuckte mit den Schultern. »Ich weiß es nicht. Bitte fragen Sie nicht weiter.«

»Und was haben Sie dem Kind über ihn erzählt?«

»Nun ja, nicht viel. Sie weiß, dass er Tiere liebte. Und die Tiere ihn.«

»Mehr nicht? Hat Lea nie gefragt, wo ihr Vater ist?«

»Doch, ich habe Lea erzählt, dass ihr Vater ein Reisender war. Und dass er auf einer Reise war, auf der ich ihn nicht begleiten konnte.«

»Sie sprechen in der Vergangenheit von ihm.«

»Stimmt. Er ist Vergangenheit.«

Als sie die Praxistür hinter sich geschlossen hatte, fühlte sich Isabel elend, denn mit einem Schlag war sie wieder da, die Erinnerung. Von nun an würde sie Regie führen, die Dramaturgie bestimmen, die Worte wählen, die Gefühle dirigieren – und Isabel zu einer Statistin werden lassen, in einem Stück, dessen Ende noch nicht geschrieben war.

Horst hatte sich von dem Urlaubsziel alles andere als begeistert gezeigt. Die Bergwelt lag ihm nicht besonders, er zog das Wasser und die Wärme, insbesondere aber den Luxus vor. »Gibt es denn da überhaupt gute Hotels?«, hatte er zweifelnd gefragt. »Ich meine, den ganzen Sommer irgendwo zwischen Kühen und Schweinen zu verbringen, das muss wirklich nicht sein. Und dann auch noch zu diesem Himmelswitz oder Himmelsspitz oder wie auch immer der heißen mag. Warum ausgerechnet dieser Berg?«

Doch irgendwann gab er dem Drängen Isabels nach und willigte ein, mit ihr und Lea einen Sommer lang in die Bergwelt zu reisen, und zwar in jene, die für das Kind eine besondere Überraschung bedeuten würde.

Die Lage des Himmelsspitzes zu eruieren, war für einen findigen Mann wie ihn nicht schwer. Ein Anruf beim *Alpenverein* hatte genügt. Vom örtlichen Touristenbüro ließ sich Horst Prospekte und Reiseführer dieser Gegend kommen, aus denen er abends, wenn alle beim Essen saßen, vorlas.

»Mitten in der imposanten Gebirgslandschaft liegt der Höhenluftkurort. Er ist infolge seiner sonnigen Lage das beliebte Urlaubsziel aller Erholungssuchenden. Schöne Spaziergänge in den umliegenden Wiesen und Waldhängen und in die blumigen Almlandschaften über der Waldgrenze sind die Anziehungspunkte für den Ruhesuchenden, das weite Berg- und Gletschermeer das Ziel der Bergstürmer.«

Er zwickte Lea in die Wange. »Na ja, mal sehen. Stürmen muss ja nicht sein.« Dann las er weiter.

»Gemütliche Gasthöfe, moderne Hotels und Tanzcafés sorgen für gute Unterkunft und Geselligkeit. Ein Tennisplatz und ein modernes Schwimmbad sind im Bau.«

Er hatte kurz innegehalten. »Meine Güte, in diesen modernen Zeiten noch kein Schwimmbad, da sagen sich ja Fuchs und Hase gute Nacht. Da ist wohl die Welt zu Ende.«

Ein Lastwagen überholte hupend. Isabel sah den Beifahrer aus dem Fenster winken. Er lachte, eine Zigarette im Mund. Horst zog seine Hand zurück, sie hatte sich weit vorgetastet, weiter, als es für die Augen anderer bestimmt war. Verlegen räusperte er sich und bedeckte Isabels Bein mit ihrem Rock. Dann trat er energisch auf das Pedal und lenkte seinen Kapitän auf die Überholspur.

Der Tag begann zu dämmern, die Reisenden schwiegen, Horst gegen die Müdigkeit kämpfend, Isabel in abgrundtiefen Gedanken versunken. Lea, die kurz hinter Nürnberg erwacht war, blätterte still in ihrem Tierlexikon, auch dann noch, als der Wagen schließlich in die Nacht eintauchte und es noch finsterer wurde in seinem Innenraum. Das Mädchen strich über die Seiten, als könnte sie mit ihren Fingern sehen. »Mein Schatz, geht es dir gut?«, fragte Isabel.

Das Kind nickte. »Ja, es geht mir gut.« Inzwischen befanden sie sich vor den Toren Münchens, was Horst in ausnehmend gute Laune versetzte. Er freute sich auf das Abendessen. »Vom Allerfeinsten, mein Goldschatz, vom Allerfeinsten. Ich kenne die Küche vom *Vierjah-*

reszeiten gut. Da haben wir öfter unsere Geschäftsessen. Isabel, Isabel, mein Goldschatz, du sagst seit über einer Stunde kein Wort. Hast du mir überhaupt zugehört? Wir nächtigen in einem der besten Hotels Münchens. Meine Goldstücke«, er wandte sich zuerst zu Isabel, dann zu Lea, »genießt das Essen, genießt das Bett, denn ab morgen beginnt das raue Landleben. Am Ende der Welt.«

Dann lachte er schallend.

KAPITEL 2

Fuchsbichl, 40er-Jahre

Alles begann an einem eigentlich fröhlichen Tag, am Tag des Schützenfests.

Es geschah hoch oben in der Bergwelt, in einem Weiler, der sich Fuchsbichl nennt und damals aus nur acht Höfen bestand. Zur Geistlichkeit, zum Doktor, zur Schule, zum Telefon, zu wichtigen Lebensmitteln wie Zucker, Salz und Getreide verband die Dorfbewohner nichts als ein Pfad.

Unten, vom Tal aus, führte er zunächst steil nach oben durch einen dichten Wald, dann kam eine ebene Lichtung, in deren Mitte eine Bank stand, für die Alten und

Kleinen zur Rast, wenn sie sonntags in die Kirche gingen. Daneben hatte man ein Marterl aufgestellt, an dem eine blecherne Vase mit frischen Alpenrosen befestigt war sowie eine Tafel, auf der stand:

Hier wurden vom Dunder derschlagen
Drei Schaf, a Kalb und a Bua
Herr, gib ihnen die ewige Ruah.

Der Pfad stieg wieder an, man verließ den weichen Boden und kletterte über glitschige Steinstufen weiter nach oben. Nach der Linkskurve vernahm man den Wolfsbach. Zuerst ein entferntes Rauschen, dann ein Poltern, und wenn man zur Brücke kam, hörte man sein eigenes Atmen nicht mehr, denn es verschwand im Tosen der schäumenden Wassermassen.

Hinter dem Bach erinnerte eine Pestsäule an noch schwerere Zeiten, als es die gegenwärtigen ohnehin waren.

Es ging die feuchte Wolfsschlucht entlang, von deren Felsen das Wasser in langen, gläsernen Fäden tropfte, die sich in der Tiefe zu einem durchsichtigen Vorhang verknüpften. Es roch nach Moos.

Hinter der nächsten Biegung war Stille. Der Lärchenwald kündigte die Nähe des Weilers an. Sobald sich die Zweige lichteten, sah man Bergwiesen. Am Waldesrand konnte man sich auf eine Bank setzen, die zweite auf dem Pfad, denn man war inzwischen eine Stunde unterwegs.

Fast jeder der seltenen Wandersleute nahm auf ihr Platz, denn der Anblick, der sich ihnen bot, war berauschend. Sanftheit inmitten der schroffen Bergwelt. Umgeben von schneebedeckten Gipfeln, an denen weiße Wolken wie Sahnehäubchen hingen, lag der Weiler in einem hügeligen

Hochtal. Aus der Ferne wirkte der Ort schlafend, so als hätte die Zeit ihn vergessen. Seit Langem. Die Vergangenheit hatte die Gegenwart im Griff, und niemand glaubte, die Zukunft würde anderes versprechen. Und würde aus den Kaminen kein Rauch aufsteigen, hielte man das alles für das Gemälde eines liebestrunkenen Malers.

Von Weitem wirkten die Höfe wie hölzerne Spielzeughäuser, zerbrechlich und schief. Ihre Dächer waren mit Schindeln gedeckt, an den Wänden lag Holz geschichtet, darüber hingen Rechen, Sensen, Heustangen und Körbe. Vor jedem Haus, eingezäunt von Holzpfählen, hatte man Gemüsebeete angelegt. Es wuchsen Bohnen, Salat, Schnittlauch, Petersilie und allerlei Heilkräuter wie Salbei, Wermut, Baldrian und Ringelblumen. Die Kartoffeläcker und kleine Getreidefelder lagen hinter den Häusern. Die Stallungen befanden sich auf der Bergseite. Von ihnen aus führten eingezäunte Wege durch die Wiesen hoch in den Bergwald.

Das erste Haus gehörte dem Oswin Kneisl. Es wirkte etwas heruntergekommen, auf dem Balkonboden fehlten ein paar Bretter, einige Fensterläden hingen schief in ihren Angeln. Im mittleren Fenster des oberen Stockwerks war eine Scheibe zerbrochen. An der verwitterten Hauswand konnte man ein paar Heilige erkennen, die vor allerlei Gefahren schützen sollten.

Im Stall standen nur noch zwei Kühe, und die Hühner, die im Boden rund ums Haus scharrten, hatten auch bessere Tage gesehen.

Der Sohn vom Oswin war im Krieg gefallen, die Tochter hatte ins andere Tal geheiratet, und die Frau Kneisl hatte längst der Tod heimgesucht, den Oswin nun mithilfe selbst gebrannten Schnapses herbeitrank. Wenn die Sonne schien, saß er auf der Bank vorm Haus. Die Wärme tat seinem Rheuma im Buckel gut, den er seit seinem 16. Lebensjahr hatte. Schien die Sonne nicht und kam die Kälte, schmierte er Katzenfett auf die schmerzenden Stellen.

Er trug einen dichten, borstigen Bart. Aus seiner Nase wuchsen störrische Haare, vom Tabak dunkelgelb verfärbt. Der alte Kneisl schnupfte seit seinem 14. Lebensjahr. Den ersten Tabak hatte er dem Vater geklaut und in einer selbst geschnitzten Dose aus Birkenholz aufbewahrt. Das Tabakstehlen war sein harmlosestes Delikt gewesen. Seine wahre Leidenschaft hatte nämlich von jeher dem Wildern gegolten. Er schoss auf alles, was sich im Bergwald bewegte, Gämsen, Rehe, Füchse und manchmal auch auf streunende Katzen. Die Kadaver weidete er an verborgener Stelle aus, die Katzen aß er selbst, das andere Fleisch verkaufte er an hungrige Soldaten, die die Bergwälder durchstreiften.

Auf diese Weise verdiente er etwas Geld, das er am Sonntag im Tal verzechte.

Das Wildern hatte seine Seele derart im Griff, dass er auf jeden Schatten zielte, den seine Augen ausmachen konnten, ohne zu wissen, ob dieser zu einem Menschen- oder Tierkörper gehörte. So war es einmal zu einem schrecklichen Jagdunfall gekommen, wie es später im örtlichen Anzeiger hieß. Oswins Kugel traf aus Versehen einen verirrten Landstreicher, dessen Tod niemand bemerkt hatte, bis eine Mure seine von Füchsen und Dachsen abgeknabberten Knochen ins Tal schleuderte, wo sie von einem Wanderer gefunden wurden. Anhand der blechernen Erkennungsplakette aus dem Ersten Weltkrieg, die an einem Knochen baumelte, konnte man ihn identifizieren. Oswin als Täter ausfindig zu machen, das war jedoch nicht möglich. Und so blieb der alte Kneisl sein Leben lang sein einziger Zeuge. Fast. »Herr, es war doch nur ein Versehen«, beichtete er nämlich dem Herrgott und zündete für die arme Seele jeden Sonntag in der Kirche eine Kerze an.

An jenem ereignisreichen Tag des Schützenfestes war Oswin nachmittags bereits derart betrunken, dass er die turbulenten und tragischen Ereignisse auf der Bank vor seinem Haus verschlief.

Hinter dem Kneislhof lagen drei Gehöfte, deren Bewohner nicht unmittelbar in die Geschichte involviert waren, deren Namen folglich nichts zur Sache tun.

Hatte man diese Höfe hinter sich gelassen, gelangte man zum bescheidenen Häuschen des Fertl Granbichler.

Fertl lebte allein, heiraten hatte er nie gewollt. Von Geburt an war er zart, schwächlich und häufig krank. Den weiten und beschwerlichen Schulweg ins Tal schaffte er nur selten, deswegen unterrichtete ihn seine Mutter selbst, die die Tochter eines bekannten Dichters war und ins Granbichlersche Bauernleben eingeheiratet hatte.

Fertl liebte die Künste, das Schnitzwerk, mit dem er sich seine paar Groschen verdiente, und die Dichtung. Im Weiler hieß es, er habe sich seine Frau geschnitzt. Sie stand in der Stube, unter dem Kruzifix, in festlicher Tracht und mit einem schönen goldenen Haarkranz. Daneben hing in einem selbst geschnitzten Rahmen der Spruch:

Nun wird es still, und tiefe Einsamkeit
Wogt hin und her. Das Lüftchen, das noch wehte,
Wo ist es? Steh'n hier stille Welt und Zeit?
Ja, Berge steh'n: doch ach, Bestand erflehte
Kein Mensch, hin fährt er, wie an Alpenzinnen
Die Wolken lautlos zieh'n und stumm zerrinnen.

Seine Tage verbrachte Fertl in der Werkstatt hinterm Haus, einem dunklen Raum, der vollgestopft war mit allerlei Holzsachen zum Richten oder Kaufen: Stubengetäfel, Treibkübel zum Buttern, Kasten, Truhen, Stühle, Kraxen und Besenstiele. In der Ecke türmte sich Gehölz, vor allem das der Zirbenkiefer, aus dem er Schüsseln und Teller drehte. In einem Regal lagen kleine, kunstvoll geschnitzte Holzfiguren. Der Boden war mit Sägespänen übersät. Am Fenster stand ein Schreibpult mit einer kleinen Lampe. Dort las und schrieb der Fertl Gedichte und Geschichten.

Bei den Fuchsbichlern galt der junge Granbichler als Sonderling. Wenn die Bauern kamen, um ihm ihre Sachen zur Reparatur zu bringen, wechselten sie nur wenige Worte mit ihm: »Fertl, geht's gut? Was macht die Schnitzerei?« Seine Antworten waren stets karg: »Das Leben werd's zeigen.«

Die Einzige im Ort, die früher, als sie beide noch klein waren, sprudelnde Worte aus seinem ansonsten verschlossenen Mund hatte vernehmen dürfen, war Agnes, die Tochter des Kraxnerbauern. Sie war so alt wie er und brachte täglich den Schulstoff aus dem Tal mit. Doch das Lesen, Schreiben und Rechnen beherrschte Fertl viel früher als all die anderen Kinder. Und während diese auf ihren Schultafeln noch das ABC kritzelten, saßen Fertl und Agnes in der Tenne. Fertl hielt das große Balladenbuch, das er aus einer Truhe seiner Mutter genommen hatte, auf seinen Knien und las vor. Agnes lag bäuchlings im Heu und wippte ungeduldig mit den Füßen, wenn er zwischendurch anhielt und fragte: »Soll ich weiterlesen?«

Als Agnes' Brüste wuchsen und sich die Männer den Kopf nach ihr zu verdrehen begannen, meinte ihr Vater, der Kraxnerbauer, es würde sich nicht schicken, wenn sie ihre Zeit unsinnig mit Büchern verbrächte, heimlich in der Tenne und noch dazu mit einem Mann wie dem sonderbaren Fertl.

Folgte man dem Pfad ungefähr zehn Meter weiter die Hügeltreppe hinauf, stand rechts eine Kapelle, erbaut im Jahr 1750.

O Maria sei gegrüßt!
Mutter voll der Gnaden bist.
Bitt für uns bei Deinem Sohn,
bis wir steh'n vor Gottes Thron.

Dies stand über der Eingangstür geschrieben.

Während des Ersten Weltkriegs hatte sich der kleine Fertl dort drei Tage lang versteckt, nachdem italienische Soldaten über den Weiler hergefallen waren und dabei Mutter und Vater Granbichler erschossen, weil sie sich geweigert hatten, das Versteck für die letzten Lebensmittel zu verraten, die die Familie noch hatte.

Fertl war so zart und dünn, dass er genau hinter die geschnitzte Skulptur der Heiligen Maria passte. Wo er seine spätere Liebe für Figuren und Schnitzereien entdeckt haben musste, darüber rätselte kein Fuchsbichler mehr.

Für Fertl stellte sich am verhängnisvollen Tag des Schützenfestes die wichtigste Frage seines Lebens: Hätte er den unguten Verlauf der Ereignisse verhindern können?

Robert Granbichler war der ältere Bruder von Fertl. Er bewohnte den Hof, der links hinter der Kapelle stand. Robert war Schäfer und hatte früher eine stolze Herde von über 50 Schafen besessen, die er jeden Sommer über das Sauner Joch ins benachbarte sonnige und fruchtbare Sulztal trieb. Dort ließ er seine Tiere drei Monate auf den satten Wiesen weiden und brachte sie zurück, bevor der erste Schnee fiel.

Eines späten Tages sah er in der Einsamkeit des Sauner Jochs eine junge Frau auf einem Stein sitzen. Bibel und Rosenkranz in den Händen, den Kopf gesenkt, schien sie ins Gebet vertieft. Sie trug dunkelrote, dichte Zöpfe und grünen Loden. Neben ihr lagen ein Rucksack und ein Hütehund, den Kopf zwischen den Vorderpfoten.

Robert rief ihr von Weitem zu.

»Hallo, Fräulein, was machen Sie hier so allein?« Der Hund erhob sich, schüttelte sein zerzaustes Fell und wedelte freudig mit dem Schwanz. Doch die Frau rührte sich nicht, und als er näher kam, sah er, dass sie ihre Augen geschlossen hielt.

»Grüß Gott, wohin des Weges?«, fragte er sie.

Weil seine Worte nicht gehört wurden, berührte er die Betende an der Schulter, woraufhin ein Blitz sie durchzuckte, den Gott nicht heftiger vom Himmel hätte schleudern können. Sie stieß einen stummen Schrei aus, so jedenfalls schien es ihm, als er ihren weit geöffneten Mund sah. Die eine Hand hielt sie schützend vor die

Augen, die andere griff in das Fell des Tieres. Es dauerte eine Weile, bis sich die junge Frau beruhigt hatte.

»Ich tu Ihnen nichts, ich wollt Sie nur fragen, ob ich helfen kann. Was machen Sie hier so allein? Es wird bald dunkel. Ich bin übrigens der Robert.«

Doch die Frau schwieg. Nur ihre moosgrünen Augen sprachen in einer betörend schönen Sprache, und irgendwann verstand der junge Granbichler, dass es für die Unbekannte keine andere Sprache gab.

Auf einem kleinen Block, der in ihrer Joppentasche steckte, schrieb sie alles auf.

Ihr Name war Cilli. Sie hatte sich auf ihrer Wanderung nach Sankt Hedwig, einem Wallfahrtsort im Sundertal, verirrt. Sie war auf dem Weg zu Gott, wollte ihn bitten, ihr endlich eine Sprache zu verleihen, auf dass die Menschen sie verstünden.

Die Fuchsbichler schüttelten heimlich den Kopf, als Robert eine Taubstumme ehelichte. Doch dieser war so voller Liebe und Gefühl, dass es keiner hörbaren Worte bedurfte. Gott hatte Cillis Flehen wohl gehört, denn er schenkte dem Ehepaar eine stumme Sprache, die aus dem Herzen kam.

Bis auf 20 Stück verkaufte Robert all seine Schafe, damit er bei seiner Frau bleiben konnte, anstatt die Hälfte des Jahres über die Bergkämme ziehen zu müssen. Bevor der erste Schnee kam, trieb er die kleine Herde von den Almwiesen hinunter zum Weiler, wo sie die Angerwiesen der Höfe abgrasten. Halm für Halm, besser als jede Sense. Wenn die Wiesen einem Teppich glichen, kamen die Schafe in den Stall und wurden geschoren.

Cilli spann die feinste Wolle des Tals. Aus dem Garn strickte sie Kniestrümpfe und Handschuhe, Pullover, einfach alles, was man für die Wärme brauchte. Außerdem war sie eine Meisterin des Klöppelns, ihre Spitzen aus weißem Zwirn fand man ebenso wie ihre Strickwaren überall auf den Märkten, sogar im fernen Meran und Bozen.

Nach zwei Jahren endlich begann sich Cillis Bauch zu wölben.

»Einen strammen Jungen könnten wir gut brauchen auf dem Hof«, freute sich ihr Mann. Cillis Hand beschrieb ein Fragezeichen in der Luft.

»Woher ich wissen will, dass es ein Bub wird?« Robert berührte ihren Bauch.

»Cilli, ich spüre ihn, da drin ist mein Sohn.« Jeden Abend legte er seinen Kopf auf ihren Leib und lauschte dem ungeborenen Leben. Als es nach ein paar Monaten im Bauch zu strampeln und stoßen begann, sprach er zu seinem Kind die liebevollsten und zärtlichsten Worte, deren er mächtig war. »Wer weiß, vielleicht hört er mich schon«, sagte er zu seiner Frau, wenn sie ihn lächelnd ansah. Als ihr Bauch einen ordentlichen Umfang erreicht hatte, wurden für Robert die Tage und Nächte des Wartens schwerer.

»Unser Sohn, heute kimmt er, Cilli, sicher, heute kimmt er«, sagte er jeden Morgen aufs Neue. Er sorgte dafür, dass allzeit warmes Wasser auf dem Herd stand und saubere Tücher im Schrank geschichtet waren.

Doch es kam anders.

Cillis Bauch wuchs ins Endlose. Bald hatte er einen Umfang erreicht, wie ihn noch keiner im Weiler bei einer Schwangeren je erlebt hatte.

»Jesus Maria, Robert, wann kommt das Kind denn, ist doch an der Zeit?«, fragten sie den werdenden Vater. »Mein Sohn wird halt ein kräftiger«, hatte dieser anfangs noch erwidert. Doch bald wurde auch ihm angst und bange, denn Cilli war kaum mehr in der Lage, sich zu bewegen, ihre Atmung wurde schwer, und die wassergeschwollenen Beine schmerzten. So legte er eines Morgens seiner Frau den Mantel um und deutete ihr:

»Wir müssen ins Tal, zum Doktor.«

Als sie am Haus des Oswin Kneisl vorbeikamen, trat der Alte aus der Tür. »Robert, brauchst meine Hilfe? Ich könnt helfen zu stützen, heute geht's den Gliedern gut.«

Doch der winkte ab. »Gott schütze euch«, gab Oswin dem jungen Paar mit auf den Weg.

An diesem Tag, dessen war sich der alte Kneisl gewiss, sah der Himmel über Fuchsbichl besonders aus. Kurz nachdem Cilli und Robert den Weiler verlassen hatten, erreichte die Sonne Oswins Haus. Der Alte saß auf der Bank, es roch nach einem herrlichen Altweibertag. Oswin genehmigte sich eine Prise Tabak, legte sich, ein weiches Kissen schützend unter dem Buckel, der Länge nach hin und blickte gen Himmel. Wie tiefblau der war, klarer als sonst im Herbst und wolkenlos.

Ein Habicht zog seine Kreise. Ruhig und gleichmäßig flog er höher und höher, bis Oswins Augen ihm nicht mehr folgen konnten. Einmal da droben sein, einmal sehen, wie die Welt von dort aussieht, dachte er. Doch bald werd ich's ja sehen, wenn der Herrgott mich holen lasst. Doch wann nur ist's so weit? Ach Gott, du holst und schickst die Menschen, so wie du willst.« Er faltete die Hände und murmelte: »Herr, wie wär's, hol doch mich und schick das Kind von Cilli und Robert.«

Er suchte den Himmel nach dem Vogel ab, doch der war verschwunden.

Oswins Augen wurden müde, er schloss sie und wartete auf den Schlaf, der ihn forttrug, dorthin, wohin der Vogel geflogen war, nur noch höher. Von dort aus sah er den Pfad, wie er sich durch den Lärchenwald und die Teufelsschlucht entlang ins Tal schlängelte. Er sah ihn so deutlich, als wandle er selbst auf ihm. Er hörte das Rauschen des Teufelsbachs. Er sah auch die Taubstumme und ihren Mann. Das Paar rastete mehr, als es ging, kurz hinter der Teufelsschlucht knickten Cillis Beine unter dem schweren Gewicht ein, das sie zu tragen hatten. Der Schäfer stützte seine Frau den Rest des Weges, so gut er konnte. Oswin hörte dessen keuchendes Atmen und ihr Stöhnen, sie hatte Tränen in den Augen vor Schmerzen und Anstrengung. Wankend erreichten sie noch das erste Haus des Ortes, dann brach Cilli zusammen.

In diesem Moment führte der Traum Oswin zurück auf die Erde. Als er erwachte, war der Himmel wieder weit entfernt. Und direkt über Fuchsbichl blies der Wind zwei kleine zarte Schafswölkchen vor sich her. Sie sahen aus wie Zwillinge. Gleich groß, gleich geformt, gleich wild, wirbelten sie munter durch die Lüfte.

Am nächsten Abend trat Robert in Oswins Stube, mit einer Flasche Schnaps unter dem Arm. »Oswin«, setzte er an, doch bevor er weitersprechen konnte, hatte ihn der Alte schon auf den Stuhl gezogen. »Setz dich nieder, junger Vater«, sagte er, »lass uns anstoßen, dass Gott ein Erbarmen hatte, dass er sie g'schickt hat, die Kinder.« Er zwickte Robert in den Arm. »Sag, sind's zwei Mädel oder zwei Buben?«

Cilli hatte in der Tat zwei gesunde Kinder auf die Welt gebracht, zwei Mädchen, die sich aufs Haar glichen. Fast zumindest, die Erstgeborene hatte sich bei ihrer Geburt schwergetan und trug deshalb an der Schläfe eine kleine Narbe, die entstanden war, als der Doktor mit der Zange etwas nachhelfen musste.

Zwillinge! So etwas hatte es in Fuchsbichl noch nie gegeben.

Cilli, die Taube und Stumme, verschloss ihre Mutmaßung über die Ereignisse jenes Schützenfesttages im Herzen. Denn man hätte ihr ohnehin nicht geglaubt.

In der Mitte des Weilers befand sich der Gemeinschaftsbackofen des Ortes. Er sah aus wie ein steinerner Hügel mit einem eisernen Türchen. Unten war die Feuerstelle, oben ragte ein schwarzer Kamin empor. Die Bauern buken zweimal im Jahr – eine ganze Woche lang. Wenn der Morgen graute, kamen sie aus allen Häusern, auf ihren Rücken trugen sie schwere Säcke mit grob gemahlener Gerste, Roggen und Hafer. Sie mischten das Getreide mit Wasser, würzten es mit Kümmel, Anis und Fenchel, die Frauen schoben die Ärmel ihrer Kleider nach oben und versanken bis zu den Ellbogen in den Backtrögen. Mit ihren kräftigen Armen kneteten sie den Teig so lange, bis er zäh wurde. Dann formten sie handtellergroße Fladen und ließen sie ruhen. Am Vortag schon hatten die Männer den Ofen eingeheizt, nun schoben sie den gegangenen Teig auf einem großen Holzschuber in die glühende Hitze.

In diesen Wochen war Fuchsbichl eingehüllt in einen zarten Rauch, der köstlich nach frischem Brot roch.

Im nächsten Haus wohnten der Fender Hans, seine Frau Elfriede und ihr Sohn Karl. Neben dem Wohngebäude sah man das schwarze Fundament eines ehemaligen Stalles, den Karl aus Versehen abgefackelt hatte, als er seiner Lieblingsbeschäftigung, dem Zündeln, nachgegangen war.

Die Feuersbrunst hatte alles verzehrt, was die junge Familie besaß, denn außer den Feuerpatschern und Besen, die die herbeieilenden Bauern mitgebracht hatten, konnte man ihr nichts entgegensetzen, zu sehr waren die Feuerwaale eingefroren. Die gierigen Flammen züngelten noch in den Morgenhimmel, in ihnen verbrannten brüllend, quiekend und gackernd drei Kühe, ein Zugochse, zwei Schweine, 14 Hennen und ihr Gockel, das Winterheu, Streu, Gerste sowie das Stallgebäude selbst.

Am nächsten Morgen, als alles in Schutt und Asche lag, rußende Nebelschwaden und beißender Gestank verbrannten Fleisches durch Fuchsbichl zogen, sah die taubstumme Cilli durchs Küchenfenster, wie Karl aus dem Haus gerannt kam, die Hosen in den Kniekehlen. Der kleine Junge lief geduckt und schwankend, sein Kopf war voller Blut. Hinter ihm tobte der Fendervater, mit einem Prügel in der Hand. Und als das Kind fast bei Cillis Haustür angelangt war, beeilte sie sich und drehte den Schlüssel im Schloss. Misch dich nie in anderer Leut's Leben, das musst mir hoch und heilig versprechen, hatte Robert ihr vor der Heirat auf einen Zettel geschrieben, und mit klarer Schrift hatte die Taubstumme geantwortet: Ich werd's befolgen – und schwör's auf die Heilige Maria.

Cilli bekreuzigte sich: Mein Gott, flüsterte ihr Herz, der Bub ist doch erst vier Jahr alt. Vergib dem Jungen, vergib seinem Vater und vergib mir.

Doch Gott tat es nicht, und fast ein jeder Fuchsbichler hatte in der Kirche schon einmal gebetet: Himmel, hol den Bub zu dir, da hat er's besser.

Fortan verdingte sich Hans als Knecht und seine Frau als Magd bei einem Großbauern im Tal. Sohn Karl schickten sie den Sommer über mit einem Ruckkorb in die Felsen, wo er in schwindelnder Höhe die feinen Gräser zu rupfen hatte, denn die waren die besten, die das Vieh der reicheren Bauern zu fressen bekommen konnte. Und wehe dem Karl, wenn der Korb abends nicht gefüllt war. Im Winter verdiente er als Laufbursch und Kraxenträger sein Ganggeld beim Urban Kraxner.

Als Karl mit sieben Jahren in die Schule kam, sprach der Lehrer mit dem Geistlichen. Ein geschlagener Junge sei der Kleine, mit geplagtem Rücken und Schwielen an den Händen. Am selben Tag noch war der Pfarrer den Pfad hoch nach Fuchsbichl gestapft und hatte bei den Fenders so lange in der Stube gesessen, bis Elfriede und Hans versprachen, dem Bub keine blauen Flecken mehr zuzufügen. Andernfalls, so hatten sie schwören müssen, würden sie Buße durch eine Wallfahrt nach Sankt Hedwig tun.

Karl, der Felsenkletterer, fand am späten Nachmittag des Schützenfestes in der Nähe des Gebirgsbachs den Schwerverletzten, wie er bewusstlos und mit gebrochenen Beinen unter den Geröllmassen lag.

KAPITEL 3

Die Reisenden hatten ihre Zwischenstation München erreicht. Horst lag, nachdem alle vorzüglich gespeist und er eine Flasche Wein getrunken hatte, schnarchend in den Kissen, wie ein großes Baby, unschuldig im Schlaf mit gelösten Zügen. Isabel saß neben ihm am Bettrand und betrachtete sein dralles Gesicht von der Seite, die lange, ausgeprägte Nase, die tiefen Falten zwischen seinen Augenbrauen und die Narbe an der Wange, die er sich als Student bei einer schlagenden Verbindung zugezogen hatte.

Seine Wangen füllten sich gleichmäßig wie ein Blasebalg, die schmalen Lippen vibrierten, entließen ein leises Pfeifgeräusch und fielen wieder in sich zusammen. Isabel legte ihren Finger auf seinen Mund und ließ ihn dann zum Kinn gleiten. Sie drückte seinen Unterkiefer leicht nach unten, sodass sich seine Mundhöhle in all ihrer Tiefe vor ihr auftat. Es roch süßlich vergoren. In der hinteren Zahnreihe blitzte Gold, die zerfurchte Zunge zitterte geräuschvoll im Takt der Atmung. Als sie für einen kurzen Moment nach hinten klappte und den Schlund verschloss, zog Unmut in Horsts Miene auf. Schnappend wie ein Fisch, den man aus dem Wasser gezogen hatte, suchte er nach Luft. Dann schmatzte er zufrieden und schloss den Mund. Ruhe lag über dem schweren Mann, bis sich die Zunge wieder einen Weg durch die Lippen ins Freie bahnte. Wie ein unförmiger, glänzend feuchter Wurm ragte sie aus der Höhle, in alle Richtungen kreisend, bis Horsts Kiefer wieder nach unten kippte und es von vorn begann, dieses Pfeifen und Rasseln.

Was empfinde ich noch für ihn, dachte Isabel. Langsam schob sie die Bettdecke bis zu Horsts Bauchnabel und legte seinen schweren Oberkörper frei. Die Arme ruhten ausgestreckt an der Seite, mächtig und kraftvoll. Der behaarte Brustkorb hob und senkte sich im Rhythmus des Pfeifens. Unterhalb der rechten Brustwarze trug er ein längliches Muttermal. Isabel berührte es vorsichtig.

»Ist es die Macht oder das Vergessen?«, flüsterten ihre Lippen, dann umschlossen sie seinen Bauchnabel, während ihre Hand unter die Decke in seine Scham griff. Das Pfeifen wurde leiser und die Atmung schneller, als das Glied Isabels Händen gehorchte, ein Eigenleben entwickelte und Horst, den sonst alles so kontrollierenden Horst, aus seinem tiefen Schlaf holte.

Und als sein schwerer Körper auf dem ihren lag, den Rhythmus der Vereinigung vorgab, zuerst gemächlich, dann ungestüm, schloss Isabel die Augen und fragte sich: Eine Fahrt zum Himmelsspitz, welche Wunden würde sie aufreißen?

Sie vernahm das gewohnte Stöhnen, welches das nahe Ende ankündigte. Es klang leiser als sonst, es schien, als geschehe alles nur im Schlaf.

Dann fiel sein Körper über ihr zusammen, schlaff und schwer. Sie hörte, wie seine Atmung langsamer und leiser wurde, bis für einen kurzen Moment Geräuschlosigkeit den Raum beherrschte.

Isabel betrachtete den Deckenstuck, eine formvollendete Verflechtung der Girlanden. Welch unglaubliche Präzision, welch wundervolle Regelmäßigkeit. In der Mitte der Rosette hing ein prächtiger Leuchter. Seine Kristalle funkelten in vielen Farben und warfen ihre Schatten an die Wand. Isabel zählte die Leuchtkerzen.

Horst gab ein leise pfeifendes Geräusch von sich, es klang nach Zufriedenheit. Sie spürte den Hauch seines Atems an ihrem Ohr, wie er seine Gleichmäßigkeit verlor, fester und stockender wurde, und ehe Horst zu schnarchen begann, rollte sie seinen Körper zur Seite.

Nur die Augen nicht schließen, dachte sie. Doch mit jeder Stunde verblich der Anblick des Deckenstucks immer mehr, und Isabel verlor die Kraft, sich der Erinnerung an jenen Mann zu erwehren, der ihr nun erschien.

Sie sah ihn in der Ecke der Hafenkneipe sitzen. So wie er dort jeden Tag gesessen hatte. Er war ein attraktiver Mann. Mit seinem markanten Gesicht, den dunklen Augen und welligen schwarzen Haaren erinnerte er Isabel an Horst Buchholz, den unbeugsamen Rebellen aus ihrem Lieblingsfilm *Die Halbstarken*. Meistens trug der Fremde Jeans, darüber eine schwarze Lederjacke oder einen weiten Mantel.

Plötzlich und unerwartet war er in ihr Leben getreten.

Eines Tages, es war Mitte Februar und draußen tobte ein Schneesturm, hatte er die Hafenkneipe betreten, in der Isabel als Aushilfskellnerin arbeitete. Er nahm am Fenster Platz, bestellte ein Glas Bier und eine Portion Labskaus, Kartoffelbrei mit durchgedrehtem Corned Beef. Sein Blick war nach draußen auf die großen Frachter am Kai gerichtet. Er blieb etwa zwei Stunden und verließ dann grußlos das Lokal.

Von da an kam er jeden Tag, stets zur gleichen Zeit, und immer trank er Bier und aß Labskaus mit Ei. Isabel fragte sich, woher der Mann kam, was er trieb, welchen Beruf er ausübte. Sie schätzte ihn etwas älter, als sie selbst war, so um die 28 Jahre.

Eine geheimnisvolle Aura umgab ihn. Seine Gedanken schienen in der Ferne zu weilen, weder sah er das Kommen und Gehen der anderen Gäste, noch vernahm er deren manchmal lautstarke und rüde Worte, wenn sie einen über den Durst getrunken hatten. In seinen Augen lag eine leidenschaftliche Sehnsucht.

Er war in diesem Raum und doch weit weg.

Auch von Isabel nahm er kaum Notiz, nicht, wenn sie seine Bestellung aufnahm, nicht, wenn sie sein Essen servierte und nicht, wenn er bezahlte.

Doch in ihren Gedanken nahm der Fremde immer mehr Platz ein. Sie beobachtete seine Blicke in jedem der vier großen Spiegel, die an den Wänden hingen, stets in der Hoffnung, er würde sie ansehen, zumindest dann, wenn sie ihm den Rücken kehrte.

Doch ganz egal, was sie tat, wie sie sich kleidete, frisierte, schminkte oder bewegte: Während die Matrosen, Fischer und Hafenarbeiter sich den Kopf nach ihr verdrehten, konnte sie seine Aufmerksamkeit nicht wecken. Sein ignorierendes Verhalten quälte und verletzte Isabel, ohne dass sie sich zur Wehr setzen konnte.

Die Vorstellung, seine stille Sehnsucht nach Ferne würde ihr diesen Mann eines Tages entreißen, beunruhigte Isabel immer mehr. Worte, die auszusprechen sie nicht wagte, Blicke, die sie nie erreichten, Berührungen, die nur in ihrer Fantasie existierten, welch quälende und begehrende Ohnmacht. Sie begann, den Unbekannten zu vermissen, lange bevor er aus ihrem Leben verschwinden würde.

Ihre Hände zitterten, wenn sie bediente, sie war konfus, vergaß, Bestellungen weiterzugeben oder abzuholen, und verrechnete sich beim Wechselgeld.

Eines Tages stellte Isabel dem Unnahbaren sein Bier und Essen auf den Tisch und sagte: »Wussten Sie, dass Labskaus Speise für Flegel bedeutet?«

Der Mann sah sie kurz an. »Nein«, antwortete er mit einem flüchtigen Lächeln. »Aber danke, dass Sie mir das verraten haben.«

Nach einer Reihe diverser Missgeschicke, der Wirt hatte sie gewarnt, lange würde er das nicht mehr dulden, entglitt ihr ein schwer beladenes Tablett. Bier und Schnaps schwappten über seine Hose.

Ausgerechnet.

Ohne ein Wort zu sagen, stand sie vor ihm. An seiner Schulter hing ein Stück Matjesfilet. Der Wirt eilte mit einer Serviette herbei, nestelte an der Jacke herum und sammelte die Fischstückchen ein. »Entschuldigen Sie, wir kommen selbstverständlich für die Reinigung auf«, sagte er und herrschte Isabel vor allen Gästen an: »Es reicht, das war nun endgültig zu viel des Guten, mach den Dreck weg und verschwinde für heute! Sofort!«

Isabel ging in die Knie, um die Scherben einzusammeln. Plötzlich spürte sie eine leichte Berührung. Sie sah eine Hand, wie sie neben der ihren das Glas auflas. Haar streifte ihre Wange. Es roch nach Nelken. »Das macht nichts, wirklich, es macht nichts«, sagte der Fremde. Sein Gesicht war so nah, dass ein Schaudern sie erfasste.

So wundervoll.

Als sie abends das Lokal verließ, wartete er auf der gegenüberliegenden Straßenseite: »Ich möchte Sie wiedersehen«, sagte er.

Am Vormittag ihrer ersten Verabredung lag Isabel mit den jüngsten Ausgaben von *Burda-Moden* und *Constanze* im Bett und träumte sich durch die mondäne Modewelt eines Christian Dior, eines Yves Saint Laurent und eines Hubert de Givenchy. Allesamt Namen, die für eine helle, aufregende und schillernde Welt standen, jenseits des grauen Hofes, auf den ihr Fenster zeigte. Dort stand vor ein paar Häuserruinen ein verbranntes Baumskelett, die Heimat eines Taubenpärchens. Um Isabel herum waren kreuz und quer verteilt: Röcke, Blusen, Hüte, Strümpfe und Unterwäsche. Sie blickte in den Spiegel. Diese Aufregung, diese Angst, ob ihm auch alles gefalle an ihr. Doch welche Kleidung mochte er? Welche Frisur? Welchen Duft? Welche Frau?

Draußen schien die Sonne, ein schöner Frühlingstag wartete. Es war Anfang Mai.

Isabel entschied sich für das blaue Perlonkleid mit den roten Punkten, für die roten Schuhe mit den hohen Absätzen und den blauen Popelinemantel. Um ihre schmale Taille zur Geltung zu bringen, zog sie den Gürtel enger als gewohnt. Sie kämmte ihre Haare nach hinten, steckte sie mit einer Klammer zusammen und ondulierte die herabfallenden Strähnen mit einer Brennschere. Eine Locke hing ihr über die Stirn, scheinbar nachlässig, so als hätte Isabel sie in der Eile vergessen, nach hinten zu stecken. Sie puderte die Wangen und trug ein zartes Rosé auf die Lippen auf. Als sie sich auf den Weg zu ihrem Treffpunkt, den Landungsbrücken am Hafen, machte, hatte sie nicht die leiseste Ahnung, wie dieser Tag und vor allem die Nacht enden würden.

Horst drehte sich mit einem geräuschvollen Keuchen auf die andere Seite. Dabei zog er die Decke über den Kopf, sodass Isabel nur noch ein graues Haarbüschel von ihm sah. Sie beugte sich über ihn und löschte das Licht.

Als sie am nächsten Morgen die Stadt verließen, zeigten sich am Horizont bereits die ersten Berge. Wie Spiegel glänzten ihre Spitzen im Sonnenlicht.

»Die Berge«, sagte Lea leise. »Sie reichen bis in den Himmel, Mama, bis in den Himmel.«

»Ja, meine Prinzessin.«

»Oha, bis zum Himmel. Tatsächlich?«, Horst grinste durch den Rückspiegel.

»Ja, und wenn sich die Wolken auf ihnen niederlassen, tanzen die Toten auf den Gipfeln. Aber nur dann, denn die Menschen dürfen sie nicht sehen. Sie tanzen im Schnee, weil sie keine Kälte spüren«, sagte Lea.

»Und die Englein spielen dazu auf der Harfe, ist das so?«

Lea schwieg.

»Also ich finde, es ist verdammt noch mal an der Zeit, dass das Kind erfährt, dass da oben keine Engel tanzen, meinst du nicht?«, wandte Horst sich an Isabel.

»Horst, bitte.«

»Lea, hast du gehört? Keine Engel. Und keine toten Menschen, die tanzen nämlich nicht, die sind einfach nur tot. Die liegen in einem Sarg. Wenn sie Pech haben, verfaulen sie, wenn sie Glück haben, dann wurden sie vorher zu Asche verbrannt. Tote sind tot. Gut? Mausetot. Hallo! Mausetot.« Er klopfte auf sein Lenkrad.

»Mein Schatz, wenn wir da sind, können wir ja auf einen Berg steigen und nachsehen. Was meinst du?«, sagte Isabel.

Doch Lea hörte nichts mehr, denn sie presste ihre Hände auf die Ohren.

KAPITEL 4

Am Rande des Weilers stieß man auf den großen Kraxnerhof, der trotz der harten Kriegsjahre nicht an Glanz verloren hatte. Im Sommer hingen bunte Geranien an den Fenstern, im Winter steckten Latschenzweige in den Blumenkästen. Ein Maler aus dem Tal hatte die Jungfrau Maria über dem Eingang verewigt, die Fensterläden waren mit kunstvollen Schnitzereien verziert. Im Gemüsegarten wuchs alles, was die raue Bergwitterung gerade noch zuließ. Die Stallungen waren in Anbetracht der stolzen Zahl an Grauvieh größer als die der anderen Bauern.

Urban Kraxner war der wohlhabendste unter den Fuchsbichlern. Durch ebenso geschicktes wie hinterhältiges Lavieren hatte er einiges an Reichtum anhäufen können. Er besaß ein großes Stück Wald sowie das Quellrecht für den hinteren und oberen Teil des Weilers. Urbans Wesen wechselte zwischen gnadenloser Skrupellosigkeit, der Bereitschaft, auch die ungeradesten Wege einzuschlagen, wenn dies zu seinem Vorteil gereichte, und ausgeklügelten Schmeichelkünsten.

Im Weiler achtete man Urban ebenso, wie man ihn fürchtete.

Während des Ersten Weltkriegs, als er im Dienst der Kaiserjäger in den Bergwäldern der Südfront kämpfte, gingen 47 italienische Angreifer auf sein Schützenkonto. In einem Feldheft notierte er akribisch die Tode, die er herbeigeführt hatte: Datum, Ort, Anzahl der Schüsse, geschätztes Alter der Opfer und so weiter.

Im letzten Kriegsjahr jedoch verlor er sein linkes Bein durch die Bisse italienischer Spürhunde, die ihn und zwei Kameraden dank ihrer feinen Nase in einer Höhle ausfindig gemacht hatten. Dass Urban nicht als Kriegsgefangener oder gar als Leiche endete, verdankte er den beherzten Schlägen auf die Schädel der Tiere.

Die Bisswunden infizierten sich indes so sehr, dass man Urban das Bein noch im Feldlazarett amputierte, ihm zwei Krücken in die Hände drückte und ihn nach Hause schickte. Nach Kriegsende organisierte der Kraxnerbauer kraft seines Geschicks zügig eine ordentliche Holzprothese aus Erlenholz. Mit dieser und mithilfe eines Stockes lernte er so geschickt laufen, dass er fast mühelos jeden Berg erklimmen und auch auf der steilsten Bergmahd die Sense schwingen konnte.

Urban war trotz seines Holzbeins und seiner 60 Jahre zwar immer noch der Schützenkönig des Tals, jedoch lagen seine besten Jahre weit hinter ihm, denn als diese galten jene Zeiten, in denen er besitzen konnte, was er wollte. Alles und jedes, vor allem jede Frau. Seine Freude an der Weiblichkeit blieb keinem verborgen, auch nicht seiner Gattin, die ihn einst geheiratet hatte, nachdem Urban ihr auf Knien versprochen hatte, die Sterne vom Himmel nach Fuchsbichl zu holen. Doch bereits nach dem ersten Ehejahr rückten sie weit in die Ferne, bis das Universum sie verschluckte, und die Hoffnung erlosch. Kurz vor ihrem letzten Atemzug hatte sie Urban ins Ohr gehaucht: »Die Sterne, die hast mir net bracht. Und deswegen geh ich jetzt zu ihnen.«

In Fuchsbichl fürchtete man des Bauern Jähzorn. Urbans Knechte und Mägde hatten ein schweres Leben.

Waren die Kühe nicht sauber genug gestriegelt, der Misthaufen nicht ordentlich gestapelt oder klebten Spinnweben an den Wänden, hörte man Urban schreien, und die Felswände trugen den Hall seiner harten Worte bis hinunter zum Haus vom Kneisl.

Die Knechte konnten nicht recht, wie Urban wollte. Der eine hatte im Krieg sein linkes Auge verloren, den anderen plagten nachts die Träume der Schlachtfelder so sehr, dass er des Tages mit schweren Schritten und gebeugter Haltung über den Hof mehr schlurfte als ging. Die beiden Mägde waren auch nicht besser, die junge Josefa war zwar fleißig, dafür mürrisch und hatte niemals ein Lächeln im Gesicht. Urban fand, sie war hässlich anzusehen, mit ihrem dünnen Zopf, den grauen Augen und der verformten Nase. Außerdem roch sie so streng, dass man ihre Gegenwart sogar im Schweinestall riechen konnte. »Wasch dich, Weib!«, schimpfte sie der Urban, wenn es gar nicht mehr auszuhalten war, »sogar mein Vieh graust sich vor dir.« »Puh, wann denn, wenn so viel zu tun ist auf dem Hof bei dir«, erwiderte Josefa dann verdrießlich. Mehr als einmal hatte Urban sie daraufhin in das eiskalte Brunnenwasser geworfen und sie mitsamt ihren Kleidern so lange untergetaucht, bis sie Besserung schwor.

Die ältere Magd hieß Maria und arbeitete seit ihrem 14. Lebensjahr auf dem Kraxnerhof. Inzwischen war sie zahnlos und auf einem Auge erblindet. Darüber hinaus plagte sie die Gicht. Im Lauf ihrer Dienstjahre hatte sie viele Menschen kommen und gehen sehen. Gekommen waren fleißige Mägde und arbeitswillige Knechte, gegangen waren gedemütigte Sennerinnen und geknechtete Hüteburschen. Maria hatte auch Urban kommen sehen, denn sie war bei dessen Geburt zugegen. Sie hat ihn wachsen und gedeihen gesehen, und nun fragte sie sich, wie lange das alles auf dem Hof bei Urbans Jähzorn noch gut gehen würde.

Der Kraxnerbauer tat alles, um seinen Reichtum zu vermehren. Besonderes Augenmerk galt seit einiger Zeit dem Hof des Oswin, so heruntergewirtschaftet das Gebäude inzwischen auch war. Urban könnte dort sein Gesinde und ein paar Grauviecher unterbringen, sobald der Alte nicht mehr sein würde. Außerdem besäße er dann, würde er ein paar Schillinge hineinstecken, ein gutes Austragshäusel, wenn er den Kraxnerhof einmal an den Schwiegersohn übergeben musste. Doch das hatte Zeit. Jedes Jahr stattete er dem Oswin anlässlich dessen Geburtstags einen Besuch ab, stellte ihm den besten Schnaps des Tals und ein Säcklein Schnupftabak auf den Tisch und sagte: »Oswin, alter Freund, trink mit mir ein Glasl. Wieder ein Jahr um. Hast es dir überlegt? 300.000 Schilling tät ich dir geben, was meinst? Könntest dir ein schönes Leben drunten im Tal machen. Mit schönen Frauen.« Seine Hände beschrieben in der Luft ein paar üppige Kurven. »Weißt schon, so!« Dann klatschte er dem Alten auf den Buckel. »Sag an! Auf die alten Tage so junges Fleisch, wär das nichts? Ha, Oswin?« Jedes Mal schüttelte Oswin dann den Kopf. »Geh, lass mir meinen Hof.«

Urban hatte eine Tochter namens Agnes. Sie galt als die schönste Frau nicht nur des Weilers, sondern des ganzen Tals. Mit ihrer schlanken Gestalt, ihrem ebenmäßigen Gesicht und dem dichten blonden Haar, das in der Sonne wie Gold glänzte, war sie nach ihrer Mutter geraten. Diese war im Kindsbett nach der schweren Geburt ohnmächtig geworden und verblutet, ohne ihr Kind auch nur eine Sekunde lang gesehen zu haben.

Doch hatte Agnes nicht nur ihr Aussehen geerbt, sondern auch das schüchterne und empfindsame Wesen. Wie ihre Mutter duldete sie des Vaters Ungehobeltheit mit Demut und Hingabe, schwieg, wenn er brüllte, sorgte sich um ihn, wenn er sonntags mit wankendem Gang vom Tal kam, und gehorchte, wenn er ihr vorschrieb, wie sie den Tag zu verbringen und welche Kleidung sie zu tragen hatte.

Magd Maria lehrte die Bauerntochter alles, was der Mutter Aufgabe gewesen wäre: den Haushalt führen, das Waschen und Kochen. Als Agnes klein war, saß Maria abends lange an ihrem Bett und erzählte Geschichten von dem Tod der Saligen Frauen, von der verborgenen Stadt unter dem Seiterer Gletscher, vor allem aber von den Hexen mit den langen schmutzigen Haaren, die im Tal und auch im Weiler ihr Unwesen trieben. Dann tat sich die kleine Agnes schwer mit dem Einschlafen, sie lauschte dem Rauschen der Bäume und dem Klappern der Fensterläden, wenn der Wind um das Haus strich. Und alsbald kamen sie, die Dämonischen. Sie schwirrten durch die Lüfte, in wehender Kluft und mit einem gefährlichen Funkeln in den Augen. Auf ihren Buckeln hingen festgekrallt die schwarzen Katzen mit ihren buschigen Schwänzen und fauchten.

Agnes war verheiratet mit Vinzenz, dem zweiten Sohn eines eher mittellosen Flachsbauern aus dem Tal.

Vinzenz hatte Agnes beim großen 100-jährigen Gaufest gesehen. Er war kein Kind von Traurigkeit, liebte die Sennerinnen ebenso wie die Mägde, noch mehr aber diese schöne Bauerntochter, die ihm auf den ersten Blick gefiel, wie sie versonnen neben ihrem Vater saß und alles zu haben schien, was ein Herz begehrte: einen schönen Körper, blonde Locken und einen vollen Mund. Und weil ihm sein Freund, der Fender Hans, auch noch verriet, sie sei die einzige Erbin eines ordentlichen Hofes, war er nicht mehr zu halten. Als die Musikkapelle mit einem fröhlichen Ländler die Burschen und Mädchen zum Tanz aufforderte, stellte er sich vor die Agnes. »Willst du mit mir tanzen?«, fragte er, und weil diese nur stumm zu Boden blickte, gab ihr Vater ihr einen Stoß in die Seite.

»Komm schon, steh auf und tanz«, zischte er ihr mit aller Strenge ins Ohr.

Die Musikanten begannen zu singen:

Genau ins Herz, wo de Liab drin sitzt
Hast du di g'setzt, ja des is g'wiss
Mi hat's packt wia noch nie
Und jetzt g'hör ich dir.

Agnes erhob sich, Vinzenz legte ihre Hand in die seine und führte die schöne Bauerntochter auf den Tanzboden. Als der Ländler in einen Walzer überging, umfasste Vinzenz ihre Hüften etwas fester und spürte ihren Busen. Weil Agnes nicht sprach und die Augen nur gesenkt hielt, konnte er sie verzückt betrachten wie ein schönes Gemälde, ihren weichen Flaum an der Wange, ihre zarten Nasenflügel, die dichten langen Wimpern. Er roch ihr Haar, ihre Haut. Und so tanzte die Wollust mit, so heftig, dass Vinzenz drohte, die Kontrolle über sich zu verlieren. Sobald der letzte Takt geschwungen war, brachte er die Schöne zurück an ihren Tisch, drehte sich um und verschwand im Häusl, so schnell, als sei der Teufel hinter ihm her. Die Musikanten spielten gerade wieder richtig auf, als Vinzenz die Lust in seinen Händen zum Höhepunkt brachte.

Im gleichen Sommer noch läuteten die Hochzeitsglocken, so hatte es der Kraxnerbauer befohlen. Die Hofübergabe ließ jedoch auf sich warten.

»Beweis dich erst«, hatte er zu Vinzenz gesagt.

Am Morgen der Trauung war Agnes von starker Übelkeit geplagt. Ihre sonst so rosigen Wangen hatten eine aschfahle Farbe angenommen. Ihre Lider waren von feinen roten Bahnen geplatzter Äderchen durchzogen, so sehr hatte sie sich erbrechen müssen. Arg mitgenommen sah die junge Frau aus, als ihre geschickte Freundin, die taubstumme Cilli, sie für den festlichen Tag und für die Augen des zukünftigen Mannes ankleidete, frisierte und schmückte. Die Braut saß auf einem Stuhl, aufrecht und reglos, im eng geschnürten Korsett. Um ihren Hals trug sie ein silbernes Medaillon, das sie von ihrer Mutter geerbt hatte. Während sie die Bluse zuknöpfte, sah sie mit leeren Augen in den Spiegel. Cilli stand hinter ihr und beobachtete betrübt und hilflos, wie das Gesicht der schönen Braut im Spiegel verfiel. Sie dachte an das Schicksal ihrer Namenspatronin, der Heiligen Agnes, die ihr Herz an Jesus vergeben hatte und sich für ihn köpfen ließ. Jung, stumm und klaglos. Nur: Die heilige Agnes war eine reine Märtyrerin, die junge Kraxnerbäuerin eine befleckte. Wie froh war die Taubstumme, in diesem Moment keiner Worte mächtig zu sein. Liebevoll wie eine Mutter begann sie, Puder auf das bleiche Gesicht zu legen und sanftes Rot auf die Lippen. Dann flocht sie die seidigen Locken zu einem Zopf, drehte ihn zu einer Schnecke hoch und steckte das Gebilde mit einem verzierten Kamm und einer silbernen Haarnadel fest. Aus einem hölzernen Kästchen entnahm sie einen selbst geklöppelten Spitzenkranz und legte ihn um die Haarpracht. Sachte, mit langsamer Armbewegung, bat sie die Braut, sich zu erheben, damit sie ihr das Festtagskleid überziehen konnte. Dann ließ sich die Stumme auf den Boden nieder, legte ein 50-Groschen-Stück in den linken Schuh, und bevor sie ihn der Braut anziehen konnte, sank auch diese zu Boden mit Tränen in den Augen. »Liebste Freundin«, waren ihre Worte, »liebe Cilli, du hörst mich net, doch weißt du so viel, ich wollt, ich könnt mit dir in dein Reich der Stille kommen.« Dann legte Agnes ihren Kopf an die Schulter der Freundin und begann bitterlich zu weinen.

So fand Urban seine Tochter am Morgen ihrer Hochzeit vor. »Steh auf!«, befahl er schneidend. »Reiß dich zusammen, deine Mutter tät sich im Grab umdrehen, wenn sie dich so sehen würd. Sei froh, dass du den Vinzenz hast, mach mir keine Schand!« Er wandte sich zum Gehen, vor der Tür drehte er sich nochmals um und zischte: »Nicht noch eine!«

Dann verließ er die Stube.

Die Glocke der Kapelle klang durch den Weiler: Männer, Frauen, Kinder, auf ins Tal!

In ihren schönsten Trachten trafen sich die Fuchsbichler vor dem Haus des Kneisls, und auf einen Wink vom Oswin hin machten sie sich auf den Weg zur Kirche. Den Männern folgten in geregeltem Abstand die Frauen und Kinder, die einen im schmucken Gewand schreitend, die anderen aufgeregt hin und her laufend. Die Agnes heiratet, die Agnes heiratet!

Und zwei Stunden später saßen alle in der Kirche, die Fuchsbichler, Urbans Schützenverein, Freunde, Verwandte aus den anderen Tälern und Gemeinden, wohl 150 an der Zahl, links und rechts getrennt nach Mann und Frau. Ihre Augen waren auf den Bräutigam gerichtet, der wartend vor dem Altar stand, mit zittrigen Händen, feuchten Augen und einem begehrenden Herz. Die Orgelmusik hob an, gewaltig mit vollem Klang, und die Schönheit ihres Spiels ließ die Hochzeitsgäste, deren Leben hart, oft elend, erbarmungslos und unerbittlich war, vor wundervoller Ergriffenheit erschaudern. Es öffnete sich das große Portal, die Köpfe drehten sich nach hinten, und ein Wispern ging durch die Luft. Die Braut in langer Tracht, Spitzen im Haar, eine Schönheit, die kaum zu fassen war, sie hing am Arm des Vaters. Und war bereit, sich ihren Pflichten hinzugeben.

Nach der Trauungszeremonie durchdrangen Böllerschüsse das Tal, die Hochzeitsgäste gratulierten dem jungen Brautpaar und feierten dann ausgelassen beim *Hoferwirt*. Sie verzehrten Braten mit Knödel, tranken kühles Bier und tanzten zur fröhlichen Musik.

Viele Stunden später zog die trunkene Gesellschaft durch die Nacht, der Herrgott hatte die Himmelsdecke mit Diamanten über sie ausgebreitet, die Luft war klar, und der Mond schien so strahlend, dass der Pfad zum Weiler hell erleuchtet war. Die Väter trugen die schlafenden Kinder, die Frauen stützten die Betrunkenen, und in der Früh um 5 Uhr fing für alle ein neuer Tag an, ein harter Tag wie jeder andere.

Nur für die Braut begann in dieser Nacht ein neues Leben, ihr zweites, und dass es ein drittes geben würde, ahnte niemand, am wenigsten der frisch vermählte Vinzenz. Das Hochzeitspaar war im Tal geblieben. Man hatte ein Zimmer bereitet, schön geschmückt mit Kerzenlicht, Alpenrosen und Wiesenblumen. Das Bett trug frisches Leinen, die Kissen feine Spitzen.

Pflichtbewusst und demutsvoll ließ Agnes ihres Mannes Begehren geschehen. Sie spürte seinen pulsierenden Körper auf dem ihren, und während Vinzenz mit jedem Stoß die Liebe in seinem Herzen mehr entfachte, hielt sie das Medaillon in der Hand, jene Worte spürend, die in ihm verborgen auf einem Zettel standen:

Nicht die schwache Zunge darf's gestehen,
Nicht der Blick verstohlen zugesandt,
Was sich eigen hat das Herz ernannt,
Nicht im Seufzer darf's der Brust entwehen!

Für Agnes begann am Tag des Schützenfests ihr drittes, ihr härtestes Leben. Ein Leben, an dem Vinzenz nicht mehr teilnahm. Und Urban, der unglückselige Urban, der stand kurz davor, seine Seele endgültig an den Leibhaftigen zu verlieren.

KAPITEL 5

Die Sonne hatte sich bereits auf die obersten Berggipfel verzogen. Bald würde sie untergehen. Dem Kind war übel. Mehrere Male musste Horst anhalten, damit es sich übergeben konnte.

»Die vielen Kurven, hoffentlich sind wir bald da, ist ja eine schreckliche Straße, wie am Ende der Welt«, sagte er dann und reichte Lea eines seiner Taschentücher, in das seine Initialen gestickt waren: ein schnörkeliges HT für Horst Tietze.

Sie durchfuhren einige kleine Ortschaften, bis das Tal enger und die Straße noch kurviger und steiler wurde. Links und rechts von ihnen fielen riesige Felswände in die Tiefe, überall sah man Reste von Muren. Sie hatten große Steine in die reißende Ache geschleudert, die neben der Straße verlief. Das graue Wasser floss schäumend und tosend um die mächtigen Felsbrocken und ließ manchmal ein Autoskelett auftauchen.

»Ah, da ist wieder einer bös von der Straße abgekommen!«, kommentierte Horst die rostigen Zeugen tragischer Unfälle. »Die können hier nicht Auto fahren! Wie ich schon sagte: das Ende der Welt.«

Er war der Einzige, der sprach, immer die gleichen Sätze des Erstaunens und der Missbilligung, wie eine schlechte Schallplatte, die hing:

»Das Ende der Welt, das Ende der Welt, das Ende der Welt!«

Irgendwann öffneten sich die Schluchten, das Licht wurde heller, und der lärmende Fluss neben ihnen verschwand in der Tiefe. Die Straße bog um einen großen Felsen, hinter dem sich ein großartiges Tal mit bunten Wiesen, kleinen Heustadeln und vereinzelten Höfen ausbreitete.

»Kann ja nicht mehr weit sein, hier bahnt sich das Ende an«, bemerkte Horst zufrieden, als er sah, dass das Tal von einem zerklüfteten Höhenzug eingesäumt war.

»Bald geht es in die Höh, holldriö. So sagt man doch hier, nicht wahr?«, feixte er. »Rauf auf den Berg, rein in die Sommerfrische, hoffentlich ist das Hotel auch wirklich ordentlich!« Isabel erwiderte nichts.

»So stumm? Ist dir etwa auch schlecht?«

»Nein, es geht mir gut, Horst, es geht mir wirklich gut.«

Ihr Blick war geradeaus gerichtet auf das Bergrelief vor ihr, aus dem sich wie ein versteinerter König mit einer zackigen Steinkrone auf dem Haupt ein mächtiger Berg erhob.

Der Himmelsspitz.

Wie vertraut ihr sein Anblick war. Als sie ihn zum ersten Mal sah, hatte sie sich gerade auf dem Gipfel des größten Glücks befunden:

Auf den Straßen und Plätzen herrschte dichtes Gedränge und fröhliche Ausgelassenheit. Es war der erste Samstag im Mai, der Hamburger Hafen feierte Geburtstag. Isabel zwängte sich durch die Menschenmassen, vorbei an Schieß- und Essensbuden und Flohmarktständen.

Schließlich sah sie ihn am Kai, wie er, an einen Laternenpfosten gelehnt, mit leicht gebeugter Körperhaltung auf sie wartete. Er trug seine Lederjacke, Jeans und eine Sonnenbrille. So geheimnisvoll, unnahbar und attraktiv.

Er lächelte, als er Isabel sah.

»Sie sehen schön aus«, begrüßte er sie. »Ein schönes Kleid, lustig, mit den roten Punkten.«

»Es war das nächstbeste, das ich fand«, log Isabel. »Ich hatte wenig Zeit, denn ich musste noch ein paar Besorgungen machen.«

Er nahm die Brille ab. »Ich freue mich, dass Sie gekommen sind.«

Sie räusperte sich. »Tut mir leid, das mit dem Tablett vorgestern. Es ist mir einfach aus der Hand gerutscht. Ich weiß auch nicht, was mit mir los war.«

»Stünden wir sonst hier?« Er lachte. »Heute ist ein besonderer Tag, all diese prächtigen Schiffe.«

»Ja«, erwiderte sie, »dieser Tag ist wirklich besonders.«

Dann sprachen sie lange Zeit nichts mehr. Schweigend beobachteten sie das Spektakel, das sich ihnen auf der Elbe bot, die Einlaufparade der imposanten Windjammer. Signalhörner ertönten, und die Menschen jubelten, als die *Sedov*, das größte Segelschulschiff der Welt, mit geblähten Segeln in den Hafen fuhr, gefolgt von dem gigantischen Dreimaster *Amphitrie*. Und während die Aufmerksamkeit aller Menschen um sie herum auf die großartige Darbietung gerichtet war, befand sich Isabel so stark im Bann des Mannes an ihrer Seite, dass sie jede seiner zufälligen Berührungen als Liebkosung empfand und die Augen schloss, während die prächtigen Schiffe an ihr vorbeizogen.

Nach dem Spektakel schlenderten sie hinüber zum Rummelplatz an der Alster, aßen Zuckerwatte und gebrannte Mandeln, fuhren mit der Geisterbahn und flogen mit dem Kettenkarussell durch die Lüfte, bis ihnen schwindlig wurde.

Irgendwann ergriff er ihre Hand. »Es sind so viele Menschen hier«, sagte er. »Lassen Sie uns dorthin gehen, wo es ruhiger ist.« Er führte sie zum Riesenrad. Als sie in die Gondel stiegen, klang aus den Musikboxen Lale Andersen.

Immer wieder, immer wieder
klang vom Karussell
unser Lieblingslied herüber,
und die Nacht war hell.
Immer wieder, immer wieder
traf sich unser Blick,
doch ich wagte nicht zu fragen:
Kommst du zurück?

»Ein trauriges Lied«, sagte Isabel. Er nickte schweigend.

Das Rad begann sich zu drehen. »Wissen Sie, die Welt weit oben ist eine sonderliche«, sagte er zu Isabel, als ihre Gondel den höchsten Punkt erreicht hatte und ein paar Minuten stillstand. »Auf jedem Meter des Weges in die Höhe rückt alles in die Ferne, und die Zeit verliert an Geschwindigkeit. Alles da drunten wird gemächlicher, langsamer, und je größer die Entfernung ist, desto mehr scheint die Zeit stillzustehen. Der Weg nach oben führt in die Stille. Und in die Einsamkeit.«

»Ich kenne das nicht«, antwortete Isabel. »Ich kenne sie nicht, die Höhe. Mein Leben verlief bislang auf flachen Bahnen. Mein einziger Ausflug in die Höhe führte auf den Michel.«

»Keine Höhen und somit auch keine Tiefen?«, fragte er lächelnd.

»Tiefen einige. Und Höhen …?« Sie zögerte einen Moment. »Höhen, ich glaube, heute erlebe ich sie«, sagte sie leise.

Er sah sie nachdenklich an. Die Gondel setzte sich in Bewegung, brachte sie hinunter ins wilde Treiben und von dort aus wieder in die Höhe. Mit jedem Meter kamen und gingen Lale Andersens Klagen, und als die beiden ausstiegen, sang sie:

Sie liebte ihn, sie liebte ihn
im ersten Augenblick.
Sein Bild im Herzen hofft sie nun,
er käm' zu ihr zurück.

Ein bisschen Sehnsucht in den Augen,
ein kleines Lächeln im Gesicht,
so steht sie Nacht für Nacht am Hafen,
und wer sie sieht, vergisst sie nicht.

Langsam versank die Sonne im Wasser und tauchte den Hafen mit seinen prachtvollen Schiffen in glutrotes Licht. Als sie verschwunden war, stiegen pfeifend und krachend Raketen gen Himmel. In der Höhe platzten sie und entließen Tausende von Sternen, die sich, als würden sie von unsichtbarer Himmelshand gelenkt, zu glitzernden Springbrunnen und Blumensträußen formten, dann auseinander tanzten, bis sie im Rauch verpufften.

Es tat einen dumpfen Knall. Horst trat so stark auf die Bremse, dass Isabel mit dem Kopf gegen die Windschutzscheibe stieß. Lea flog gegen den Vordersitz. Horst fluchte.

»Darf doch nicht wahr sein.« Er hielt an und stieg aus. »Sieh sich das einer mal an!« Er fuhr mit der Hand über den Kotflügel. »Da hat der Lack böse was mitbekommen!«, schimpfte er. »Isabel, willst du nicht kommen und dir den Schlamassel ansehen? Der neue Wagen, das darf doch nicht wahr sein!« Während Isabel, von dem Schlag benommen, ihre Sinne noch sortierte, war Lea ausgestiegen. Langsam ging sie zur Vorderseite des Wagens. Isabel sah, wie ihre Tochter eines von Horsts Taschentüchern aus der Hosentasche zog und sich bückte.

»Ja, bist du denn von allen guten Geistern verlassen?«, brüllte Horst.

»Aber er stirbt, wenn wir ihn nicht verbinden«, sagte das Mädchen.

Der Aufprall hatte den Hund nicht ganz getötet. Die Halsschlagader pumpte noch das Blut aus der Wunde, auf der das Taschentuch lag und sich vollsog. Das weiße Fell färbte sich allmählich rot. Die Lider zuckten über den todesmatten Augen. Ein Bein war gebrochen, der gesplitterte Knochen hatte Haut und Fell durchbohrt. Die Bauchdecke war an einer Stelle geplatzt, durch die Öffnung quoll das bleiche Weiß der Därme. Lea kniete sich neben das sterbende Tier und bettete den blutenden Kopf in ihren Schoß.

»Nicht sterben«, flüsterte sie. Unter dem dichten Fell fand sie einen Lederstrick, an dem ein kleiner Anhänger baumelte. Sie nahm ihn ab, um zu entziffern, was dort eingraviert war. »Da steht was, aber man kann es nicht mehr erkennen!«, rief sie aufgeregt. Isabel wurde schwarz vor Augen.

»Sind denn alle wahnsinnig geworden?«, donnerte Horst. »Ist doch nur ein Straßenköter.« Er packte das sterbende Tier an den Hinterbeinen und zog es an den Straßenrand. »Einsteigen, wir müssen uns sputen, damit wir heute noch ankommen.«

Isabel schaute zu dem Bauernhof, der sich auf der anderen Straßenseite befand. »Horst, wir müssen den Besitzer informieren, zumindest das. Wir müssen uns entschuldigen.«

»Wie? Wofür?«, schrie er. »Entschuldigen Sie, dass Ihr Hund in meinen Wagen gelaufen ist? Etwa so? Oder noch besser: Was bin ich Ihnen schuldig für den Lack, der im Fell Ihres Hundes klebt! Denkst du an so eine Entschuldigung?«

Er schlug sich mit der flachen Hand auf die Stirn. »Mal die Realität sehen, meine Lieben.« Er zog Lea am Ärmel. »Los, Lea, einsteigen. Bitte!«

Das Kind bewegte sich nicht, und als Horst versuchte, sie in den Wagen zu zerren, wehrte sie sich mit aller Kraft, zappelte heulend, und ehe Isabel einschreiten konnte, hatte Lea Horst in den Finger gebissen. Ein heftiger Streit entbrannte zwischen allen. Um dem entstandenen Tumult zu entkommen, hielt sich Lea irgendwann die Ohren zu, Isabel begann zu weinen, und Horst zündete sich eine Zigarette an.

»Der arme Hund, jetzt hat's ihn doch erwischt«, sagte auf einmal eine leise Stimme neben ihnen.

Sie hatten bei all dem Gebrüll und Geheule den alten Mann mit seinem Schubkarren nicht kommen hören. »Streunt schon seit Ewigkeit hier rum, keiner weiß, woher er kimmt. Er ist ein ganz a Wilder, lässt sich von keinem anfassen. Wir dern ihn Krüppelohr heißen, seht's, der hat keine Ohren mehr, beide ab.«

Während er das Tier in die Karre legte, murmelte er: »Wenigstens ein schneller Tod. Schön, so ein schneller Tod, der ist ein Geschenk Gottes, so ein schneller Tod.«

Ohne die deutschen Touristen eines weiteren Blickes zu würdigen, verschwand er so unmittelbar, wie er gekommen war.

Horst ließ den Motor an. »Was ist das für eine Gegend, in der man sich über einen schnellen Tod freut?«, fragte er.

Inzwischen hatte die Sonne die Berggipfel verlassen. Es wurde langsam dunkel. Bald würde die Nacht kommen, noch hatten sie ihr Ziel nicht erreicht, auch wenn der Himmelsspitz vor ihnen mit jedem Kilometer, den sie fuhren, größer und mächtiger wurde. Lea sprach nach dem Vorfall kein Wort mehr, und Isabel beobachtete Horst, wie seine Kiefer angestrengt mahlten, wie Wut und Ärger seine Ader an der Schläfe pochen ließen. Und dieser Anblick trieb ihre Gedanken in die sanfte, zärtliche Geborgenheit jener Nacht am Hafen, in der sie zum ersten Mal jenen Berg gesehen hatte, den die untergehende Sonne vor ihr nun allmählich ins Dämmerlicht tauchte.

KAPITEL 6

Fertl Granbichler saß gerade in seiner Schreinerei, in der Hand hielt er einen zarten Jesusknaben, dessen Heiligenschein er feilte, als es an der Tür klopfte und Agnes hereintrat.

»Servus, Fertl«, grüßte sie.

»Servus, Agnes«, antwortete Fertl ohne aufzublicken.

Sie sah sich in der Werkstatt um. »Schön. Sie g'fallen mir«, sagte sie und zeigte auf die Heilande, die behutsam nebeneinander gereiht im Regal lagen. »Ja, Fertl, bald ist Weihnachten, nimmer lang. Stört's dich, wenn ich dir ein wenig zuschau?« Sie setzte sich rittlings auf einen umgedrehten Ruckkorb. Fertl legte das Jesuskind neben die anderen.

»Willst einen Tee?« Er stand auf, nahm die Kanne vom heißen Ofen und schenkte ihr ein Haferl ein.

»Dank dir«, sagte sie. »Ich habe ein bisserl Zeit, Vinzenz ist im Tal, Zucker und Mehl kaufen.«

»Soso.«

»Was meinst, du hast mir so lange nichts mehr vorg'lesen.«

»Keine Zeit. Kannst doch inzwischen selbst lesen«, erwiderte er, ohne sie anzusehen. Er nahm ein Stück Holz und begutachtete es von allen Seiten.

»Fertl, bitte ein Gedicht, so wie früher immer.«

»Früher ist nicht mehr, und heut ist anders«, sagte er und schnitzte aus dem Holzstück eine Kuhle.

»Mein Gott, Fertl, warum sprichst du kaum mehr mit mir? Was ist los mit dir?«

»Was soll schon sein.«

Sie schwiegen eine Weile.

»Was einst gewesen, weiß ich kaum«, sagte er auf einmal. »Die enge Welt wird weiter Raum. Und Holz wird Eisen, Eisen Holz. Und Stolz wird Demut, Demut Stolz. Gar wunderbare Weisen singt er dann bei seinen Kreisen.

Mein Blut im Paradies für mich. Es haben alle Wünsche Ruh.«

Er hielt inne und sah Agnes an, die sich inzwischen erhoben hatte. »Fertl«, sprach sie, »eigentlich wollt ich mit dir reden. Ich wollt dich um was bitten.«

»Möchtest du nicht wissen, wie das Gedicht weitergeht?«, unterbrach er sie.

»Ich weiß es«, sagte sie. »Ich weiß, wie es endet. Du hast es mir oft vorgetragen.«

Sie ging auf ihn zu, legte ihre Hand auf seine Schulter, und gemeinsam setzten sie den Reim fort.

»Ich weiß nicht mehr, wer bist dann du.
Ich weiß nicht mehr, wer bin dann ich.«

Stille war im Raum. Das Feuer knisterte im Ofen, draußen fing es an zu regnen. Tropfen klopften an die Scheibe.

»Fertl, ich habe eine Bitte.« Sie ging zum Regal und nahm ein Jesuskind in die Hand. »Du wirst sicher für ihn eine Krippe schnitzen. Er kann doch nicht auf dem harten Boden liegen. Fertl«, sie atmete tief durch, »ich bitte dich, schreinere für mich auch eine Krippe. Eine Wiege mit einem Himmelsdach.«

Seine Schnitzbewegungen hielten inne. Nach einer Pause antwortete er.

»Ja, Agnes, eine Wiege mit einem Himmelsdach.«

»Vergelt's Gott, Fertl«, sagte sie und wandte sich zum Gehen.

Als sie die Tür öffnete, sagte er:

»Agnes. Ich hab euch beide g'sehen. Ich habe euch beobachtet, als ihr euch im Heu geliebt habt. Agnes, von wem ist das Kind?«

Ohne sich umzudrehen, antwortete sie: »Ich wusste es. Ich wollt's dir immer sagen. Die Worte, die du mir zur Hochzeit g'schenkt hast.« Sie öffnete das Medaillon, das an ihrem Hals hing, und zeigte ihm den kleinen Zettel. »Ich trag sie immer bei mir.«

Fertl blickte aus dem Fenster und flüsterte:

O große Sehnsucht, vergeblich Hoffen,
Nun schweigt das Herz in Traurigkeit.
Weh mir, kein Weg ist offen
Ach wie war der ersten Liebe Zeit.

»Fertl, die Sehnsucht quält und kein Hoffen mehr. Der ersten Liebe Zeit ist Vergessenheit.«

Dann ging sie hinaus und schloss die Tür hinter sich. Fertl sah, wie sie langsam durch den Regen ging, hoch zum Kraxnerhof, wo bald alles seinen finsteren Lauf nehmen würde.

Einige Monate später, Urban und Vinzenz kehrten gerade von der Waldarbeit zurück, fanden sie Agnes in der Stube auf dem Boden, inmitten von Blut und Schleim. Sie war, so wie ihre Mutter auch, während der Geburt ohnmächtig geworden. Das Kind lag schreiend zwischen ihren Beinen. Eine schwarze Katze schnupperte am Blut, das an Agnes' weißen Beinen bereits zu gerinnen begonnen hatte. Vinzenz blieb wie angewurzelt im Türrahmen stehen, bis ihn Urban anherrschte: »Schau net so deppert, los, schick dich und hol die Maria.« Und während dieser rüber zum Stall stürmte, betrachtete der Kraxner seine Tochter, wie sie dalag, den Rock bis zum Bauch hochgezogen, mit zerrissener, blutdurchtränkter Unterwäsche. Ruhig und gelassen zückte er sein Brotzeitmesser und durchtrennte die Nabelschnur.

Er hob das Neugeborene hoch.

»Du bist zu früh kemma, Bub!«, sagte er mit eisigem Ton. Dann betrachtete er seinen Enkel von allen Seiten. »Ich werd dich lehren, ein Kraxnerbauer zu sein. Deinen windigen Vater, den prügle ich dir aus dem Leib, das versprech ich dir.«

Dann wickelte er das Kind in eine Decke und legte es auf die nackte Bank hinter dem Ofen.

Das Anwesen des Urban Kraxner war nicht das letzte im Weiler, auch wenn es auf den ersten Blick so zu sein schien, weil sich dem Auge hinter dessen Hof nur noch Wiesen und Wälder boten.

Der Pfad aber setzte sich fort und verschwand hinter einem Felsvorsprung. Er stieg nochmals sanft an und führte über den tosenden Wasserfall des Gaisbachs. Hinter der Brücke an der Stelle, an der der große Findling lag, gabelte sich der Weg. Geradeaus steuerte er über die Bergmähder in den Grantenwald, hoch zu den Fuchsbichler Almen. Links führte er, den wilden Bach entlang, steil durch einen Lärchenwald weit in die Höhe Richtung Gipfel. Es war ein schwer begehbarer Pfad, auf dem man irgendwann zu einer gefährlich abschüssigen Felswand gelangte. Dort hatte man den Pfad in den Stein gehauen, und weil er gar zu schmal war, war er mit Brettern verbreitert worden. Bei einer Felseinbuchtung führte er über eine wackelige Hängebrücke. Von dort aus erreichte man ein abschüssiges Gesteinsfeld. Hier bestand der Pfad nur noch aus Brettern, die mit Pfählen im Geröll befestigt und teilweise eingebrochen waren, denn an dieser Stelle gingen immer wieder große Muren ab.

Den Pfad zum Tremplerhof nutzten seit Langem nur noch die Rehe, Hirsche und Füchse. Niemand im Ort konnte sagen, wann hier das letzte Mal ein Mensch war. Irgendwann verlor sich der Weg im wilden Gestrüpp.

Dort, wo der Pfad endete, betrat man die Heimat der Stille.

Man konnte sie spüren, wie einen Hauch.

Stille, in der man nur das leise Flüstern der Natur hörte. Die Tritte der Rehe, das Klopfen der Hasenläufe, das Schnüren der Füchse, das Fiepen der Mäuse, ja, sogar das Tanzen der Bienen und das Flügelschlagen der Schmetterlinge.

Inmitten dieser Stille, in die Erde eingewachsen, wie ein Greis in einer Kuhle, und umgeben von lauter Abgründen, lag seit über 300 Jahren der Tremplerhof. So als hätten Geister ein unsichtbares Netz über ihn gespannt, das fernhält, was stören könnte. Seit dem plötzlichen Verschwinden seines Bewohners Florian Trempler vor zehn Jahren blieb der alte Bergbauernhof verödet.

Die lange leblose Zeit, die Gewitter, die harten Winter, die Schneestürme und der unerbittliche Frost hatten inzwischen ihre Spuren hinterlassen. Das Holz war grau, die Schindeln auf dem Dach lagen morsch und verrutscht durcheinander. Der Kamin war eingestürzt.

Die winzigen Fenster, durch die kaum ein Kinderkopf passte, waren mit Fensterläden verschlossen. Rund um das Gebäude wucherten Hollerbüsche. Den kleinen Gemüsegarten vor dem Hof hatte die Natur zurückerobert. Die Bohnenstangen waren umgefallen und zum Teil schon von der Erde verschluckt. Wo einst Salatköpfe und Kräuter wuchsen, herrschten nun wilde Brennnesseln. Nichts erinnerte mehr an Menschenhand, einzig der Galgen, an dem das zerfledderte Skelett eines Hennengeiers hing. Doch wen wollte diese Vogelscheuche noch abschrecken? Waren die Tiere doch selbst nun Herrscher über den Tremplerhof.

Vor der Eingangstür lag, in die Erde eingelassen, ein großer Stein. Ins Holz über der Tür hatte man ›Christus mansionem benedicat‹ geritzt.

Im seitlichen Teil der Steinmauer klaffte ein großes Loch. Ein Blick in dieses endete im Schwarz der Küche. Kroch man hindurch, befand man sich in einer dunklen, seit Jahrhunderten unveränderten Rauchküche. Alles in ihr sah so aus, als sei der Hof Hals über Kopf verlassen worden. Möglicherweise war aber auch alles nur bereitet für die Wiederkehr des Lebens.

Auf dem offenen Herd waren geschnittene Späne aufgehäuft, darüber stand auf einem Dreifuß eine schwere eiserne Muspfanne mit einem langen Rührlöffel. Hinter dem Herd erhob sich ein hölzerner Galgen, an dem ein Wassertopf befestigt war. Oben an der Decke hing an einer Stange ein letztes Stück Speck, runzelig und ausgedörrt. In einem großen Regal lagen allerlei Küchenutensilien: Krapfenteller, hölzerne Mehlschaufel, Käse- und Kartoffelreibe sowie eine handgeschmiedete Wurstpresse und eine Kaffeemühle.

Der Hausgang war bis auf einen schwachen Lichtstrahl, der durch ein winziges Fenster fiel, dunkel. Dennoch konnte man den Kopf eines Bären erkennen, den man an die Wand gehängt hatte. An ein paar Nägeln baumelten drei schwere Kuhglocken, auf dem Boden lagen geflochtene Fichtenwurzelkörbe und ein paar Kraxen.

Die Stube war mit Zirbenholz vertäfelt. In der Ecke stand ein großer Ofen mit grünen Kacheln. Er war von einem Holzgestell umgeben, über dem an zwei Holzstangen dicke Wollsocken hingen. Unter dem Ofen lagen fünf Paar Kinder- und Erwachsenenstiefel. Sie waren hart wie Stein, denn ihre Sohlen bestanden aus Holz, und das Leder hatte man mit Lärchenharz behandelt. In der anderen Ecke, zur Fensterseite, stand ein Tisch. Auf ihm lagen zwei blecherne Eheringe, ein Verdienstkreuz aus dem Ersten Weltkrieg und eine Pfeife. In der Ecke über dem Tisch befand sich ein Kruzifix, dessen Jesus irgendwer auf brutale Art abgenommen hatte. Zwei mit Nägeln durchbohrte Füße waren alles, was man noch von ihm sah. Jemand hatte den Glauben an ihn verloren, nicht aber an den Heiligen Geist, denn der hing unversehrt als weiße Taube von der Decke.

Eine Treppe, deren Stufen morsch und zum Teil durchgebrochen waren, führte in das obere Stockwerk, wo sich mehrere Schlafkammern befanden. Ihre kleinen Fenster hatten kein Glas. Geöffnet und geschlossen wurden sie mit einem hölzernen Schiebeeinsatz, der zwischen zwei Holzleisten glitt. In der geräumigsten Schlafkammer stand das Ehebett, mit einem Strohsack als Matratze, der mit einem Leintuch aus Hanf überzogen war. Es war blutverschmiert.

Am Kopfende lagen ein Gebetsbuch, ein Sterbekreuz sowie zwei spinnwebzarte Andachtsbücher. Am Fußende befand sich eine geschmiedete Wärmflasche. Neben dem Bett hing ein Medizinkästchen. Die meisten Fläschchen darin waren halb leer. Am Fenster stand eine Kommode, deren Aufsatz geöffnet war. In ihm lagen eine kleine Schüssel mit Eierschalen und etwas Zucker, Zutaten, die dem Verschließen des Kuverts gedient hatten, das man daneben in eine hölzerne Briefklemme zum Trocknen gesteckt hatte.

»Für meinen Sohn, wenn er mal wieder heimkehrt«, stand darauf geschrieben.

Über dem Bett war eine Votivtafel angebracht, welche die Muttergottes zeigte. Ihr Blick war gesenkt und traurig, so als hätte ihr nicht gefallen, was im Tremplerhof vor sich gegangen war. Darunter stand geschrieben:

Nun wird es still und tiefe Einsamkeit
Wogt hin und her. Das Lüftchen, das noch wehte,
Wo ist es? Steh'n hier stille Welt und Zeit?
Ja, Berge steh'n: doch ach, Bestand erflehte
Kein Mensch, hin fährt er, wie an Alpenzinnen
Die Wolken lautlos zieh'n und stumm zerrinnen.

In den anderen Schlafkammern standen viele Betten, große und kleine. Alle waren sie bezogen, die Decken nach hinten geschlagen. Man hatte sie geordnet verlassen – oder vorbereitet fürs Wiederkommen. Der Schnee, den der Winter durch die Ritzen getrieben hatte, hatte auf ihnen seine Spuren in Form kleiner weißer Bahnen hinterlassen.

Neben dem Wohngebäude stand der Stadl, darunter der Stall, dessen Tür schief in ihren Angeln hing und knarzte, wenn man sie öffnete. Der Stall war dunkel, die Decke niedrig und die Fenster mit milchig gelbem Fliegenkot gesprenkelt. Überall hingen staubbesetzte Spinnennetze. In der hinteren Wand befanden sich zwei Mistlöcher, durch die der Wind Laub und Nadeln hereingetragen hatte. In einer Ecke sah man einen Hühnerstall. Im Streu lagen ein paar Eierschalen und Federn.

In der Ecke standen ein alter Melkschemel und ein Milchkübel, auf einem Regal lagen ein zerbeulter Striegel und allerlei Tierfallen mit spitzen, grausam todbringenden Zähnen. An der Wand hingen hölzerne Heugabeln. Im vordersten Barren, unmittelbar neben der Stalltür, sah man einen Stapel Postkarten, die der Briefträger dort hineingeworfen hatte, weil der Empfänger, der Tremplerbauer, nicht zugegen gewesen war.

Auf jeder einzelnen dieser Karten war ein Gotteshaus abgebildet. Auf der untersten, aus dem Jahr 1949, die Münchner Asamkirche. Auf ihr stand: »Vater, verzeih mir bitte. Aber es blieb kein anderer Weg. Irgendwann erklär ich's dir. Gott beschütze dich. Dein dich liebender Sohn Luis.«

Auf der nächsten Karte sah man die Gnadenkapelle Altöttings.

»Vater, der Krieg hat überall schreckliche Spuren hinterlassen. Wie froh können wir sein, dass der Herrgott uns verschont hat. Pass auf dich auf, dein Sohn Luis.«

Die weiteren Karten zeigten den Regensburger und den Trierer Dom, die Michaelskirche von Fulda und die Neuwerkkirche von Goslar.

Auf der Rückseite standen zunächst Worte der Sehnsucht und Verzweiflung, die von Monat zu Monat und von Stadt zu Stadt allmählich verebbten und dann in Freude auf das neue Leben übergingen.

Ganz oben auf dem Stapel lag eine Karte aus Hamburg, verschickt im Jahr 1952. Auf der vorderen Seite war die Sankt-Michaelis-Kirche abgebildet, auf der Rückseite war zu lesen:

»Lieber Vater, es geht mir gut. In ein paar Monaten habe ich genug Geld gespart, um über's Meer fahren zu können. Ich freu mich. Dein Luis.«

Ein paar Meter unterhalb des Stalls stand eine Fichte, die während der kleinen Eiszeit aus dem Boden gesprossen war, im Zeitalter der Aufklärung, in einer Epoche, in der Napoleon Schlachten führte und in der es zum österreichischen Erbfolgekrieg gekommen war. Während der Zeit ihres Wachstums wirkten Goethe, Lessing und Klopstock, es komponierten Bach, Mozart und Vivaldi. Und als James Cook die Welt umrundete, rodeten Bauern in Fuchsbichl die Wälder, schnitten die Stämme zu Brettern, sammelten auf den Feldern Steine und bauten zwischen der Schneeschmelze, sobald die Wiesen aper waren, und den ersten Schneeflocken im Spätherbst einen stolzen Hof, der sie alle um Jahrhunderte überleben würde.

Des menschlichen Lebens beraubt, war der Tremplerhof nun doch selbst zum Greis geworden. Einer, der sich hoch oben über dem Weiler auf dem Weg zum Gipfel des großen Berges befand. Und doch trug er noch Lebendiges in sich, jene Erinnerungen nämlich, die sich seit Jahrhunderten an diesem Ort angesammelt hatten. Die Zeit war dort stehen geblieben.

Die Fuchsbichler mieden den Tremplerhof immer schon – nicht erst, seitdem er verlassen worden war. Seit Generationen nämlich ging im Weiler die Mär, Zeit und Erinnerungen seien in ihm gefangen. Es sei ein Ort, an dem Geister und Hexen ihr Werk trieben, zusammen mit ihren beiden Gehilfinnen, die die Namen Einsamkeit und Armut trugen, weil die eine Angst bereitete und die andere keinen Ausweg gewährte. Die Erleichterungen, die die Zukunft brachte, konnten so nie Einzug halten im Tremplerhof.

Während die Bewohner im Ort langsam dazu übergegangen waren, ihre Herdstellen zu modernisieren, indem sie in ihre Küchen Holzöfen einbauten, kochte und brutzelte man auf dem Templerhof noch über dem offenen Feuer. Während die Fuchsbichler Frauen im Tal Baumwollunterwäsche erstanden, nähte man sie auf dem Templerhof noch aus rauem Leinen. Und während in Fuchsbichl der Strom die Glühbirnen zum Leuchten brachte, saß die Templerfamilie noch bei Kerzenlicht um den Tisch. Die Strompfosten endeten nämlich unmittelbar hinter Urban Kraxners Haus. Elektrizität in die Höhe zu verlegen, war viel zu teuer.

So war alles auf dem Templerhof seit über 100 Jahren unverändert geblieben, und der Familie blieb nur das Hoffen auf eine andere, auf eine schönere Zukunft.

Die unsägliche Armut der Templerfamilie wurde verstärkt durch den Stolz, den der alte Florian Templer besaß, entstammten seine Vorfahren doch einer Knechtsfamilie, der man einen Hof überlassen hatte, den kein veritabler Bergbauer mehr zu bewirtschaften in der Lage war. Die Hänge zu steil, der Grund zu wenig und zu viele Felsen, als dass man ausreichend Vieh hätte halten können. Mehr als eine Kuh und ein paar Ziegen gab der Templerhof nicht her. Doch der Bauer war zäh und einfallsreich. Florian lehnte die Angebote des Kraxnerbauern ab, auf dessen Hof zu arbeiten und so ein besseres Leben zu führen, er lehrte seine Kinder, trotz Armut, Entbehrungen und körperlicher Strapazen, die das Leben dort oben in der einsamen Höhe mit sich brachte, Lebensfreude zu verspüren, ein offenes Herz zu haben und die schönen Dinge des Lebens zu sehen: die funkelnden Sterne in der

Nacht, die überwältigende Natur, wenn sie morgens aus ihren kleinen Fenstern blickten, den großen Wasserfall auf der gegenüberliegenden Bergseite, die Pracht der Wiesenblumen. Und er achtete darauf, dass sie regelmäßig in die Schule gingen. Selbst wenn der Winter noch so hart war und die Kinder bis zur Hüfte im Schnee einsanken, zogen sie dennoch los ins Tal. »Die Schule und die Bildung, das ist das Einzige, was wir uns leisten können«, pflegte der Bauer ihnen zu sagen.

Und abends berichteten sie im Schein der Lampe über die Welt jenseits des kleinen, unwirtlichen Kosmos, in dem sie lebten.

Doch dann kam der Krieg, nicht der erste, den Florian erleben musste. Als sich die Truppen verzogen, die Bomber und Granatfeuer verstummten, begannen erst des Bauern große Kämpfe. Und er verlor sie alle: den Kampf gegen die langjährige Krankheit seiner Frau, den schließlich der Tod für sich entschieden hatte, den Kampf gegen die Trauer über das Sterben seiner beiden älteren Söhne auf den Schlachtfeldern und den Kampf gegen das Fernweh, welches, wie der alte Trempler vermutete, seinen jüngsten und liebsten Sohn, den Luis, vom Weiler fortgelockt hatte. Luis, sein Lieblingssohn. Er war anders geraten als alle anderen Bewohner des Weilers. Immer schon hatte er in einer eigenen Welt gelebt, er saß stundenlang auf der großen Fichte und starrte über die Felsen in die Ferne. Und eines Tages hatte sie ihn verschluckt.

Irgendwann war schließlich dann der alte Trempler selbst samt seinem Vieh über Nacht verschwunden, nachdem er die Fenster verriegelt und die Tür mit einer Kette verschlossen hatte. Die Fuchsbichler hörten sich nach seinem Verbleib um, überall, auch in den Seitentälern, doch konnte niemand Auskunft geben. Der Florian blieb verschwunden. Der Briefträger hatte in den ersten Jahren noch einmal im Monat den weiten Weg nach oben zum Templerhof angetreten, um die wenige Post dort abzuliefern. Auf dem Rückweg hatte er stets beim Urban eine Pause eingelegt, wo es guten Schnaps gab. Er saß dann in der Stube und erzählte Urban von den Karten, die er oben im Templerhof in den Barren geworfen hatte, weil das den Kraxnerbauern gar so interessierte, was draufstand und woher sie geschickt worden waren. Bis zu jenem Tag, an dem der Briefträger berichtet hatte:

»Urban, heut' kam ein Brief, irgendwoher von ganz weit weg, ich kann es gar nicht erkennen, was auf der Briefmarke steht.« Der Kraxnerbauer hatte gegrinst.

»Zeig her.« Er holte sein Monokel aus der Schublade und betrachtete die Marke. Dann sagte er: »Gut, kannst den Brief hier lassen, brauchst jetzt wohl nimmer zum Templerhof gehen. Da kommt niemand und nichts mehr.«

Und so hausten von da an im alten Templerhof nur mehr die Tiere: Mäuse, Siebenschläfer, Käfer und Spinnen. Ungestört.

Bis zum Abend des Schützenfestes.

KAPITEL 7

Isabel konnte sich genau daran erinnern, wie wunderschön der Morgen jenes Tages war.

Sie erinnerte sich an den warmen Sonnenstrahl, an das leise Gurren des Taubenpärchens und an den beglückenden ersten Gedanken, der sie durchfuhr, als sie am Morgen die Augen öffnete: berauschendes Glück.

Sie schnupperte an ihren Händen und den Spitzen ihrer Haare. Nelkenduft. Die Sonne kletterte vom Fußende ihres Bettes langsam in die Höhe. Isabel schloss die geblendeten Augen. Wohlige Wärme kroch über ihr Gesicht. Sie schlug die Decke über den Kopf. Sie sah ihn wieder, den Moment, als der Mann im Dunkel des Lagerraums ihr Gesicht in die Hände nahm.

Nach dem Feuerwerk am Hafen hatte Isabel vorgeschlagen, noch ins *Tanzcafé Atlanta* zu gehen, denn dort spielte man neuartige Musik. Richtige Musik aus Amerika. Der Mann willigte ein, wenngleich er nachdenklich und etwas abwesend wirkte.

»Wir kennen noch nicht einmal unsere Namen«, sagte Isabel in die Stille, als sie durch die Straßen gingen.

»Sie haben recht, ich habe mich nicht vorgestellt. Und ich habe Sie nicht nach Ihrem Namen gefragt. Und Sie wollten den meinen nicht wissen. Oder wollten Sie? Wäre dem so, hätten Sie dann nicht gefragt?«

Isabel antwortete nicht.

»Ich weiß, dass Sie Linkshänderin sind«, sagte er dann.

»Ich weiß, dass Ihre Nase zuckt, wenn Sie sich ärgern. Sie spielen mit Ihren Locken, wenn Sie nervös sind. Ich weiß, dass Sie Grübchen haben, wenn Sie lachen. Sie schwingen Ihre Hüften, wenn Sie stolz sind. Und ich weiß, dass Sie Ihre Gäste gern im Spiegel beobachten.« Isabel blieb abrupt stehen.

»Und seit heute«, setzte er fort, »weiß ich, dass Sie gern gebrannte Mandeln essen und anschließend Ihre Finger abschlecken. Sie öffnen Ihren Mund, wenn Sie in den Himmel schauen, und Sie tragen gern einen Schaumbart, wenn Sie Bier trinken.« Er machte eine kurze Pause. »Und ich weiß, dass Sie Höhen nicht kennen.«

Er lächelte kurz. »Es gefällt mir, was ich weiß. Ich muss nicht mehr wissen. Nicht mehr.«

Isabel erwiderte erst nichts. Was wusste sie schon von ihm?

Appetit gegen 12 Uhr, bevorzugtes Lokal: der *Klabautermann* am Hafen, Leibspeise: Labskaus, gern ein Glas Bier dazu. Eher wortkarg als redselig, dennoch unendlicher Charme, unverschämte Attraktivität und Liebhaber der Einsamkeit. Das wusste sie. Doch wusste sie nicht, warum er eigentlich hier war. Hier, mit ihr vor dem Eingang des *Tanzcafés Atlanta*. Er hatte sie kaum berührt, keine verliebten Blicke, kaum Komplimente.

»Ich heiße Isabel, ob Sie das wissen möchten oder nicht«, sagte sie dann.

»Gut, Isabel. Nennen Sie mich einfach Julius. Kommt von Jules Verne, ich stecke in diesem Namen und nenne mich so, seitdem ich wandere. In 80 Tagen um die Welt.« Er lachte.

Die Tür öffnete sich, ein junges Paar kam heraus: »Hey, ihr beiden, was steht ihr da draußen herum?«, rief die junge Frau und drehte sich im Kreis, sodass ihr Petticoat in die Luft wirbelte. »Bill Haley wartet auf jeden, der heute Freude am Leben hat. Habt ihr denn keine Freude? Keine Lust am Leben?« Sie lachte schallend. Ihr Freund nahm sie in den Arm. »Komm schon, du bist ja beschwipst.« Dann küsste er sie und verschwand mit ihr im Dunkel der Nacht.

»Und nun sollten Sie noch eines über mich wissen«, sagte Isabel zu ihrem zögerlichen Begleiter. »Sie sollten wissen, wie gern ich tanze.« Dann nahm sie ihn an der Hand und zog ihn hinein in das ekstatisch wilde Treiben, mitten auf die Tanzfläche. Um sie herum wirbelten die Paare wie lustige Kreisel, zeigten waghalsige Pirouetten, die Männer hoben die Frauen in die Höhe, diese kreischten und lachten vor Wonne.

Alles steppte, dass der Holzboden vibrierte.

Isabel begann zu tanzen, doch merkte sie schnell, wie verloren ihr Begleiter inmitten dieses rasanten Treibens war. Hilflos wie ein Tanzbär an der Kette stand er da, bewegte seine Füße ungelenk mal nach links, dann nach rechts. Nein, er konnte nicht tanzen. Und er wollte nicht, denn er entzog ihr seine Hand.

»Sie tanzen nicht gern, stimmt's?«, fragte sie ihn.

»Doch, manchmal schon«, antwortete er. »Nur, bei uns tanzt man etwas anders.«

Und so nahmen sie an einem Tisch neben der Tanzfläche Platz und bestellten zwei Gläser Bier.

»Wie anders?«, fragte sie ihn. »Wie tanzt man bei Ihnen? Woher kommen Sie eigentlich?« In dem Moment wusste sie, dies war eine sinnlose Frage, auf die Julius keine wirkliche Antwort geben würde.

»Ich komme und gehe von vielen Orten, seit vielen Jahren«, antwortete er.

»Viele Orte kennen, das muss fantastisch sein. Herumreisen, das Meer, die Seen, die Berge, all diese unterschiedlichen Welten sehen, es ist doch wundervoll!« Und sie begann zu schwärmen: »Irgendwann werde ich genug gespart haben, dann werde ich mir auch die Welt anschauen, erst einmal die Berge. Und dann werde ich an die Adria fahren, nach Venedig, dann nach Rom. Und wenn ich all das gesehen habe, dann möchte ich nach Paris.«

»Warum ausgerechnet Paris?«

»Arbeiten!« Und Isabel erzählte von ihrer Leidenschaft für die schillernde Metropole, für die Welt der Eleganz und der schönen Frauen, von ihrer Liebe zu schönen Stoffen, Mustern und Schnitten. Und sie erzählte von der Modeschule, die sie besuchen würde, sobald sie genug Geld verdient haben würde. »Ich fürchte, die Berge und die Adria müssen noch etwas warten«, sagte sie lächelnd.

Im *Atlanta* war es inzwischen ruhiger und schummriger geworden, Licht spendeten nur noch die Kerzen auf den Tischen. Es war so weit, des Abends langsamer Teil begann, zärtliche, langsame Klänge mit sehnsuchtsvollen und klagenden Worten erlaubten all den eben noch ausgelassen tanzenden Pärchen, sich nun endlich aneinanderzuschmiegen. Wangen legten sich an Wangen, Hände ergriffen einander, und die Körper schoben sich langsam im Takt schmachtender Lieder über den Tanzboden. »Hören Sie?«, fragte Isabel und sang leise zur Melodie. »Ganz Paris träumt von der Liebe, denn dort ist sie ja zu Haus ...«

Vom Alkohol leicht schwankend stand sie auf. »Kommen Sie, bitte tanzen Sie mit mir. Nur ein einziges Mal.

Zu diesem Lied«, bat sie und zog Julius von seinem Stuhl. »Es tut nicht weh. Und es ist langsam.« Er folgte ihr auf die Tanzfläche. Den Rest des Abends ruhte ihre Hand in der seinen, war ihr Körper an den seinen gedrückt, und Isabel spürte eine so faszinierende Vollkommenheit körperlichen Einklangs, dass sie nichts sehnlicher wünschte, als dass dieses Gefühl nie enden möge.

Sie gehörten zu den letzten Gästen, die das Lokal verließen. Es war bereits 2 Uhr, die Straßen und Gassen leer gefegt. In Isabels Kopf herrschte heilloses Durcheinander, denn sie hatte zu viel getrunken. Egal. In ein paar Stunden würden die Vögel zu singen beginnen, Julius würde irgendwohin entschwunden sein, und sie läge in ihrem Bett. Es näherte sich alles dem Ende. Und sie konnte nichts daran ändern.

»Darf ich Sie noch nach Hause begleiten?«, fragte er plötzlich.

Verlegen und bemüht, ihre Freude und Aufregung zu verbergen, erwiderte sie: »Ich wohne zur Untermiete, Gäste sind nicht willkommen, vor allem keine männlichen, und schon gar nicht zu dieser Stunde.«

»Ich wollte nur sichergehen, dass Sie gut nach Hause kommen. Mehr nicht.«

Isabel begriff, dass sie eine Antwort auf eine Frage gegeben hatte, die ihr Begehren gestellt hatte. Nicht er. Diese war: Wie ihm näherkommen, wie die Nacht nicht enden lassen?

»Heißt das ja oder nein?«, fragte er noch einmal. Sie nickte. Beschämt und leicht errötet.

Als sie sich verabschiedeten, küsste er Isabel auf die Wange. »Danke für die schönen Stunden«, sagte er.

»Danke.« Dann ging er, ohne sich noch einmal umzudrehen.

Am nächsten Tag erschien er wieder im Lokal, und Isabels Herz hüpfte vor Freude. Sie verabredeten sich zum Kino. *Vom Winde verweht.*

Danach unterhielten sie sich über Amerika, über die Unendlichkeit dieses Kontinents, über die vielen Ziele, die sie sich noch stecken konnten. Am zweiten Tag unternahmen sie einen langen Spaziergang die Alster entlang, sprachen über das Leben der Matrosen, ihre Fahrten über den Atlantik, über die Weite des Meeres. Und am dritten Tag hatten sie viele ihrer Träume und Wünsche voreinander ausgebreitet. In ihren Sehnsüchten waren sie sich nähergekommen, doch jene Nähe, die ein anderes Begehren als das nach Ferne andeutete, war immer noch zaghaft. Im Kino hatte er sachte ihre Hand berührt, als Rhett Butler Scarlett küsste und Isabel Tränen in den Augen standen. Auf ihren Spaziergängen nahm er sie manchmal in den Arm, wenn eine kühle Windbrise sie frösteln ließ. Vor der Haustür küsste er sie nur flüchtig auf die Wange. Mehr nicht. Die Entsagung weiterer Zärtlichkeit ließ Isabel mal verzagen, mal wurde sie aufgrund seiner scheuen Reserviertheit innerlich ungehalten, und gleichzeitig entbrannte in ihrem Herzen unendlich kummervolles Verlangen.

Bis zu jenem Tag.

»Picknick an einem Ort, an dem man die weite Welt riechen und spüren kann. Was halten Sie von dieser Idee?«, hatte er vorgeschlagen.

»Oh fein!«, hatte sie geantwortet. Nach der Arbeit war Isabel schnell nach Hause geeilt und hatte einen Korb mit selbst gebackenem Haferflockenkuchen und einer Kanne Tee gepackt.

»Wir müssen allerdings durch ein Fenster klettern«, hatte er hinzugefügt, »so ganz erlaubt ist das nicht.«

»Ein verbotener Ort? Wie faszinierend!«

»Abends ja, tagsüber nicht, zumindest nicht für mich. Ich arbeite nämlich dort.«

»Ah, Picknick im Büro? Oder in einer Werkstatt?«, hatte sie frohlockt.

»Lassen Sie sich einfach überraschen. Ich hole Sie um 20 Uhr zu Hause ab.«

Er war pünktlich. Sie gingen ungefähr eine halbe Stunde. Er hatte den Weg in Richtung Hafen eingeschlagen.

»Ich verstehe«, sagte Isabel. »Die Schiffe, die großen Frachter. Wir picknicken am Kai.«

Er schmunzelte und schüttelte den Kopf. »Abwarten.«

Als sie die Kehrwiederspitze sah, wurde Isabel allmählich klar, wohin Julius sie führen wollte. Sein Ziel war jener Teil der Stadt, in dem das Löschgut der Schiffe auf seine neue Bestimmung wartete. Alte Hallen aus Ziegel, enge Torbögen, große Fenster. Picknick in der Speicherstadt.

Sie gingen durch drei Innenhöfe, vorbei an ein paar Containern, bis sie vor einem hohen Stoß Holzpaletten standen.

»Geben Sie mir Ihre Hand«, forderte er sie auf. »Wir müssen über den Holzstoß nach oben klettern.« Sie gelangten auf ein Vordach. Von dort aus ließ sich ein Fenster öffnen. Er holte eine Taschenlampe aus der Jackentasche und leuchtete in das Dunkel. »Die Luft ist rein.«

Sie krochen durch den Spalt in die Lagerhalle und landeten auf einem Berg Säcke. Julius breitete die Arme aus und drehte sich im Kreis: »Willkommen in der weiten Welt.«

Ja, sie war tatsächlich in der Ferne angelangt, in einer köstlichen Ferne, denn sie befand sich in einer Lagerhalle voller exotischer Gewürze. Die Luft war geschwängert von feinstem Duft. Julius nahm Isabel an der Hand und führte sie im Schein der Lampe von einem wohlriechenden Berg zum anderen.

»Die Düfte der Welt«, sagte er. »Jeder Sack riecht anders. Der hier kommt aus Indien, Pfeffer. Riechen Sie, hier lagert roter Pfeffer und gleich daneben der schwarze. Auch dieser Sack hat eine lange Reise hinter sich. Vanille aus Madagaskar. Die Zimtstangen kommen aus Ceylon.«

Wie die Bienen von Blume zu Blume huschten sie von Gewürz zu Gewürz, schnupperten abwechselnd Anis, Kardamom und Muskat.

Irgendwann kamen sie zur Ruhe und ließen sich auf einem Nelkensack nieder.

Der Mond schien durch die großen Fenster, in seinem Schein tanzte feiner Staub. Vom Hafen drangen die Töne von Schiffshörnern. Ansonsten herrschte Stille. Isabel lehnte sich nach hinten und schloss die Augen.

»Oh Gott, wie es duftet. Ich stell mir vor, ich bin in einem Märchen von tausendundeiner Nacht. Ich sitze auf einem fliegenden Teppich. Ganz hoch oben. Unter mir sind all die fernen Länder, Arabien, Afrika, Indien. Ich trage schöne Kleider, und überall duftet es nach Parfum.«

Auf einmal spürte sie seine Lippen. Sie wagte nicht, die Augen zu öffnen. Er küsste sie lange und zärtlich. Seine Hände glitten unter die Bluse, unter den Büstenhalter. Überall spürte sie ihn, wie er ihren Rock hochschob, sie allmählich auskleidete, ohne seine Lippen von den ihren zu lösen. Dann spürte sie ihn, wie er langsam in sie drang.

Feucht, heiß und mit pochendem Herzen lagen sie später im fahlen Licht. Lange, sich liebkosend, und ohne Worte. Irgendwann öffnete Isabel die Augen und sagte:

»Ich bekomme Hunger, lass uns picknicken.«

Schwitzend kroch Isabel unter ihrer Decke hervor, die Sonne war inzwischen weitergewandert, hinter ihr die Zimmerwand entlang, und beschien eine der schrecklichen Zimmerdekorationen, die Isabels Vermieterin, Frau Würth, an die Wand gehängt hatte: ein kreisrundes Korbgeflecht eigenwilliger Blattrispen. Das Taubenpaar war inzwischen fortgeflogen, nun saß es auf dem zerstörten Dachfirst der gegenüberliegenden Hausruine. Dort, wo Isabel lebte, hatte man die Spuren des alliierten Feuersturms von Gomorrha immer noch nicht restlos beseitigt.

Isabel stand auf, ging in die Küche, wo Frau Würth gerade das Mittagessen zubereitete.

»Ah, die Dame ist aufgestanden? Guten Morgen. Ich hoffe doch sehr, dass Sie die Nacht allein verbracht haben!« Ihr Ton war schneidend.

Isabel schmunzelte. »Ich hatte eine schöne Nacht.«

Sie brühte den Kaffee auf und ging zurück in ihr Zimmer, nicht ohne Frau Würth noch triumphierend mitgeteilt zu haben: »Und es werden noch viele schöne Nächte werden.«

Sie legte sich wieder ins Bett und blätterte in einem Stapel Hefte *Burda-Mode*. Sie würde einen Teil ihres Ersparten anbrechen und sich ein Kleid nähen, beschloss sie. Eines, das ihm gefallen würde.

Zwei Stunden später ging sie mit einem Schnittmuster in der Tasche zu *Stoffe Kunz*. Sie wählte einen glatten Blümchenstoff aus Perlon. Sie würde ein paar Tage benötigen, rechnete sie. Das Kleid könnte nächstes Wochenende fertig sein. Bevor sie nach Hause ging, kaufte sie im Drogerieladen ein Set *Kaloderma* Gesichtspflege sowie eine Puderdose *Angel Face* und machte dann noch im Strumpfladen halt, um sich feine Nylonstrümpfe zu besorgen, denn Nylon war der letzte Schrei aus Amerika.

Sie war so unendlich glücklich, sah sich im bunten Kleid, aufreizend, erotisch und begehrenswert. Sie stand vor der Haustür und suchte nach dem Schlüssel, als Frau Würth ihr öffnete. Mit einem süffisanten Grinsen im Gesicht sagte sie:

»Post für Sie. Habe ich eben aus dem Briefkasten geholt.« Und reichte Isabel ein Kuvert. »Für Scheherazade aus tausendundeiner Nacht«, stand darauf.

Isabel eilte ins Zimmer, warf die Einkaufstüten in die Ecke und setzte sich auf einen Stuhl. Dann öffnete sie den Umschlag. In ihm fand sie eine Postkarte, auf deren Vorderseite ein mächtiger Berg zu sehen war. »Himmelsspitz« stand darunter. Auf der Rückseite stand:

»Meine Scheherazade, wie gern flöge ich mit dir auf dem fliegenden Teppich in deine Welt. Doch schickt mich das Schicksal in eine andere. Du hast mich gefesselt, so sehr, dass ich dich verletzt habe, gestern in der Nacht. Verzeih mir, wenn ich es tat. Gott weiß, wen er eines Tages zusammenführt. Und an welchem Ort.

Ich küsse dich.«

Es dauerte lange, bis Isabel fassen konnte, was da geschrieben stand.

Aus jedem einzelnen seiner Worte versuchte sie nun, eine Botschaft zu entnehmen. War sie für ihn, wie Scheherazade einst für König Schahriyar eine verführerische

Geschichtenerzählerin? Jedoch nicht mehr? Welche Welt war die ihre, in welche strebte er? Von welchem Schicksal sprach er?

Besonders quälte sie der Gedanke an die Innigkeit und Liebe, die sie gemeint hatte zu fühlen, als sie sich liebten. War all das nichts für ihn gewesen?

Julius blieb verschwunden, und Isabel glaubte, an ihrer Trauer zu zerbrechen. Sie kündigte trotz Geldnot ihre Arbeit am Hafen, weil sie den Anblick des leeren Tisches nicht ertragen konnte. Wochenlang verließ sie ihr Zimmer kaum mehr. Und nach den Zeiten der Trauer ereilte Isabel eine maßlose Wut auf ihn und auf sich selbst, eine Wut, die dazu führte, dass sie den Blümchenstoff auf dem Fensterbrett ihres Zimmers verbrannte. Der Perlongestank und die schwarze Rauchwolke führten schließlich dazu, dass Frau Würth Isabel von heute auf morgen hinauswarf.

Isabel fand Unterschlupf bei ihrer besten Freundin Julia.

Julia arbeitete als Vorführdame in einem angesehenen Modesalon und konnte sich deswegen auch eine kleine Wohnung leisten.

Es war Julia, die Isabel wieder aufrichtete, ihr gut zuredete und sie an all die großen Pläne erinnerte: »Du hattest so viele Träume, lass dich doch von einem Mann nicht vollkommen aus der Spur werfen. Noch dazu von einem Mann, den du ohnehin kaum kanntest! Isabel, das Leben geht weiter. Wir werden für dich eine Arbeit finden, wirst sehen, und dann besuchst du endlich die Modeschule. Paris wartet auf dich!«

Doch Isabel suchte lange Zeit nur nach einer Antwort auf die Frage: Führt Gott uns zusammen? An welchem Ort? Auf dem Himmelsspitz?

Steckte in seinen Zeilen die Botschaft: »Komm zum Himmelsspitz.«

Und Julia sagte stets: »Vergiss ihn, vergiss Himmelsspitz. Womit willst du das alles bezahlen? Die Berge sind so weit weg. Und dann weiß niemand, ob er dort ist. Isabel, vergiss den Mann! Und freu dich auf das Leben, später mal in Paris.«

Das Schicksal hatte für Isabel jedoch andere Pläne vorgesehen.

Keine Modeschule, kein Paris, und vorerst gab es auch keine Entdeckungsreisen durch Deutschland. Denn sie war von Julius schwanger geworden.

Auch wenn Isabel Julius nie mehr gesehen hatte, so war er doch täglich gegenwärtig, denn Lea, seine Tochter, war ihm wie aus dem Gesicht geschnitten.

KAPITEL 8

Zweierlei verband die Tremplerfamilie mit den Kraxners: Hass und Liebe.

Urban hasste Luis!

Dieser Kerl, dieser Abkömmling des jämmerlichen Florian, wie konnte es angehen, dass dieser Bursche trotz all seiner Armseligkeit mit einer derart unwiderstehlichen Anziehungskraft gesegnet war? Die Natur hatte Luis so gewinnend gestaltet, dass er alle Herzen im Sturm eroberte, mit seinem geheimnisvollen Charme, seinem dunklen Teint, den pechschwarzen Locken, den betörenden Augen, die so tief und klar waren wie der Perlensee. Und im Weiler wusste jeder: Die meisten Frauen im Tal hatten ihr Herz an ihn verloren. Anders als der reiche Urban, der so oft vergeblich bemüht war, Frauen zu betören, und dann doch nur noch Erpressung, List und Gewalt als einzige Mittel zur Verfügung hatte, um die Begehrten gefügig zu machen, konnte der mittellose Bursche Luis den Luxus der Herzen genießen. Wenn er denn nur wollte. Urbans Hass wuchs noch einmal mehr, als er merkte, dass Luis sich gar den Luxus des Verzichts auf all die Liebe leisten konnte, die ihm entgegenflog. Unglaublich. Keine Liebschaften, keine Gerüchte. Unnahbar für all die jungen Frauen, nach denen sich Urban die Finger abgeleckt hätte.

Manchmal hatte sich Urban in der Kirche hinter Luis gesetzt. Er musterte dann jedes einzelne Haar, die leichten Wellen, die glänzende Schwärze. Ja, er meinte gar, der Kerl würde duften, nach Tannen und Kiefern, nach Walderdbeeren und Wiesenblüten, nach frischem Quellwasser – statt nach Stall. Und sein Hass vermischte sich mit grauenvollem Entsetzen, als seine scharfen Augen in der Kirche entdeckten, welches Geflecht von Blicken sich quer durch das Kirchenschiff entsponnen hatte, hauchzarte Fäden, die die beiden schönsten Menschen des Tals verknüpften: Luis und Agnes.

Seine Tochter! Und der Sohn des alten Tremplerbauern! Er sah Luis' Hände auf ihrem Körper, er sah die Münder gierig und begehrend vor sich. Welche Pein quälte ihn von dieser Stund an. Sein Argwohn ließ ihn nicht ruhen. Fortan beobachtete er seine Tochter auf Schritt und Tritt. Und war er im Wald oder auf der Mahd, hatte Magd Josefa den Auftrag, ihm genauestens Rechenschaft abzulegen über das Treiben seiner Tochter. »Nichts macht deine Tochter, Urban«, sagte diese indes fortwährend. »Sie hat mit mir den Stall gemistet, sie hat Heublumensud für die Schweine kocht und Schnecken im Gemüsegarten g'sammelt. Dann hat sie Cilli auf einen Tee besucht. Mehr net.« Genau betrachtet gab es eigentlich keine wirklich ernst zu nehmenden Hinweise auf ein Liebesverhältnis, außer vielleicht ein geheimniskrämerisches Tuscheln mit der Cilli. Doch was sollte er die Taubstumme fragen, ihr auf einen ihrer Blöcke kritzeln, die sie in ihrer Kitteltasche bei sich trug? Cilli, hat meine Tochter ein Verhältnis?

Hinzu kam, dass Luis im Weiler kaum zugegen war, er hatte auf dem Tremplerhof genug zu tun, und der war immerhin eine gute Stunde Fußmarsch vom Kraxnerhof entfernt. Während der wenigen Zeit, in der man den Knechtssohn im Ort sah, besuchte er seinen Freund, den Fertl, oder er saß beim Oswin auf der Bank und gönnte sich eine Prise Schnupftabak. Manchmal tollte er mit den kleinen Zwillingen von Robert und Cilli umher. Doch mehr nicht. Den Kraxnerhof würdigte er – wie auffällig! – keines Blickes. Nicht einmal dann, wenn Agnes vor dem Haus auf der Bank saß oder im Garten arbeitete.

Dennoch, Urban fühlte die Liebe zwischen den beiden. Er meinte, es seiner Tochter anzusehen, denn ihre Schönheit wuchs von Tag zu Tag. Genährt vom Glück der Liebe, dachte Urban, den Misstrauen, Missgunst und Zorn zunehmend zerfraßen.

Die Nacht, schoss ihm eines Tages durch den Kopf. Es war die Nacht. Das liebestolle Treiben seiner Tochter fand im Schutz der Dunkelheit statt. Nur hatte er dieses bisher verschlafen, schuld war der abendliche Schlummertrunk, eine halbe Flasche Schnaps, die er nun vorerst verbannte. So heilig diese ihm war, die Sorge um das Wohl seiner Tochter und der Hass auf Luis waren größer.

Seine Überwachungsaktionen hatte er sorgfältig geplant. Da der Hof sowohl Vorder- als auch Hintereingang besaß, musste er seine Bespitzelungsposition vom Stall her einnehmen. Im ersten Stock des Viehtrakts war das Austragszimmer, ein Raum, der zwei Fenster besaß, eines nach vorn in Richtung Weiler und eines zur Seite, direkt zum Wohngebäude. Das Zimmer war bis auf ein Bettgestell mit einer alten Matratze, einem Tisch, einem Stuhl und einem Kreuz an der Wand leer geräumt. Urbans Eltern, die ihre letzten Lebensjahre hier verbracht hatten, waren schon lange unter der Erde. Seitdem hatte man auf dem Hof für diese Kammer keine Verwendung. Nur Urban verbrachte dort ab und zu ein Stündchen. Mit der einen oder anderen Magd, bloß um zu schauen, ob sie was taugte.

Er setzte sich auf den Bettrand. Die Zeit wollte nicht vergehen, allmählich gingen im Weiler alle Lichter aus. Nur noch in Fertls Werkstatt brannte eine Funzel. Der dichtet wohl wieder sein Zeugs zusammen, dachte Urban. Während er so dasaß, überlegte er, was mit dem Liebespaar anzustellen sei, wenn er es in flagranti erwischen würde. Die Zeiten, in denen er so mir nichts, dir nichts einem unverschämten Flegel eine Ohrfeige oder Tracht Prügel verabreichen konnte, waren weiß Gott vorbei. Luis war ihm allein größenmäßig deutlich überlegen.

Was sollte er also tun? Urban sprang auf und lief in den Stall. Er würde eine Waffe brauchen, nur um ihn einzuschüchtern, ihm zu drohen, und zwar auf eine Art und Weise, die der Knechtssohn nie wieder vergessen würde. Ich hätte die Büchse mitnehmen sollen, dachte er. Doch dafür war es zu spät, denn als er unten durchs Stallfenster spähte, sah er, wie sich zaghaft die Haustür öffnete. Heraus kam, eingehüllt in einen dicken Schal, Agnes. Vorsichtig blickte sie um sich, dann schloss sie die Tür und verschwand hinter der Hausecke.

Urban ergriff die Axt und folgte seiner Tochter in den Wald.

Agnes war flink. Wie ein Wiesel huschte sie durchs Dickicht, so schnell und geräuschlos, dass Urban ihr mit seinem Holzbein kaum folgen konnte. Doch wies ihm ihr helles Kleid, das er zwischen den Baumstämmen schimmern sah, den Weg. In einer kleinen Lichtung blieb sie stehen. Vom fahlen Mondlicht beschienen, drehte sie sich suchend im Kreis, bis das Knacken eines Astes die Stille durchfuhr.

»Agnes, wo bist du?«, hörte Urban eine Stimme rufen.

»Luis, hier, hier bin ich«, antwortete die Tochter.

Urban duckte sich ins Unterholz, die Axt fest in der Hand. Dann sah er sie beide, wie sie einander in die Arme fielen und sich so inniglich küssten, dass Urban schier das Herz stehen blieb.

Luis hatte eine Decke dabei, die er um Agnes' Schultern legte.

»Kimm«, sagte er, »kimm.« Dann nahm er sie in den Arm, und sie gingen weiter, den Berg hinauf. Urban fragte sich, wohin der Weg sie alle führen würde. Am liebsten hätte er jetzt schon die Axt geschwungen, einen Hieb auf die Hand gegeben, die seine Tochter in diesem Moment umfasste, und einen Schlag auf den Mund, der ihre Lippen immerfort liebkoste. Doch der Kraxner war so gebannt und gespannt, was folgen würde, ahnend, es käme Fürchterlicheres als ein paar Liebkosungen. Deshalb bändigte er seine Wut und zischte nur durch die zusammengebissenen Zähne. »Wart nur, wart nur.«

Eine knappe halbe Stunde zog das junge Paar durch die Nacht, begleitet von der Liebe und nichts ahnend von dem Hass, der ihnen folgte. Gefährlich nahe folgte.

Irgendwann dämmerte Urban, wohin sie gehen würden, denn inzwischen hatten sie den schmalen Wildpfad erreicht, auf dem die Tiere unterhalb der Baumgrenze die Teufelsschlucht durchquerten. Auf der anderen Seite lag, versteckt zwischen Felsen und Dickicht und nur für Bergerfahrene zugänglich, jene Hütte, die Oswin Kneisl während des Krieges als Ort für das Ausweiden seiner Opfer gedient hatte. Urban selbst war öfter dort gewesen, zu ganz frühen Zeiten, als er selbst ein kleiner Bub und Oswin ein junger Mann gewesen war. Damals schon hatte sich Urbans Geschick in Geldangelegenheiten gezeigt, denn er hatte dem Kneisl beim Verhökern seines erlegten Diebesguts geholfen, wozu er das Versteck aufsuchen musste. Doch nachdem Soldaten ihn im Wald mit einem Rehschlegel auf der Schulter erwischt hatten und sein Vater, der Kraxner senior, ihn für die Tat fast totgeschlagen und dem Oswin weiß Gott was angedroht hatte, war er niemals mehr droben gewesen, in der verbotenen Waldbehausung.

Und tatsächlich, dort stand sie noch, klein und verfallen, inmitten hoher Farne und Sträucher. Luis drückte die Äste zur Seite, sodass Agnes zur Tür gelangen konnte.

Luis folgte ihr. Urban versteckte sich hinter einem Hollerbusch und spähte durch das winzige Fenster ins Innere der Hütte.

Sie hatten eine Kerze angezündet.

In ihrem Licht sah er Agnes auf der Bank sitzen, Luis hielt sie fest im Arm und streichelte ihr über das Gesicht.

»Agnes«, hörte Urban ihn sagen, »hast du es dir überlegt?«

»Luis, das alles quält mich«, antwortete sie. »Es fällt mir so schwer.«

»Ich weiß, meine Liebe, ich weiß.«

»Wovon sollen wir leben?«

»Lass das meine Sorge sein, du weißt, ich kann hart arbeiten.«

»Luis, warum bleiben wir net hier? Ich könnt mit dir auf den Hof ziehen. Wir täten uns um deinen Vater kümmern, so schlecht und wirr, wie der beisammen ist.«

»Nein, Agnes, der Hof, du weißt, wie sehr ich an allem hänge, aber mir bleibt nichts anderes übrig, ich muss weg.«

»Luis, aber warum sagst du mir nie, warum? Was zieht dich denn weg von hier?«

Urban sah mit Entsetzen, wie der Kerl seine Tochter an sich zog und küsste.

»Frag net, meine Liebe, bitte frag net. Irgendwann werde ich's dir sagen, wenn ich's sagen kann.«

»Was werd aus deinem Vater?«

»Gott werd's richten, du weißt doch, oben auf dem Templerhof, da ist man Gott sehr nahe.«

»Luis, und was werd aus meinem Vater?«

»Urban? Agnes, ich bitte dich, der hat doch sein Leben lang getan, was er wollt. Hat er jemals Rücksicht auf dich g'nommen? Agnes, ich will net schlecht über deinen Vater reden, aber er ist ein Tyrann. Er wird gut ohne dich leben können.«

Urban zitterte vor Wut. Er überlegte, ob er diesem unsäglichen Bengel die Axt sofort über seinen Knechtsschädel ziehen sollte.

»Können wir net noch eine Weile warten? Luis, wenn ich 21 bin, dann kann ich doch selbst entscheiden.«

»Noch sechs Monate? Agnes, da draußen wartet das Leben auf uns, andere Menschen, andere Länder, keine engen Berge …«

Doch sie unterbrach ihn: »Bitte, Luis, bitte, dann kimm ich auch mit, mit dir. Lass uns meinen Geburtstag abwarten.«

Sie schmiegte sich an ihn, überdeckte ihn mit Küssen, als wollte sie eine Antwort auf diese Weise unterdrücken. »Luis, ach liebster Luis«, sagte sie, während sie sich das Kleid über die Schultern streifte.

Urban schloss die Augen. Seine Tochter, entblößt und bald vereint, vor des Vaters Augen. Das war selbst für einen Hartgesottenen wie ihn eine zu schwere Last. Was tun, Urban, was tun. Der rasende Zorn weckte im Kraxner mörderische Gedanken. Komm schon, schlag ihn tot, den erbärmlichen Hund, prügle ihn tot, rief eine Stimme in ihm. Merkt hier oben eh keiner, dann ab in die Teufelsschlucht mit ihm. Langsam erhob er sich, sein letzter Blick durchs Fenster erhaschte, wie Luis den weißen Körper mit Leidenschaft bedachte, dann ging Urban langsam zur Vorderseite. Die Axt in die Höhe haltend dachte er, der Lasterhöhle ein Ende zu bereiten. Er schob die Zweige auseinander, und in dem Augenblick, in dem er die Tür öffnen wollte, vernahm er ein metallenes Klicken am Ohr. Er blickte zur Seite, direkt in die Mündung einer Schrotflinte. »Wag es nicht«, flüsterte eine Stimme hinter dem Hollerbusch. »Verschwind, sonst war's deine letzte Sekund.«

Urban ließ die Axt sinken und ging langsam rückwärts, stolperte über die Zweige und fiel der Länge nach zu Boden.

»Mach schon, du Drecksack«, zischte die Stimme. Urban rappelte sich auf und lief los. Er humpelte um sein Leben.

Als er zu Hause ankam, war er schweißgebadet, sein Knie und die Hände waren aufgeschürft von den vielen Stürzen auf dem felsigen Pfad. Mit eingenässter Hose setzte er sich in die Küche und leerte eine Viertelflasche Schnaps in einem Zug. Er wusste nicht, welch üblen Gedanken er sich zuerst widmen sollte, dem unzüchtigen Treiben seiner Tochter mit dem Knechtskerl oder der Frage, wer zum Teufel es gewagt hatte, ihn, ihn, den Urban, den Schützenkönig, zu bedrohen. Eiskalte Rachegefühle ließen ihn erschaudern. Er leerte die Flasche bis zur Hälfte. »Da ist einer in zu große Stiefel geschlüpft«, sagte er laut zu sich selbst. »Nicht mit dem Kraxnerbauern. Nicht mit ihm.« Wer hatte dort nachts was zu suchen? Oswin? Hatte der Alte nicht das Wildern aufgehört? Oder der Karl, der Ruckkorb-Karl, der sich immer in den Bergen rumtrieb? Wer zum Teufel hatte ein Interesse, ihn zu vertreiben und die Liebenden zu schützen, sogar mit einer Flinte? Vielleicht war's der alte Trempler, kann sein, der hätte ein Interesse, seinen Sohn in guten Händen zu wissen. Er war seinem Sohn gefolgt. Doch warum? Konnte der ahnen, dass Urban wachen Auges sein würde?

Der Kraxner stand auf und wanderte unruhig in der Küche hin und her. »Gewiss, könnte sein, der Trempler Florian«, murmelte er. »Der Mistkerl, ich werd's ihm zeigen. Ihm und seinem Bastard.« Inzwischen war der Schnaps fast geleert, Urban stand wankend am Herd, als sich leise die Tür öffnete. »Urban?« Es war Maria, die alte Magd. Im Nachtgewand stand sie da und starrte den Betrunkenen an.

»Was gibt's? Was glotzt du so?«, polterte er.

»Brauchst meine Hilfe?«, sie warf einen Blick auf die Schnapsflasche, dann auf seine durchnässte Hose. »Hier stinkt's, du hast in die Hosen g'macht. Urban, kimm, du hast genug trunken, ich bring dich ins Bett.«

Doch ehe sie einen Schritt auf ihn zugehen konnte, war der Kraxner ihr schon entgegengetorkelt. »Halt's Maul, Alte.« Er holte aus und fegte die Magd mit einem Schlag zu Boden. Dann stieg er über ihren Körper hinweg und ging in die Stube, um sich aus dem Schrank die zweite Flasche Schnaps zu holen. Er hatte sie gerade geöffnet und zum ersten Schluck angesetzt, als er durch die halb offene Stubentür gerade noch das letzte Stückchen von Agnes' Schal auf dem Boden entlangschleifen sah.

»Agnes«, brüllte er und folgte ihr die Treppe nach oben.

In dieser Nacht waren alle Fuchsbichler wach geworden. Auch die Taubstumme, denn sie fühlte, was die anderen hörten.

Nur Luis hatte nichts von Agnes' Schreien vernommen, denn er hatte noch lange nach ihrem Fortgang in der Waldhütte gesessen und über die Zukunft nachgedacht. Noch sechs Monate, hatte er sich gesagt, bis zum Herbst, dann endlich würde sie einwilligen, und er könnte sie an der Hand nehmen und fort vom Weiler führen. Er hatte genug Geld gespart, damit sie sich eine Zugfahrkarte nach Deutschland leisten konnten. Dann würde man schon weitersehen.

Als der Morgen graute, löschte er die Kerze und machte sich auf den Nachhauseweg. Die ersten Rotkehlchen trällerten vergnügt in den Bäumen. Der Himmel war wolkenlos, die Luft glasklar, die Sonne stand noch weit oben in den Gipfeln, doch löste die Wärme ihrer Strahlen den weißen Nebel über dem Tal langsam auf. Im Weiler krähte der erste Hahn. Luis pflückte die Walderdbeeren, die er am Wegesrand fand, und sammelte für den Vater ein paar Bratschwämme. Weil er sie so gern aß, der Vater. Luis fühlte einen Stich im Herzen. Der Vater, welch Leben würde er haben, wenn der Sohn, der Einzige, der übrig geblieben war, nicht mehr auf dem Hof wäre? Vielleicht ein besseres, dachte Luis, ich werd ihm Geld schicken, dann kann er sich einen Knecht leisten. Den Karl, das wär's, den Karl. Dann wär Schluss mit dem Ruckkorbgetrage und all den gefährlichen Klettereien. Bald schon würde er diesen Plan angehen und vorsichtig mit dem Fendersohn sprechen.

Plötzlich bemerkte er oben im Felsen ausgerechnet ihn – Karl, den Ruckkorb auf dem Rücken. »Karl, so früh schon unterwegs?«, rief er.

»Ja, Luis, ist heut viel zu rupfen. Wo kimmst du denn her in der Morgenstund?«, antwortete der.

»Eines unserer Schafe hat sich verirrt, ich hab's gesucht.«

»Und? Hast du es g'funden?«

»Nein, es muss wohl in die andere Richtung g'laufen sein.«

»Na dann«, sagte Karl, »viel Glück beim Suchen.« Und winkte zum Abschied.

Bub, bald könntest auch du ein schöneres Leben haben, dachte Luis. Er beschleunigte seinen Schritt, denn er sollte zu Hause sein, bevor der Vater seine nächtlichen Ausflüge bemerkte. Heute stehen die maroden Dachschindeln an, dachte er. Ein paar müssen endlich ausgewechselt werden. Und der Stubenofen war zu reinigen, die Heizperiode war vorüber, all der Ruß musste abgebürstet werden. Gegen Nachmittag wollte er Fertl besuchen, Fertl, seinen besten Freund. Und morgen Nacht würde er sie wiedersehen, Agnes, seine größte Liebe. An all das dachte Luis während des letzten Stückchen Weges, dabei war er so in Gedanken vertieft, dass er ihn zunächst nicht sah, unmittelbar vor dem Gatter zum Templerhof, auf einem Stein sitzend: Urban mit einem dämonischen Grinsen im Gesicht.

Hass und Liebe hielten an diesem Tag nicht nur die Tremplers und Kraxners, sondern ganz Fuchsbichl in Atem. Bis zum Abend. Es war ein strahlender Tag gewesen, die Sonne hatte die Luft so erwärmt, dass die Luft lange noch lau war. Dennoch war an diesem Abend niemand draußen zu sehen. Die Bauern hatten die Tiere versorgt und sich dann schnell in ihre Häuser verzogen. Niemand, auch nicht der alte Kneisl, saß auf der Hausbank. Fuchsbichl war äußerlich ausgestorben, doch innen drin, in den Stuben, Küchen und Schlafkammern, da brodelte es.

Oswin hatte sich hinter dem Ofen verkrochen. Jedes einzelne Glied schmerzte höllisch, denn der Alte hatte einige Strapazen hinter sich. Zum ersten Mal seit vielen Jahren war er wieder bei seiner Waldhütte gewesen.

Dort hatte er sich kurz umgesehen, die Kerzenstummel in die Tasche gesteckt und danach die Tür mit einer dicken Kette verriegelt. Bevor er gegangen war, hatte er noch den Türgriff einen Moment in der Hand gehalten. »Servus, altes Häusl«, hatte er gesagt, »hast nie wirklich Glück gebracht.« Nun rieb er sich Katzenfett auf die Haut und trank einen Schluck Schnaps. Dann noch einen, dieses Mal von Urbans gutem, bald hatte er ja Geburtstag, und Urban würde kommen und ihm eine neue Flasche spendieren. Er dachte an die alte Hütte hinter der Teufelsschlucht und murmelte: »Abbrennen hätte ich sie sollen, erst gar nicht bauen hätte ich sie sollen. Hat nur Unglück gebracht.«

Nachdem Cilli ihre Zwillinge ins Bett geschickt hatte, war sie in die Küche gegangen, hatte sich zu Robert gesetzt und bitterlich geweint. Auf dem Küchentisch lag ihr Block, auf den sie schrieb: »Diese Liebe von Agnes bringt großes Unheil. Ich kann ihr nicht helfen.« Robert streichelte seiner Frau über das Gesicht.

»Meine geliebte Cilli, wenn du nur wüsstest, wie sehr ich dich liebe, und welch großes Heil mir deine Liebe brachte.« Und er wusste, wäre sie nicht taub, wären ihm diese Worte niemals über die Lippen gekommen.

Fertl hatte viele Stunden in der Kapelle verbracht, wo er kniend unter der Muttergottes betete. Danach war er in seiner Werkstatt verschwunden. Als die Sonne sich neigte und keiner mehr im Weiler zu sehen war, rückte er das Regal mit den Jesuskindern von der Stelle und schob dahinter ein loses Brett zur Seite. Dann nahm er den Jutesack, in den er seine Büchse und Urbans Axt gepackt hatte, und versteckte alles hinter der Holzwand. Mit ein paar Hammerschlägen befestigte er das Brett und stellte das Regal wieder auf seinen alten Platz zurück. Nichts war verändert. Dann setzte er sich an sein Schreibpult und schrieb die Worte:

O große Sehnsucht, vergeblich Hoffen,
Nun schweigt das Herz in Traurigkeit.

Karl hatte seinen Korb voll feinster Gräser beim Oswin abliefern wollen, doch weil der nicht anzutreffen war, brachte der Junge an diesem Tag keine Groschen nach Hause. Der Vater Fender hatte ihn zur Strafe mit leerem Magen zu Bett geschickt, und Mutter Elfriede hatte gute Nacht gesagt mit traurigen Blicken. Karl verspürte Hass für den einen und Liebe für die andere. Und er dachte an das, was heute geschehen war, beim Urban.

Urban lag mit schwerem Kopf in seinem Bett. Was für eine ereignisreiche Nacht und welch anstrengenden Tag er hinter sich hatte. Der Kraxnerbauer hatte zu wenig geschlafen und war zu weit gegangen. Ein paar schöne Gedanken wollte er sich nun gönnen, dachte er. Bald schon, nämlich in vier Wochen, würde wieder sein großer Tag sein. Beim großen Gaufest würde er, da er Vorsitzender des Trachtenvereins war, nicht nur im Rampenlicht stehen, sondern sich infolgedessen auch leichter mit der Liebe tun, denn dann war er jemand! Vier Wochen noch, dann war es so weit.

Agnes hatte den Tag in ihrer Schlafkammer verbracht, zusammen mit der alten Magd Maria, die auch jetzt noch an ihrem Bettrand saß, nachdem sie Agnes' Platzwunde versorgt und ihr kühlende Tücher auf den Kopf gelegt hatte. Es war dunkel im Zimmer, denn Agnes wollte kein Licht sehen.

»Maria«, sagte Agnes, »ich werde Fuchsbichl verlassen.«

»Scht, scht, ruhig, mein Kind«, befahl die Alte.

»Doch, Maria, ich geh fort.«

»Wohin denn, mein Kind?«, fragte Maria und streichelte ihr über das Haar, so wie damals, als Agnes noch klein war.

»Weit fort.«

»Doch net allein, oder?«

»Nein.«

»Agnes, meinst net, dass ich jede zweite Nacht merk, dass du dich vom Hof schleichst und erst weit nach Mitternacht zurückkehrst?«

Agnes schloss die Augen. »Maria, ich bin müd. Lass mich schlafen.«

»So red, Kind, hab ich dir nicht immer g'holfen? Mit wem gehst fort? Mit dem Fertl? Mit dem bist ja so oft zugange.«

Agnes schüttelte den Kopf.

»Dann hat das G'red im Weiler doch recht. Es ist der Luis.«

»Ja, der Luis, und weil ich ihn liebe, geh ich mit ihm. In sechs Monaten, dann kann niemand mehr was sagen.«

»Was redst, mein Kind? Dein Vater werd das niemals zulassen. Du weißt doch, wie er ist. Außerdem musst du zuerst g'sund werden, so kannst net gehen, mit deinem Aussehen und deinem gebrochenen Finger. Und was werd aus dem Hof? Willst net bleiben, deine Mutter hätt das so woll'n.«

Doch Agnes gab keine Antwort mehr, ihre Atmung war tief, und in ihrem Gesicht lag trotz der Schmerzen, die sie hatte, ein Lächeln. Maria erhob sich leise und schlich aus dem Zimmer. So wie vor vielen Jahren, wenn sie die kleine Agnes in den Schlaf gesungen hatte. Auch damals war sie so dagelegen, sanft, verletzlich und zart.

Maria ging in ihre Kammer. Sie war die Letzte in Fuchsbichl, die das Licht löschte. Totenstille im Weiler, das Leben ruhte. Nur eines erwachte in diesen Stunden. Unmerklich, winzig.

II.

Doch nun seh' ich steile Felsen
Wachsen aus zerriss'ner Wand,
Fern den Wasserfall sich wälzen
Wie ein wallend Silberband.

KAPITEL 9

Allmählich versank der große Berg im Dunkel der Nacht. Es wurde spät, immer noch waren die Reisenden nicht an ihrem Ziel angelangt. Der Unfall mit dem Tier hatte sie einiges an Zeit gekostet. Es waren noch verletzende Worte zwischen den Erwachsenen hin und her geflogen, Schuldzuweisungen, Flüche, Beschimpfungen. Horst echauffierte sich über Lea, Isabel über Horst, Lea schwieg, ihre kleinen Hände zu Fäusten geballt, kämpfte sie gegen die Tränen. Über viele Kilometer hinweg herrschte im Kapitän eine erdrückende Stille.

Schließlich zeichneten sich im Mondlicht nur noch die Kronenzacken des Berges ab. Mitten im Dunkel seiner Hänge funkelten winzige Lichter wie Sterne, die vom Himmel in ein kleines Nest gefallen waren.

»Meine Kleine, ich glaube, wir sind bald da«, sagte Isabel. »Siehst du da vorn die hell erleuchteten Fenster?«

Lea nickte und fragte: »Die Häuser liegen so hoch oben auf dem Berg, da ist es dann nicht mehr weit bis zum Gipfel, oder?«

»Nein, nicht mehr allzu weit«, antwortete Isabel.

»Und wir gehen bald rauf, auf die Bergspitze?«, wollte Lea wissen.

»Ja, das werden wir«, versprach Isabel.

»Da haben sich meine Frauen ja was vorgenommen«, spöttelte Horst. »Ihr werdet doch nicht von mir erwarten, dass ich da mitkomme? Ist ja schließlich auch mein Urlaub. Isabel, mein Goldstück, wir werden auf jeden

Fall auch die Ruhe genießen, und zwar auf der Sonnenterrasse. Vielleicht haben die inzwischen auch schon das Schwimmbecken fertig gebaut. Aber große Wanderungen, die bleiben wohl die Ausnahme, was?«

Lea sah, wie er wieder Mutters Knie tätschelte.

Lea konnte Horst vom ersten Augenblick an nicht leiden. Schon vom ersten Moment an nicht, als er plötzlich an Mutters Seite aufgetaucht war, kurz nach Leas sechstem Geburtstag. Sie hatten vor der Schule auf Lea gewartet: Mutter, ein großer Mann, ein großer Stoffbär, ein großes Auto.

»Das ist Horst«, sagte Isabel. »Sieh mal, was er dir Schönes mitgebracht hat.« Der Mann bückte sich, Lea roch süßlichen Atem und Rasierwasser. Sie sah dünnes, klebrig-glänzendes Haar, in dem sich die Furchen eines Kammes abzeichneten.

»Und du bist also das kleine Fräulein Lea«, sagte er und drückte ihr den Bären in den Arm. »Haben wir schon mal einen so großen Bären gesehen?«, fragte er dann und zwickte ihr dabei leicht in die Wange. Lea blickte zu Boden und schwieg.

»Lea, bedank dich bitte«, sagte ihre Mutter.

»Ach, lass sie doch, sie ist wohl ein wenig schüchtern, das wird sich geben. Ich bin mir sicher, dass wir gute Freunde werden«, sagte der Mann und öffnete grinsend die Autotür. »Der Kapitän bringt die beiden Damen erst einmal in ein gutes Restaurant. Schule macht doch sicher Hunger?«

»Ist Horst ein Kapitän?«, hatte Lea ihre Mutter am Abend gefragt, als Isabel sie ins Bett brachte.

Isabel schmunzelte: »Oh nein, Kapitän heißt sein Auto. Opel Kapitän.«

»Ah«, sagte Lea. Und nach einer Weile fragte sie mit gesenkter Stimme:

»Ist Horst jetzt dein Freund?«

»Ja, meine Kleine, das ist er.«

»Warum?«, wollte Lea wissen.

»Weil es uns dann besser geht«, antwortete die Mutter.

»Aber es geht uns doch gut.«

»Ach, mein Liebes«, sagte ihre Mutter nur noch. »Ach.« Dann knipste sie die Nachttischlampe aus.

»Mama.«

»Was ist?«

»Ist Horst jetzt mein Vater?«

»Nein.«

»Und wenn du ihn heiratest?«

»Dann vielleicht, meine Lea, vielleicht«, hatte Isabel geantwortet, mit einem Blick, der in weiter Ferne weilte.

Mit der Stärke eines Paukenschlags hatte Horst ihr überschaubares kleines Leben beendet und ein befremdliches eingeleitet. Die Welt verlor an Geborgenheit und Übersichtlichkeit. Nichts war mehr wie früher. Wenn Isabel abends feine Kleider trug und ihre Haare hochgesteckt hatte, wusste Lea, dass sie die Nacht über allein blieb. Anfangs hatte sie geweint, und Isabel hatte sie mal geschimpft, mal beruhigt, mal angeschrien.

Oder sie war wortlos gegangen.

Bis zu jenem Abend, an dem Mutters beste Freundin Julia mal wieder zu Besuch kam. Lea mochte es, wenn Julia da war. Sie und Isabel saßen dann stundenlang in der Küche, tranken Wein, redeten viel. Manchmal lachten die Freundinnen so laut, dass sich die Nachbarn beschwerten. Lea konnte am besten einschlafen, wenn Mutter lachte.

An diesem Abend aber hatte eine befremdliche Ruhe in der Küche geherrscht. Es war so still, dass Lea nicht einschlafen konnte. Sie schlüpfte aus dem Bett, lugte durch den Spalt der Küchentür und sah, wie ihre Mutter weinte. Julia hielt sie im Arm und sagte: »Isabel, das ist doch keine Zukunft. Du musst dich endlich von der Vergangenheit lösen. Sieh nach vorn! Früher hattest du Träume. Denk an Paris! Und schau dir die Wirklichkeit an. Diese kleine Wohnung, keine richtige Arbeit. Isabel, ich fleh dich an, vergiss, was geschehen ist. Isabel, dieser Horst, auch wenn er nicht das ist, was du suchst. Er ist dennoch deine Möglichkeit, aus deinem jetzigen Leben herauszukommen. Verstehst du mich?«

Julia packte Isabel an den Schultern und schüttelte sie wie einen leeren Sack. »Isabel, Lea ist nun sechs Jahre alt. Sie kann wirklich die Nacht allein bleiben, und wenn nicht, dann muss sie es eben lernen. Es ist auch dein Leben, greif nach ihm!«

Lea schlich zurück in ihr Zimmer. »Dein Leben, greif nach ihm«, klang es in ihrem Kopf.

Seit diesem Abend hielt Lea ihre Augen geschlossen, wenn Isabel nachsah, ob sie schon schlief. Und während Isabel vor dem Spiegel ihre Haare nach hinten kämmte, ihre Lippen mit dunklem Rot versah, in feine Wäsche schlüpfte, den engen Rock und die seidene Bluse überzog, stellte sich Lea vor, wie ihre Mutter nach dem Leben griff.

Dann hörte das Kind das leise Knacken des Schlüssels, wenn er sich im Schloss drehte, das Klappern von Mutters Absätzen und schließlich das Aufheulen des Kapitäns. Sobald sich das Motorengeräusch verlief, war da nur noch Stille in der kleinen Wohnung.

Seitdem sie mit ihrer Mutter in Horsts Haus gezogen war, ging es ihnen zwar besser als früher, denn sie waren von einem großen Garten umgeben, konnten in einem Schwimmbad planschen und sie trugen schöne Kleider. Außerdem besaß Lea ein großes Kinderzimmer und mehr Spielsachen, als sie sich jemals erträumt hatte. Dennoch sehnte sie sich zurück in die alte kleine Wohnung am Hafen.

Alles dort war lustiger gewesen.

Der Kapitän kroch schnaufend die steile Bergstraße hinauf. Schließlich erreichten sie den Ort. Die meisten Häuser waren hell erleuchtet. An ihren Vorderseiten hatte man große Schilder angebracht. *Hotel Alpenrose*, *Jausenstation zum Bären*, *Gästehaus Gletschersonne*. Die Autos, die vor den Hotels und Pensionen parkten, waren von weit her gekommen, München, Berlin, Frankfurt oder Hamburg. Obwohl die Nacht schon hereingebrochen war, schlenderten noch zahlreiche Menschen durch die Gassen.

Am Ende des Ortes machte Horst halt. Er klopfte dem Kapitän auf die Armatur wie einem braven Sohn auf die Schulter. »Wacker geschlagen«, vermerkte er zufrieden und küsste Isabel: »Kaum zu glauben, aber wir haben es geschafft. Vor uns steht unser Hotel, seht, wie groß es ist.«

Das Gebäude war mit seinen drei Stockwerken in der Tat das größte von all den Häusern. Auf der Vorderseite erstreckte sich eine riesige Terrasse mit eingeklappten Sonnenschirmen. Auf den Balkonen hingen prall gefüllte Blumenkästen.

»Na, so wie das aussieht, scheint mir, dass wir Glück mit unserer Bleibe haben, Kinders, wir wohnen im vornehmsten und besten Hotel des Orts. Was sagt ihr? Sieht doch ganz ordentlich aus, was der gute Horst ausgesucht hat.«

Sie gingen den gepflasterten Weg zum Eingang.

Links und rechts neben der Tür waren zwei eiserne Widderköpfe mit Leuchten angebracht. »Tritt ein, mein Haus sei dein«, war auf dem großen Fußabstreifer zu lesen. Ein roter Teppich auf dem Boden führte zur Rezeption. Dort begrüßte sie eine junge Frau mit langen roten Zöpfen, dunkelgrünen Augen und einem freundlichen Lächeln: »Herzlich willkommen im *Himmelsspitz*, Sie müssen Familie Tietze sein. Hatten Sie eine angenehme Reise?«

»Es ging. Sieht übrigens wirklich nett aus, Ihr Hotel«, schmeichelte Horst.

»Danke, freut mich, dass es Ihnen gefällt.« Ihr Blick fiel auf Lea. Dort verweilte er einen Moment, staunend und verwundert.

»Merkwürdig, mir ist, als hätte ich Ihre Tochter schon einmal gesehen«, sagte sie schließlich.

»Das kann nicht sein«, erwiderte Isabel.

Die Frau nahm zwei Schlüssel vom Haken. »Dann muss ich mich wohl irren«, lächelte sie. »Folgen Sie mir bitte, ich zeige Ihnen Ihre Zimmer.« Sie führte ihre Gäste die Treppen hoch in das erste Stockwerk. »Leider ist es schon dunkel, aber Sie werden morgen früh sehen, was für eine schöne Aussicht Sie haben, denn vor Ihnen liegt der schönste Berg weit und breit.«

»Der Himmelsspitz«, sagte Lea.

»Genau der«, sagte die Frau.

»Wir wollen bis zu seinem Gipfel steigen!«, erklärte Lea voller Stolz.

»Oh nein, das wird nicht gehen. Es führt nämlich kein Weg hinauf bis zum Gipfel!«, mahnte die Frau mit ernstem Gesicht. Sie legte ihre Hand auf Leas Schulter. »Versuch es erst gar nicht! Der Berg ist voller Geheimnisse und Überraschungen. Mal liegt er ruhig und friedlich da, als könnte er kein Wässerchen trüben, und dann schleudert er Felsbrocken in die Schluchten. Die letzte Brücke, die nach oben führte, ist vor vielen Jahren eingebrochen.« Sie fuhr Lea über die Wange. »Liebes Kind, du kannst ja mit dem Sessellift zu den unteren Almen fahren. Außerdem ist auch im Ort so vieles zu entdecken!«

Sie öffnete Leas Zimmertür. »Schau, kleine Prinzessin, hier ist dein Reich.«

Es war ein freundlicher Raum, ausgestattet mit einem Holztisch, auf dem eine Blumenvase stand, einem ausladenden Bett und einer Kommode. An den mit Blumenmustern tapezierten Wänden hingen bunte Bilder.

Lea legte sich auf das Bett und versank in den weichen, nach Frische duftenden Kissen wie in einer Wolke. Nach einer Weile wühlte sie sich aus den Tiefen des Plumeaus, um sich das Gemälde über der Kommode anzusehen. Es zeigte eine große Schafherde, die auf einem Bergkamm weidete. Das Gras war sattgrün, der Himmel dunkelblau, zwei kleine Wolken schwebten über den Tieren. Neben einem Felsen saß eine Frau mit langen roten Haaren, vor ihren Füßen lag ein kleiner Hund. Er hielt seinen Kopf in die Höhe, hatte die Ohren gespitzt und seine Augen auf Lea gerichtet, als hätte er auf sie gewartet. Lea kletterte auf die Kommode, um ihn besser sehen zu können. Sie hatte sich nicht getäuscht. »Kleiner Hund«, bewegten sich stumm ihre Lippen, »ich kenne dich, ich habe dich heute gesehen.« Lange sah sie dem Tier in die Augen, bis sie meinte, es käme Leben in ihm auf. Sie ließ ihre Finger über den Körper gleiten, meinte, weiches Fell und warmen Atem zu spüren. »Armer kleiner Hund.«

In diesem Augenblick betraten Isabel und Horst das Zimmer. Er trug seinen feinen Anzug, sie ihr blaues Tweedkostüm. »Was in aller Welt machst du da oben. Kommst du bitte sofort runter?«, schimpfte er. »Pack deinen Koffer endlich aus und zieh dir was Frisches an. Mit deiner verdreckten Bluse brauchst du dich beim Abendessen nicht blicken zu lassen!«

»Gefällt dir dein Zimmer?«, fuhr Mutter milde dazwischen.

»Ja, ist schön«, antwortete Lea verschämt und glitt von der Kommode. Sie fühlte sich ertappt. Ertappt bei einem Zwiegespräch, das ihr selbst unheimlich erschien.

Als sie später artig gewaschen und frisch gekleidet im Speisesaal erschien, wurde bereits der Hauptgang serviert. »Na endlich, wird Zeit, dass du hier erscheinst«, meckerte Horst.

»Setz dich, meine Kleine, was möchtest du denn trinken?«, fragte Isabel.

»Milch«, antwortete Lea.

»Oh ja, unsere Milch ist sehr gut«, sagte die Kellnerin.

»Gibt es hier Kühe?«, fragte Lea. Die Frau nickte. »Ja, selbstverständlich. Siehst du den Hof da hinten? Da gibt es noch ein paar Kühe. Es sind die letzten hier im Ort. Leider.«

»Dürfen wir uns die Tiere ansehen? Ich glaube, meine kleine Tochter hätte Spaß daran«, fragte Isabel.

»Ich fürchte, das hat der Bauer nicht so gern. Die Kühe werden unruhig, außerdem sind sie tagsüber sowieso oben in den Wäldern«, antwortete die Bedienung.

»Wir könnten den Bauern doch fragen«, beharrte Horst.

Die Frau zuckte mit den Achseln und wandte sich zu Lea. »Ich weiß nicht so recht. Aber wir haben auch Tiere hier. Schafe, hinter dem Haus, und Hühner. Und ein Zicklein. Die kannst du alle anfassen und streicheln.«

Nachdem die Bedienung hinter der Schwingtür zur Küche verschwunden war, beugte sich eine ältere Frau, die am Nachbartisch saß, Isabel zu.

»Das würde ich nicht tun!«, zischelte sie.

»Was nicht tun?«, fragte Isabel.

Die Frau erhob sich von ihrem Stuhl und kam an den Tisch. »Darf ich?«

»Natürlich, setzen Sie sich doch.«

»Ich würde da nicht zu dem Bauern gehen.«

»Warum denn nicht?«, wollte Mutter wissen.

»Da ist was ganz merkwürdig. Anita, meine Enkelin«, sie zeigte auf das neben ihr sitzende dicke Kind, »die wollte in den Stall gehen, da hörte sie merkwürdige Töne. Es muss unheimlich gewesen sein, denn seitdem kann sie kaum mehr schlafen.«

»Das wird sicher irgendein Tier gewesen sein«, konstatierte Horst.

»Nein, es muss sich schaurig angehört haben. Anita, komm bitte her und erzähl den Herrschaften doch mal, was du im Stall gehört hast.«

Das dicke Mädchen tapste herbei. Es trug eine rosa Bluse, einen roten Samtrock, weiße Kniestrümpfe und glänzende Lackschuhe. »Ich hab da wirklich so Töne gehört, ganz komische. Uhhhh, uhhhh, klang es. Ich glaube nicht, dass die von einem Tier gekommen sind, aber von einem Menschen auch nicht. Und es hat da gestunken. Ekelhaft!«, ereiferte sie sich mit piepsiger Stimme.

»Außerdem wohnt da eine Frau, ich glaube, die ist nicht ganz richtig im Kopf«, meinte die Großmutter noch und erzählte von einer befremdlichen Frau, die stets in Schwarz gekleidet war und wirres Haar trug, sich selten im Ort zeigte und mit niemandem sprach.

»Tja, früher haben die Leute in den Bergen ja ordentlich Inzucht betrieben, da kommt eben so etwas heraus«, spöttelte Horst und ermahnte Lea: »Du gehst da nicht hin. Man muss sich ja nicht mit Verrückten einlassen! Verstanden, nicht in den Stall, nicht auf den Hof?«

»Mach dir nichts draus«, sagte die alte Dame, »man kann hier ja sonst so viel sehen, der Ort ist wirklich schön, und die Luft ist einfach hervorragend.«

Nach dem Essen schickten die Erwachsenen Lea zu Bett, sie selbst wollten noch einen Dämmerschoppen, wie sie es nannten, zu sich nehmen.

Nun lag sie in ihrer Bettwolke und hatte die Decke bis zur Nasenspitze gezogen. Durch das Fenster sah sie nichts als dunkle Nacht. Der Mond und die Sterne hatten sich hinter den Wolken versteckt. Als draußen die Luft in Bewegung geriet und die Wipfel der Bäume erst langsam hin und her schaukeln ließ, dann heftiger wurde und an den Fensterläden entlangstrich, dass alles klapperte, war Lea bereits eingeschlafen. Sie träumte von den Toten auf dem Himmelsspitz, wie sie dort fröhlich tanzten, inmitten kleiner Wölkchen, die so weich waren, so wunderschön weich. Auch Lea tanzte, den kleinen Hund auf dem Arm. Und sie lachte und lachte, während draußen der Sturm die Wolken vertrieb. Der fahle Mondstrahl fiel ins Zimmer wie ein Degen des Himmels, direkt auf das alte Bildnis über Leas Bett. Auf dem lachten fröhliche Männer mit blitzenden Augen. Sie trugen große Hüte und Festtagsjanker und zeigten stolz ihre Gewehre.

KAPITEL 10

Wie Schulbuben standen sie in Reih und Glied und warteten darauf, dass der Fotograf endlich den Apparat auslöste. Sie waren zwar in festlicher Siegeslaune, wirkten trotzdem etwas steif, denn sie hatten großen Respekt vor dem Kasten da vorn, der ihnen an diesem Tag ein wenig zur Ewigkeit verhalf.

»Männer, gebt's euch lustiger, nicht so ernst bitte. Auf mein Kommando alle lachen«, sagte der Fotograf. »Urban, halt doch die Scheibe etwas niedriger, sie verdeckt den Oswin hinter dir.«

»Was hat er g'sagt? Hat er Oswin g'sagt?«, fragte der alte Kneisl.

»Ja, hat er«, brüllte Vinzenz ihm ins Ohr. »Die Scheibe verdeckt dein Gesicht.«

»Des derf aber nun wirklich net sein, bin schließlich der Schlumpenkönig!«, maulte Oswin und drängte Urban zur Seite, der ihn angrinste: »Hättest auch net dacht, dass du amal ein König werst, ha, Oswin?«

Weil der Fotograf fragend dreinblickte, erklärte Urban ihm: »Weißt eh, Schlumpenkönig werst, wennst beim Schießen der Letzte bist. Mei, der alte Oswin, der werd halt alt.« Er klatschte dem alten Kneisl auf die Schulter. »Aber hast ja auch früher schon wild durch die Gegend g'schossen, ha? Taube Nuss.«

»Was hat er g'sagt?«

»Nix, Oswin, nix Wichtiges.« Doch der Alte ahnte, dass Urban nichts Freundliches entrückt war.

»Wart nur, deine Zeit ist auch bald vorbei, wenn deine Händ zum Zittern anfangen und die Augen nimmer weit sehn!«, entgegnete Oswin zerknirscht.

»Mei Oswin, des erlebst nimmer«, lachte Urban spöttisch.

»Jetzt hört's auf mit der Streiterei!«, mahnte Robert, »gleich ist der Anstich, wir kemma sonst zu spät.«

»Auf uns, auf die unschlagbaren Fuchsbichler, die Schützenmeister!«, rief Urban und präsentierte das Gewehr. Die anderen taten es ihm gleich.

»Gewehre auf den Boden, nicht in die Luft. Mein Gott, wie sieht das denn aus?«, schimpfte der Fotograf genervt.

»Ja, so passt es. Und jetzt nur noch alle lachen.«

Es tat einen großen Blitz, das Foto war im Kasten, und für die Fuchsbichler konnte das Fest beginnen.

Sie schlenderten vom Vereinshaus durch den Ort hinüber zum Festplatz. »Mir reicht's, Leut, das war mein letzter Wettkampf, nochmals Schlumpenkönig werden, nein, das will ich net«, sagte Oswin.

»Kneisl, bist doch weit der älteste von allen Schützen, nimm's net so schwer.« Fertl versuchte, ihn zu besänftigen. »Schau, viel besser war ich auch net.«

»Ja, du, du warst ja noch nie gut, geh, komm, Fertl, das

Schießen liegt dir doch net. Hast das Gewehr doch eh so gut wie nie in der Hand. Jesuskinder schnitzen und schießen, das passt eh net zusammen.«

Der Alte blieb kurz stehen und seufzte. »Fertl, weißt, ich glaub, alles geht so langsam dahin. Meine Kuh werd auch alt, gibt kaum mehr Milch, und die Hennen verlieren ihre Federn, legen nur noch ab und zu a Ei. Alle werdn's alt, zusammen mit mir, mit dem alten Oswin, dem noch dazu so einsam ums Herz ist. Abends schaut hin und wieder nur noch der Karl vorbei beim alten Oswin. Dann kann er sich wenigstens ein wenig unterhalten. Aber das war's dann. Fertl, der alte Oswin ist einsam. Verdammt einsam. Er will so nimmer leben.«

Schweigend gingen sie weiter.

Vor ihnen schritt der Schützenkönig mit wichtiger Miene, auch wenn seine Hand schmerzte. Urban freute sich auf das Bier. Er schwitzte. So früh schon so heiß, dachte er und sah erst kurz auf seine silberne Taschenuhr, dann zu seinem Schwiegersohn. »Heißer Tag, ha? Gut warst heut, Vinzenz, zweiter Ritter, wennst weitermachst a so, werd's schon mal was werden mit dem König, musst halt mehr üben, aber du willst ja nie mit auf die Jagd.«

»Urban, ist doch so viel zu tun auf dem Hof, und die Maria, weißt eh, die kannst nimmer plagen, die kann ja nimmer gehen, sieht auch nichts mehr. Eine Magd, die 74 Jahre alt ist, schafft's Arbeiten kaum mehr. Magst net eine Neue einstellen?«

»Mal sehen«, brummte Urban. »Vielleicht find sich heut was, ist halt schwer, a brave Magd zu finden. Die wollen alle nimmer hart arbeiten, war früher anders. Außerdem weißt, oben in Fuchsbichl, da ist es den jungen Leuten zu einsam, mit den paar Höfen.«

»Wir bräuchten endlich eine Straße«, meinte Robert, der sich inzwischen zu ihnen gesellt hatte. »Wär doch net schlecht, wenn auch amal ein Auto Fuchsbichl erreichen tät. Dann kämen auch Fremde zu uns hoch.« Er zeigte auf eine große Baugrube, die man am rechten Straßenrand ausgehoben hatte. »Da, selbst der Bürgermeister baut jetzt für die Fremden. Hotel mit einem Schwimmbecken, haben's g'sagt. Der macht's richtig. Immer mehr Gäste werden zum Wandern und zum Skifahren kemma. Droben am Gletscher planen's schon Lifte.«

»So ein Unsinn«, herrschte Urban Robert an. »Die können mir alle g'stohlen bleiben, die Städter mit ihren Autos, alles verschandeln, das können sie. Schau dich doch amal um, wia's hier inzwischen ausschaut, überall Baustellen, der ganze Ort ist beim Teufel.«

»Willst denn ewig so weiterleben? Oben in Fuchsbichl, wo's nur ab und zu mal einen einsamen Wanderer hin verschlagt?«, fragte Robert.

»Können mir alle g'stohlen bleiben! Alle!«, murrte Urban.

»Du hast ja auch genug, reich, wiast bist«, wandte Oswin ein.

»Könntest auch mehr haben, alter Kneisl, wenn'st deinen Grund verkaufen tätst«, entgegnete Urban. »Du weißt, mein Angebot steht immer noch.«

Oswin schwieg, doch zum ersten Mal ließ er den Gedanken zu, Fuchsbichl eines Tages zu verlassen. Aber wo nur sollte er auf seiner Flucht vor der Einsamkeit hin? Weit fort, wie es Luis, der Tremplersohn, getan hatte? Das würden seine alten Glieder nicht mehr schaffen. Aber runter ins Tal ziehen, das könnte er, dort eine nette Bleibe finden – bei einer jungen Frau, die sein Geld nicht verschmähen würde, vielleicht, ja, an dieser Idee könnte er Gefallen finden. Aber seinen Hof dem Urban überlassen? Oswin sah den Kraxner von der Seite an. Ihm missfiel, was er sah. Aufgedunsen war der Urban. Zu viel Schnaps in den letzten Jahren. So wie er selbst auch. Nur war beim Urban alles ärger geworden, seine Brüllerei und sein Jähzorn. Die armen Mägde und Knechte, arme Agnes, ach überhaupt! Wenn Urban zu Besuch war und in der Stube saß, war öfters die Gelegenheit gewesen, ihn anzusprechen auf das jähzornige Gemüt, aber irgendwie hatte Oswin sich nicht trauen wollen.

»Was schaust mich so an, alter Schlumpe?«, fragte Urban den Grübelnden.

»G'fallens dir etwa, die Touristen?«

Oswin schüttelte den Kopf. »Na also, dann sind wir da endlich amal einer Meinung!«, sagte Urban sichtlich zufrieden.

»Ich werd mit der Gemeinde sprechen, wann wir eine Straße nach Fuchsbichl kriegn«, sagte Robert.

»Nix werst tun!«, schnauzte Urban ihn an. »Und jetzt halt's Maul.«

»Eh, eh, wie redst du denn mit mir?« Robert blieb stehen, Zornesröte im Gesicht. Doch das störte den ungehobelten Urban reichlich wenig.

»Holldrio«, jodelte der, »bald werd anzapft, noch zehn Minuten, Männer, schneller gehen, die depperten Gäste nehmen uns sonst die besten Plätze weg.« Er zog einen Flachmann aus der Tasche und genehmigte sich einen großen Schluck. »Wie du bei dem Schnaps Schützenkönig g'worden bist, ist mir ein Rätsel«, wunderte sich Oswin. »Mir aber net, wie du Schlumpenkönig g'worden bist, mein Alter, nimm auch einen Schluck, dann triffst vielleicht wieder«, feixte Urban und reichte Oswin den Schnaps.

Ein Haflingergespann ratterte an ihnen vorbei. In der Kutsche saßen fesche Trachtlerinnen. Sie winkten den Fuchsbichler Männern zu. »Sehen uns gleich im Zelt«, riefen sie fröhlich. »Heut werd's zünftig, das merk ich schon«, sagte Urban zu Vinzenz. »Schau, die schönen Weiber. Schad, gell, dass du schon verheiratet bist. Ha?«

Vinzenz schüttelte den Kopf. »Hab die Schönste von allen«, antwortete er mit dünner Stimme. »Freilich hast die Schönste, hast ja auch die Tochter vom Kraxnerbauern. War nur Spaß, Schwiegersohn, meinst, ich duld, dass du anderen Weibern hinterherschaust?« Dann raunte Urban ihm verschwörerisch ins Ohr: »Tätst aber gern, stimmt's? Mal wieder a Frau so richtig mit allem Drum und Dran, ha? Sag!« Vinzenz grinste verlegen und zog sich seinen Hut tief ins Gesicht.

Urban war nicht entgangen, dass zwischen seiner Tochter und Vinzenz nicht mehr körperliche Befriedigung stattfand als zwischen ihm selbst und der Magd Josefa, die Urban nur anrührte, wenn sonst gar keine andere mehr herging. Bei den jungen Eheleuten hatte das Bett schon lange nicht mehr geknarzt. Es herrschte bedenkliche Stille in deren Schlafkammer, und immer häufiger beobachtete er Vinzenz, wie er keuchend im hintersten Eck des Stalls, direkt neben dem Schweinetrog stand, die Hose zwischen den Knien, den Schwanz in Josefas Hand. Die Magd, zunächst mit gelangweilten Blicken und routinierten Bewegungen, so als wäre sie mit nichts anderem beschäftigt als mit dem Melken einer Kuh, wartete auf Vinzenz' Hände, dass diese sich unter ihren Kittel schoben. Erst dann, wenn seine Finger die obersten Knöpfe geöffnet hatten und seine Lippen an ihren Brüsten klebten, schloss die Magd die Augen und öffnete den Mund. Mal kniete sie nieder und vergrub ihr Gesicht in seinem Schoß, was Urban am meisten bewegte, mal beugte sie sich quer über den Sautrog, den Kopf neben den grunzenden Tieren, während Vinzenz sie von hinten nahm.

Urban duldete das schändliche Treiben nur, weil die wollüstigen Geräusche und der Anblick nackten Fleisches auch seinem Schwanz zum Leben verhalfen, denn der schwoll mit jedem Stöhnen und Zucken an, als wäre es sein eigener Akt. Der Kraxner saß dann hinter dem Bretterschlag versteckt auf dem dicken Holzklotz, welcher Josefa dazu diente, den Hühnern den Kopf abzuhacken, Urban rieb, rubbelte und atmete im Rhythmus der sich Paarenden, und wenn Vinzenz seinen Oberkörper nach hinten drückte, wenn er den Mund öffnete und die Zunge hechelnd nach draußen streckte wie ein schwitzender Hund, dann war es so weit. In diesem Moment, kurz vor der Entladung aller Spannung und Lust, wurde es stets unruhig im Stall. Die liegenden Kühe erhoben sich. Andere hielten ihre Schwänze in die Höhe und ließen mit einem lauten Platsch warme, weiche Fladen auf den Boden fallen. Die Schweine grunzten und tauchten ihre Rüssel in die Tröge. Und aus den Verschlägen krochen verschlafene Katzen hervor. Sie krümmten zuerst ihre Wirbelsäule zu einem Buckel, streckten dann die Krallen ins Holz. Und schließlich begannen sie, um die Beine der sich Liebenden zu kreisen, dabei rieben sie ihre Köpfe an der nackten Haut, als suchten auch sie ein wenig Zärtlichkeit.

War es geschehen, verzog sich die Lust wie ein Gewitter, ein leichtes Zittern in der stickigen Luft. Das normale

Leben kehrte zurück in den Stall. Die Kühe ließen sich schwerfällig zu Boden fallen, holten das Heu aus ihren Mägen und setzten ihre Verdauung fort, die Katzen bekamen einen Tritt und trollten sich. »Mei, Vinzenz, i hoff, der Herrgott verzeiht's«, sagte Josefa und knöpfte sich die Bluse zu. »Hauptsach, der alte Kraxner merkt nix«, antwortete Vinzenz und zog sich die Hose hoch.

Und der Kraxnerbauer hielt ganz still. Ein Spinnerich im Netz, der sich und seinem Opfer eine kleine Henkersmahlzeit gönnte.

Eigentlich verspürte Urban Mitleid mit Vinzenz. Der war zwar nicht der Hellste, dafür aber fleißig und ohne Widerworte, egal was Urban ihm anschaffte. Und das war viel. Zufrieden dachte der Kraxner daran, was ihm damals gelungen war: Agnes mit Vinzenz zu verbandeln! Geschickt und listig war er da vorgegangen, wenn auch etwas streng. Zugegeben. Aber die Eile hatte ihm im Nacken gesessen, ein paar Wochen des Wartens noch, dann hätte sich Agnes' Leib gewölbt. Und wer hätte die Unkeusche dann noch zum Altar geführt? Niemand, nicht einmal der Vinzenz.

Verstohlen betrachtete er seinen Schwiegersohn von der Seite, wie er neben ihm dahinschlurfte, den Kopf leicht gesenkt, mit hängenden Schultern. Eigentlich schade um ihn, ungeliebt vom Weib, ohne Haus und Grund, fest in der Hand des alten Kraxner. Und der sollte einmal den stolzen Hof führen? Urban schüttelte es bei dieser Vorstellung. Er zog seinen Flachmann aus der Tasche. »Vinzenz, trink an Schluck! Heut werd so richtig g'feiert!«, rief er dann und gab seinem Schwiegersohn einen Rempler in die Seite. »Ha, Vinzenz? Und dann tanzt amal wieder mit deiner schönen Frau, so wie früher, weißt noch, wo'st dich verschaut hast in meine Agnes.«

»Glaubst denn, die Frauen sind schon da?«, fragte Vinzenz.

Urban zuckte mit den Achseln und grinste: »Werden wir schon sehn.«

Endlich erreichten sie die Festwiese, auf der das größte Zelt aufgebaut war, das es im Tal jemals gegeben hatte. Das erste Treffen aller umliegenden Schützenkompanien nach dem Krieg stand bevor – ein wirklich denkwürdiger Anlass.

Überall standen Kutschen und geschmückte Heuwagen herum, an denen glänzende, sauber gestriegelte Haflinger mit langen Mähnen angebunden waren. In ihren Schweifen trugen sie Geflechte bunter Blumen. Aus jeder Richtung kamen die Festgäste herbeigeströmt, alle in unterschiedlichen Trachten. Junge und Alte, Bauern, Handwerker, Knechte und Mägde, fein herausgeputzt, sie alle begleiteten die Kompanien ihrer Männer. Unter ihnen standen zahlreiche Touristen mit gezückten Fotoapparaten.

Im Gänsemarsch bahnten sich die Fuchsbichler Männer den Weg durch das Getümmel, Urban an der Spitze, am Schluss der humpelnde Oswin, schon reichlich ermattet, obgleich es erst später Vormittag war. Doch die Sonne schickte an diesem Tag ihre wärmsten Strahlen ins Tal. Und als Oswin das Festzelt betrat, dachte er, er sei im Fegefeuer angekommen, so unerbittlich brannte die Sonne aufs Dach und schürte Temperaturen, die alles schmoren ließen.

Das Innere des Zelts war mit Girlanden aus Heublumen geschmückt, an die Pfosten hatte man kleine Birkenbäume gebunden, und an den Wänden lehnten bunte Schützenfahnen. In der Mitte befand sich die Tanzfläche, dahinter die Musikkapelle, die bereits fleißig am Musizieren war. Die Bedienungen wuselten, mit schweren Bierkrügen beladen, zwischen den Tischen hin und her.

»Unsere Frauen sind noch net da, glaub i«, vermutete Vinzenz.

»Kommen schon noch, jetzt suchen wir erst amal unsern Tisch«, erwiderte Urban und steuerte auf einen freien Platz direkt vor der Musikkapelle zu.

Kaum hatten sie sich gesetzt, klopfte der Kraxnerbauer ungeduldig auf den Tisch. »Hey, wo bleibt die Bedienung?«, rief er.

»Siehst net, dass die viel zu tun haben?«, sagte Robert.

»Sollens halt schneller gehen«, schimpfte Urban.

»Die Frauen wollten doch schon gegen 11 Uhr da sein, haben's doch g'sagt. Bald fangt der Auftanz an. Die Trachtler versammeln sich schon alle.« Vinzenz war sichtlich nervös.

»Mein Gott, dann geh halt vor zur Post und ruf an bei der Cilli.« Urban trug ein spöttisches Grinsen um die Mundwinkel. »Bei der Cilli anrufen, wie das klingt, ist schon lustig, dass ausgerechnet die Fenderfamilie das erste Telefon in Fuchsbichl haben muss. Telefonier mal mit aner Taubstummen«, lachte er Tränen. »Rauchzeichen, so wie die Indianer, die wärn da besser.«

»Was bist heut so ekelhaft?«, fragte Robert.

»Ihr Granbichlers mit eurem neumodischen Kram immer. Telefon brauchen's. Wer soll denn bei euch anrufen?«

»Die Zwillinge zum Beispiel. Wenn's in der Schule sind.«

»Oha, ich hab ja ganz vergessen, dass die Fenders die besonders Schlauen sind, schicken ihre Kinder in die Hotelfachschule. Prima. Und dann baut's ihr euch ein Hotel? Was? Und deswegen willst a Straß' nach Fuchsbichl. Was? Da werdet ihr aber den Urban kennenlernen.«

»Hört's jetzt endlich auf!«, schimpfte Oswin. »Die ewige Streiterei. An dem schönen Tag.«

»Herrschaftszeiten, Bedienung, hallo, wir sind durstig.« Oswin war ungehalten, weil er immer noch kein Bier bekommen hatte.

Die Kellnerin bediente, den Fuchsbichlern den Rücken kehrend, gerade vier Tische weiter, packte leere Bierkrüge auf ein Tablett und nahm zahlreiche Essensbestellungen auf. Sie war von stattlich weiblicher Statur, trug ein blaues Dirndl und hatte ihre langen schwarzen Haare zu einem Kranz geflochten, in dem kleine Margeritenblüten steckten.

»Klar, die Touristen bekommen hier bei uns zuerst, ich glaub, jetzt geht's los!« Nun war Urban erst recht erzürnt. »Fender, komm geh amal hin zu ihr und sag ihr, dass wir einen Mordsdurst haben.« Hans Fender saß am Ende des Tisches neben seinem Sohn Karl. »Los«, gab er Urbans Anordnung weiter. »Hol sie her, die Bedienung.«

Doch Karl rührte sich nicht und entgegnete stattdessen: »Geht doch selbst, wenn ihr's net erwarten könnt.«

»Jaja, die Zeiten haben sich geändert, was, Hans?«, spottete Urban. »Früher hätt er das net g'wagt, aber so ein Schrank von einem Kerl, wie der g'wordn ist, kann sich jetzt alles erlauben. Ha, Karl? Nichts mehr Ruckkörbe tragen. Ach, weil's mir grad einfallt. Wollt dich fragen, jetzt, wo du so viel Ahnung vom Bauen hast. Magst mir net beim Stadl helfen? Da müsst die hintere Wand neu aufbaut werden. Ha, Fender junior?«

Karl nickte.

»Ich geh mal zur Post und ruf droben an. Agnes ist doch sonst immer so zeitig«, sagte Vinzenz.

»Stimmt«, meinte nun auch Robert. »Cilli mag Zuspätkommen auch net, und die Zwillinge haben sich so g'freut auf den Auftanz.«

»Verflucht noch eins, dann geht's halt endlich anrufen. Was soll denn schon passiert sein?« Urban war kaum mehr zu halten. Er erhob sich von seinem Platz, schlug mit der Faust auf den Tisch und donnerte los: »Wenn ich jetzt hier noch eine Minute länger warten muss, nur weil hier eine gewisse Bedienung uns net hören und sehen will oder kann, dann gibt's Ärger. Aber was für einen! Mordsärger.«

Da drehte sich die Kellnerin langsam um. »Oha, was für a fesche Dirn! Schaut's amal hin, vorn bei der passen mindestens fünf Maßkrüge drauf. Mindestens«, sagte Urban zu den anderen, laut genug, damit jeder in seinem Umkreis hören konnte, dass Urban was von Frauenmaßen verstand. Die Bedienung entschuldigte sich kurz bei den Gästen, die sie gerade bewirtet hatte, und stolzierte mit hocherhobenem Kopf und vorgeschobenem Kinn mit betonter Gemächlichkeit auf die Fuchsbichler Männer zu. Ihre Hüfte kreiste zwischen den Bänken, ihr voller Busen hob und senkte sich, und in ihren Augen funkelte Feuer, als sie Urban herausfordernd anlächelte. »Oha, da hat's aber einer eilig! Wie viel Bier brauchen denn die Herrschaften, um glücklich zu sein?«

»Na ja, für alle Fuchsbichler Männer hier halt. Und

eine Runde Obstler gleich dazu. Vom Schützenkönig Kraxner höchstpersönlich ausg'eben«, antwortete Urban und leckte sich die Lippen.

»Ah, wenn ich das g'wusst hätt, dass hier ein König sitzt.« Die schöne Kellnerin machte eine tiefe, ehrfurchtsvolle Verbeugung und schwang dabei den rechten Arm. »Zwei Könige«, korrigierte Urban sie und wies auf Oswin. »Wir haben nämlich auch noch den hier zu bieten, den Schlumpenkönig! Zugegeben etwas alt und runzlig.« Oswin grinste verlegen.

»Noch besser, dann hole ich mal für all die Fuchsbichler Majestäten ein paar Krüge«, sagte sie scharfzüngig. Gerade wollte sie sich umdrehen, als sie Urbans zufriedenes Grunzen vernahm:

»Ja, so hab ich's gern! Ich liebe Frauen, wenn sie tun, was man ihnen sagt.« Sie trat an den Kraxnerkönig heran, schürzte die Lippen und beugte sich langsam zu ihm hinunter. Vor seinen Augen baumelte eine feuerrote Rose aus Stein. So nah kam die Wundervolle ihm, dass seine Nasenspitze ihre Haut berührte. Wie köstlich sie nach Verführung roch. Urban schwanden die Sinne, als die Kellnerin seinen Kopf nun tief in die Furche zwischen ihren Brüsten presste. Eine Duftwolke aus Veilchen nahm ihm schier den Verstand. Das Schützenfest begann verheißungsvoll, auch wenn er, der Schützenkönig, vor den Augen aller gefangen war zwischen zwei fleischigen Hügeln. Er streckte die Zunge heraus und leckte ihre Haut. Oh Gott, wie schön schmeckten Frauen! Und wie ohnmächtig machten sie Männer.

Doch schon packte ihre Hand ihn unsanft am Schopf und riss ihn so heftig nach hinten, dass Urban seine Wirbelsäule krachen hörte. Dabei lachte die Schöne so hämisch, so furchtbar laut, dass alle Blicke zu ihnen wanderten.

»Da hat aber ein Kleiner ordentlich Notstand, wollen die Frauen nimmer so recht, wie du willst?«, lachte sie glockenhell. Der Hohn, den sie dabei in ihren Augen trug, war noch schlimmer als ihre Worte. Er traf mitten ins Schwarz des Urban Kraxner.

»Oh weh, welch großer Notstand!«, rief sie nochmals und machte dann mit einem temperamentvollen Hüftschwung kehrt.

Robert räusperte sich: »Ich geh telefonieren«, sagte er.

»Ich kimm mit«, meinte Vinzenz schnell und erhob sich ebenfalls.

»Ich begleit euch«, sagte auch der Fender Hans.

»Wir beide leisten dem armen Urban Beistand, in seiner großen Not, was?«, kicherte Oswin und stieß Karl in die Rippen. Doch der hörte nichts mehr, sondern saß da mit großen, sehnsüchtigen Augen, denn auch ihn hatte die Schöne getroffen – mitten ins Herz.

KAPITEL 11

Der erste Urlaubstag begann alles andere als verheißungsvoll. Bereits am Frühstückstisch herrschte schlechte Stimmung. Lea sah Horst mit seinen Kiefern mahlen, was nichts Gutes verhieß. Er war verärgert, weil sie in der Nacht bei ihrer Schlafwandelei die Blumenvase umgeworfen hatte. Und nun befand sich auf dem Teppich ein großer Fleck.

»Ich spüre Magengrimmen«, knurrte er.

»Horst, das trocknet doch alles wieder.« Isabel sah gequält aus.

»Ich hätte noch gern einen Kaffee. Bedienung!« Er schnipste mit dem Finger nach einer älteren Frau, die gerade damit beschäftigt war, das Geschirr vom Nebentisch auf einem Tablett zu stapeln.

»Ich hätte gern noch einen Kaffee«, wiederholte Horst etwas lauter, weil er nicht beachtet wurde. Doch auch dieses Mal reagierte die Frau nicht. Bis Horst ungehalten wurde und zu schimpfen begann.

»Was ist denn das hier für ein schlechter Service? Stellt sich hier jemand taub, oder rede ich nicht laut genug?«

»Die Frau ist taub, die kann nichts hören«, rief das dicke Mädchen vom Nebentisch herüber und lachte, bis die Großmutter ihr einen mahnenden Blick zuwarf. Eine junge Kellnerin kam herbeigeeilt. Sie sah aus wie die freundliche Empfangsdame. Nur trug sie kurze Haare statt Zöpfe.

»Das tut mir leid«, sagte sie. »Sie bekommen selbstverständlich sofort Ihren Kaffee. Die Frau, die Sie nicht hört, heißt übrigens Cilli Granbichler. Sie ist die Hausherrin hier.«

»Na, das muss einem ja gesagt werden, dann erspart man sich solche Situationen, nicht wahr? Außerdem möchte ich nun doch keinen Kaffee mehr, denn wir wollen aufbrechen«, erwiderte Horst. Er tupfte sich den Mund mit der Serviette ab, faltete sie dann zusammen und legte sie auf den Tisch. Immer alles ordentlich.

»Meine Frauen, wie wär's? Ein kleiner Spaziergang durch den Ort gefällig?«

Isabel nickte. »Hauptsache, du beruhigst dich wieder. Gehen wir auf die Zimmer und ziehen uns feste Schuhe an.«

In Leas Zimmer war gerade ein Zimmermädchen damit beschäftigt, das Bett zu machen.

»Na, schon fertig mit Frühstücken?«, fragte sie Lea und warf ihr einen kurzen Blick zu.

»Ja, fertig«, antwortete das Kind. Das Zimmermädchen schüttelte die Decken aus. »Wie heißt du denn, meine Kleine?«

»Lea.«

»Schöner Name. Lea, gefällt es dir hier bei uns?«

»Ja.«

Sie ließ die Decke durch die Luft wirbeln und auf das Bett gleiten. Dann klopfte sie die Kissen auf und strich alles glatt, wie einen Plätzchenteig auf einem Holzbrett. Schließlich drehte sie sich um.

Sie kam einen Schritt näher. Sie bückte sich und ließ ihre Blicke verwundert an Lea herabgleiten.

»Sag mal, Lea«, sagte sie, »du warst doch schon mal hier bei uns, oder? Ich kenn dich doch.«

»Nein, wir sind zum ersten Mal in den Bergen«, antwortete Isabel, die inzwischen ins Zimmer gekommen war.

»Ist das Ihre Tochter?«, fragte sie Isabel, die nickte.

»Merkwürdig, ich habe das Gefühl, die Kleine schon einmal gesehen zu haben.« Sie zuckte mit den Achseln. »Na ja, muss ich mich wohl täuschen. Das Zimmer ist gleich fertig.«

»Das sind alles Männer hier aus dem Ort?«, fragte Isabel auf einmal und wies auf die Fotografie, die über Leas Bett hing.

»Ja, ja, das sind unsere Fuchsbichler Schützen.«

»Sie kennen die Männer alle? Sind Sie denn von hier?«

»Ja, ich bin hier geboren, genauer gesagt im Tal, denn wir waren eine schwere Geburt, meine Zwillingsschwester Hanni und ich.« Sie reichte Isabel die Hand und stellte sich vor: »Ich heiße Magda Granbichler.«

»Freut mich«, sagte Isabel und drückte ihr die Hand.

»Erzählen Sie doch von dem Bild. Wer sind denn diese Männer?«

»Oh, das ist alles schon lange her. Der in der Mitte, der ist damals Schützenkönig geworden, der Mann hier wurde Zweiter und der hier Dritter. Es war ein erfolgreicher Tag für unsere Männer. Zumindest für fast alle. Es ist das letzte Bild, auf dem alle Männer so glücklich zu sehen sind. Aber inzwischen hat sich vieles verändert.« Sie holte tief Luft. »Es waren halt noch andere Zeiten.«

»Was ist denn inzwischen passiert?«

Magda nahm das Bild in die Hände und zeigte auf den Mann in der zweiten Reihe. »Der ist gestorben«, sagte sie. »Und der, der lebt im Fegefeuer zwischen Erde und Himmel – oder Hölle. Das weiß niemand so recht.«

»Das klingt ja fürchterlich«, meinte Isabel.

»Jaja, der Sensenmann, der ist in den Bergen so unberechenbar wie das Wetter. Er fragt nicht, hast du Zeit, er fragt auch nicht, hast du Lust. Er sagt nur: Komm mit, du musst. Besonders schlimm ist es, wenn er in einem weißen Gewand kommt.«

»Ein weißer Tod?«, fragte Isabel.

»Ja, so nennt man bei uns die Lawinen. Sie bringen einen besonderen Tod. Die Lawinen und die Muren. Sie verschlucken alles und geben die Toten oft nicht mehr her. Das ist besonders schlimm, vor einem leeren Sarg zu stehen.« Sie tätschelte Lea den Kopf. »Das ist aber wirklich kein Gespräch für dich, hab keine Angst, Lawinen gibt's natürlich nur im Winter, und Muren wird es nicht mehr geben. Versprochen.«

»Sind das alle Männer, die damals hier lebten?«, fragte Isabel mit bleichem Gesicht.

»Ja, mehr Männer hatten wir zu der Zeit nicht. Inzwischen gibt es viele Hinzugezogene vom Tal. Außerdem bauen immer mehr Städter ihre Ferienhäuser hier. Es hat sich eben herumgesprochen, dass die Luft besonders gut ist.«

»Ihr Lieben, wie wär's mit einem Abmarsch? Lea, zieh dir endlich die Wanderschuhe an. Isabel, mein Schatz, du doch bitte auch.« Horst stand ungeduldig in der Tür.

»Na, dann wünsche ich Ihnen einen schönen Tag bei uns«, sagte Magda.

Als sie vor das Hotel traten, schien die Sonne, dennoch war es kühl. Im Ort herrschte bereits reges Treiben. Das schöne Wetter lockte die Menschen hinaus. Etliche Touristen trugen Rucksäcke, an denen Seile und Pickel baumelten, andere führten ihre Hunde spazieren. Kinder fuhren mit Rollern und Fahrrädern die Gassen auf und ab. Die Ansässigen werkelten an ihren Häusern, strichen Fensterläden an, besserten Zäune aus und fegten die Terrassen. Vor der *Jausenstation Fender* deckte eine Frau die Tische mit rot-weiß karierten Decken. »Heute gibt's frische Speckknödel«, rief sie.

»Klingt verlockend«, antwortete Isabel. »Wir kommen später sicher bei Ihnen vorbei.«

Die meisten Pensionen und Gästehäuser schienen ausgebucht, zumindest wiesen die kleinen »Besetzt«-Schilder an ihren Hauswänden darauf hin.

»Offensichtlich ganz gut besucht, obwohl das hier so fern vom Schuss ist«, stellte Horst fest.

»Vielleicht gerade deswegen«, antwortete Isabel.

»Ich schätze mal, der Ort war vor fünf Jahren noch ein Kuhdorf, ein paar Ställe, ein paar Misthaufen, ein paar Eingeborene«, sagte Horst.

»Möglich, dass du recht hast, du bist ja schließlich der Immobilienexperte«, meinte Isabel.

»Gibt nur noch wenige richtige Bauernhäuser. Offensichtlich haben sie das alte Zeugs weggerissen. Tja, wer will heute noch so leben wie damals? Mit Plumpsklo und so weiter. Schrecklich.«

Horst wies auf ein Haus mit winzigen Fenstern am Ende der Gasse. »So etwas wie das meine ich, seht euch mal die kleinen Fenster an, die hatten ja kaum Licht.«

»Komm, lass es uns mal ansehen«, schlug Isabel vor.

Es war wirklich ein altes Haus. Es stand in einem kleinen Garten, der mit geflochtenen Weidenruten eingezäunt war. An der Seitenmauer lehnte eine Leiter, an der ein Kübel mit Farbe hing.

»Wird offensichtlich gestrichen«, sagte Horst. In dem Moment kam ein riesiger Mann mit einem feuerroten Bart aus dem Haus. Aus der Lodenjoppe, die er über seiner blauen Schürze trug, ragte ein Pfeifenstiel hervor. Er war so groß, dass er sich im Türrahmen bücken musste.

»Schau, da ist Rübezahl!«, rief Lea laut.

»Lea«, ermahnte Isabel sie. Doch der Riese lächelte freundlich und trat vor die Gartentür.

»Ich bin das gewohnt, denn so nennen mich viele, seitdem ich so gewachsen bin.« Er ging vor Lea in die Hocke. »Grüß Gott, mein Kind, willst du dir das Zwergenhaus vom Rübezahl mal von innen anschauen?« Lea sah ihre Mutter an, die nickte: »Geh nur, wir warten vorn auf der Bank auf dich.«

Der Riese nahm Lea an die Hand und führte sie ins Haus.

Alles sah so aus, wie sie sich das Leben bei den Zwergen vorgestellt hatte. Klein, winzig und niedlich. Die hölzernen Zimmerdecken waren niedrig, in der einen Stubenecke stand ein kleiner Steinofen, am Fenster ein klobiger Holztisch, auf dem eine hölzerne Dose lag.

»Was ist denn da drinnen?«, fragte Lea.

»Schnupftabak. Sie gehörte dem Mann, der vorher hier gelebt hat. Dem Oswin.« Der große Mann lächelte und zeigte seine Zahnlücken. »Der alte Oswin, er hat mir das Haus geschenkt.«

Neben dem Stubentisch war, nach oben gegen die Wand geklappt, mit baumelnden Füßen ein weiterer kleiner Tisch.

»Warum hängt der so merkwürdig an der Wand?«, wollte Lea wissen.

»Das war der Katzentisch.«

»Ah, die Katzen hatten auch einen Tisch?«

Der Riese lachte. »Aber nein, der Oswin hatte zehn Geschwister, die hatten nicht alle Platz an dem großen Tisch. Und dann saßen sie eben an diesem kleinen, den man dann so aufgestellt hat.« Er schob einen Riegel zur Seite und klappte den Tisch auf. »Siehst du? Und der Katzentisch heißt so, weil die Kinder nicht immer alles aufgegessen haben und dann die Katzen kamen und den Rest gefressen haben.«

»Oh«, sagte Lea.

Über der Stubentür hing ein leerer Vogelkäfig, der aus filigranen Holzstäben bestand. Er war blau bemalt. Am oberen Brett stand in schwungvoller Schrift: »Wie Geig und Zither klingt, so der Kreuzschnabel singt.«

»Der Käfig gefällt dir, nicht wahr?«, fragte der Mann. »Gimpel und Stieglitze, die singen schön, die haben in der Stube überwintert, damit die Leute nicht so einsam waren. Oswin mochte Vögel sehr gern, weil sie fliegen können, Oswin hat oft in den Himmel geschaut. Ich glaube, er wollte immer wissen, wie es da oben aussieht.«

»Wo lebt denn der Oswin jetzt?«

»Da«, der große Mann wies mit einer langsamen Handbewegung nach oben.

»Auf dem Himmelsspitz?«

»Ein kleines Stückchen weiter, im Himmel.«

»Ist er tot?«

»Nein, er lebt nur woanders, nicht mehr hier in diesem Haus.« Er blickte sich in der Stube um. »Na ja, ein wenig von ihm lebt schon noch hier.« Dabei lächelte er.

»Warst du schon mal auf dem Himmelsspitz?«

»Nein, Lea, nicht ganz oben auf dem Gipfel, obwohl ich hier jeden Felsen kenne, aber der Himmelsspitz, das ist der Berg für Menschen wie den alten Oswin. Es ist der Berg zum Himmel, deswegen heißt er ja auch so.«

»Lebt der Tod auch auf dem Himmelsspitz?«, fragte Lea.

»Das weiß niemand, wo der lebt«, antwortete er. »Aber weil der Gevatter Tod ja eine Sense hat und so einen breitkrempigen Hut trägt wie die Bergbauern auch, kann es schon so sein, dass er von hier stammt. Willst du noch einen frischen Krapfen mitnehmen? Paula bäckt gerade frische aus.«

Er führte Lea zur Küche, wo eine große, breite Frau stand. Mit einer Schöpfkelle fischte sie goldgelbe Krapfen aus dem Fett.

»Meine Frau macht die besten Krapfen von der Welt«, sagte der Riese und umarmte sie mit einem breiten Grinsen.

Da pochte es laut an der Eingangstür.

»Lea, hallo, kommst du langsam da raus? Wir wollen weiter.« Es war Horst.

»Du kannst uns jederzeit besuchen kommen, aber jetzt glaube ich, solltest du gehen«, sagte der große Mann, wickelte einen Krapfen in eine Serviette und steckte ihn Lea in die Tasche.

»Besuch uns bald wieder mal«, sagte er und brachte sie zur Tür.

»Und? Wie sieht es aus da drinnen?«, fragte Isabel, nachdem sie ein paar Meter gegangen waren.

»Schön.«

»Primitiv, denke ich«, sagte Horst. »Zum Anschauen schön, aber nichts zum Wohnen. Oder wollen meine Frauen etwa ihren Urlaub da verbringen statt in dem schönen Hotel?« Er legte seinen Arm um Isabels Hüften und küsste sie auf die Wange. »Weiter, mein Schatz.«

Sie bogen links ab und kamen zu einer Kapelle, deren Tür verschlossen war. An der Seite war ein kleines Fenster mit roten Glasmosaiken. »Wird schon nichts Besonderes drinnen sein«, schätzte Horst. »Überhaupt, ich glaube, wir haben nun fast alles vom Ort gesehen. Lasst uns doch zurückgehen zum Hotel. Mittagessen, was, Lea?« Er zwickte sie in den Hintern.

»Horst, sieh mal, der nette Laden! Lass uns doch bitte da noch schnell reingehen«, bat Isabel und zog ihn am Arm.

An der Eingangstür hing eine Glocke, die schellte, als sie eintraten. »Grüß Gott«, sagte eine ältere Frau, die hinter dem Ladentisch stand. Auf einem Stuhl rechts vom Eingang saß ein Mann etwa gleichen Alters.

»Wir wollen uns nur kurz umsehen, was Sie Schönes haben«, sagte Isabel.

»Gern, lassen Sie sich Zeit, es gibt ja viel zu entdecken.«

Kleine Plastikfernseher mit Edelweißblumen auf dem Bildschirm, Thermostate, die in kleine Miniaturalmhütten eingearbeitet waren, Kuhglocken an bunten Bändern, geschnitzte Bauernköpfe als Weinkorken, gestanzte Aluminiumwanderabzeichen für Wanderstöcke, aus Kuhhörnern gefertigte Löffel, winzige Holzskier mit Skischuhen, Schnapsflaschen mit bunten Bildern und allerlei Anstecknadeln lagen in dem einen Regal.

Ein anderes Regal war mit Himmelsspitzen gefüllt. Geschnitzte Miniaturhimmelsspitzen, Teller, auf die Himmelsspitze gemalt waren, Schlüsselanhänger mit Himmelsspitzen.

»Bekomme ich einen Himmelsspitz?«, bat Lea.

»Nicht heute, mein Kind, wir sind ja noch länger da. Noch kannst du den Berg ja jeden Tag vor dir sehen.

Aber ich verspreche dir, ich kauf dir später einen«, antwortete Isabel.

Nachdem sie noch ein wenig durch die Gassen Richtung Hotel geschlendert waren, gelangten sie schließlich zu einem alten Holzschuppen, der zwischen zwei neu gebauten Häusern stand, schief und zerbrechlich, eine Wand war an die Nebenwand gelehnt. Die Tür war halb offen.

Vor dem Eingang stand eine hölzerne Bank, auf der ein großer weiß-gelber Kater saß und sich sonnte. Er hob seinen mächtigen Kopf, als Lea rief: »Du schöne Katze!«

Das Tier stand auf, machte einen Buckel und streckte sich. Dann gähnte es und zeigte seine spitzen Zähne. Lea setzte sich neben den Kater auf die Bank und hob ihn auf ihren Schoß. Er begann so laut zu schnurren, dass sein Körper vibrierte.

»Deine Tochter mit ihrem Zwang, jedes Tier anzufassen«, meckerte Horst.

»Lass sie doch, du weißt doch, wie sehr sie Tiere liebt«, erwiderte die Mutter.

»Sieh nur, wie das Vieh haart, der ganze Rock wird dreckig.«

Horst trat auf den Kater zu und wischte mit seiner Hand über dessen Rücken. »Weg, hau ab, du Vieh.«

In dem Moment fegte das Tier mit der Pfote über Horsts Handrücken. Die spitzen Krallen hinterließen gerade rote und tiefe Furchen. Dann fauchte der Kater und verschwand mit gesträubtem Fell und buschigem Schwanz in einem Loch in der Holzwand.

Horsts Zähne mahlten.

Als Isabel seine Hand untersuchen wollte, knurrte er: »Lass mich in Ruhe, ich geh ins Hotel und lass die

Wunde reinigen, macht ihr inzwischen, was ihr wollt.« Dann ging er.

Lea sah ihre Mutter an, und weil die ein wenig lächelte, dachte sie, der Tag könnte doch noch schön werden.

»Meine Kleine, hast du Lust, dass wir mal nachsehen, was es in dem alten Schuppen gibt?«

Lea nickte, und Isabel klopfte an die Tür.

»Herein«, sagte eine Männerstimme.

Die Tür quietschte und ließ sich nur schwer öffnen.

Lea konnte zuerst nichts erkennen, so dunkel war es in dem Raum. Eine nackte Glühbirne baumelte von der Decke. In ihrem fahlen Licht tanzte feiner Staub. Das Fenster am anderen Ende des Raums stand offen, dahinter wucherte wildes Gebüsch. So dicht, dass kein einziger Sonnenstrahl durch die Blätter in das Innere des Schuppens gelangen konnte.

Vor dem Fenster saß ein älterer Mann auf einem Stuhl. Er hielt ein großes Messer in der Hand. Es machte ein kratzendes Geräusch, ab und zu blitzte die Schneide auf.

»Hat wohl Ärger gegeben mit Luis«, sagte er, dabei bewegte er sein Messer hin und her. »Aber kommen S' trotzdem ruhig näher.«

»Luis? Heißt so der große Kater?«

Der Mann nickte. »Es gibt Menschen, die mag er nicht. Katzen sind halt mal so und Kater erst recht, wenn sie sich von einem Eindringling in ihrem Revier gestört fühlen.«

»Entschuldigen Sie bitte die Störung«, sagte Isabel. »Wir wollten nur nachsehen, was es hier gibt. Wir sind Gäste im Hotel und sehen uns im Ort ein wenig um.«

»Das dachte ich mir«, antwortete der Mann.

»Was machen Sie denn da?«, fragte Isabel neugierig.

»Andenken.«

»Andenken. An was?«

»Andenken an den Himmel«, ein Hustenanfall unterbrach den Satz. »Der Staub vom Sägemehl«, meinte er nach Luft schnappend.

»Andenken an den Himmelsspitz«, setzte er fort und spuckte in sein Taschentuch.

»Darf ich sie mal anschauen?«, fragte Isabel und trat ein paar Schritte näher.

»Dürfen Sie.«

Im Licht der kleinen Lampe, die auf dem Tisch stand, konnte man sie erkennen, all die Himmelsspitzen, ein Haufen zackiger Berge, größere und kleinere. Sie lagen quer durcheinander, als sei ein Sturm über die Alpen gefegt und hätte die Berge entwurzelt und wild durcheinandergewirbelt. Inmitten des Durcheinanders lagen ein Stück Brot sowie ein blutiges Taschentuch – und an den Lampenfuß gelehnt eine Postkarte, auf der die Speicherstadt des Hamburger Hafens abgebildet war. Isabel spürte, wie dieser unglaubliche Zufall ihr Herz hüpfen ließ. Ausgerechnet die Speicherstadt, hier an diesem abgelegenen Ort.

»Das ist eine schöne Karte, die Sie da haben«, sagte sie mit dünner Stimme.

»Ja«, antwortete er. »Kommt aus Hamburg.«

»So wie wir.«

»Ach ja?« Der Mann stand auf und ging zu einem Gestell, in dem ein Schleifstein lag. Er drehte ihn und wetzte dann daran das Messer, dass die Funken stoben. »Muss eine schöne Stadt g'wesen sein. Vor dem Krieg.«

»Darf ich mich setzen und Ihnen ein wenig bei der Arbeit zusehen?«, fragte Isabel.

Der Mann blickte sich suchend um. Dann sagte er:

»Kommt selten jemand her«, und zeigte auf ein umgedrehtes Fass in der Ecke: »Da.«

»Danke.« Sie atmete tief durch. »Es gefällt mir, was Sie da schnitzen.«

Der Mann nickte nur stumm mit dem Kopf. Er nahm einen Miniaturberg in die Hand und zeigte ihn Isabel:

»Die Zacken brechen mir immer wieder ab. Ist ärgerlich«, meinte er und setzte seine Schnitzerei fort.

Es entstand eine längere Pause, in der man nur noch das Schaben des Messers und das Brummen einer dicken Fliege vernahm.

Draußen miaute der Kater, und weil Lea die wortkarge Unterhaltung der Erwachsenen langweilig fand, ging sie vor die Tür.

Inzwischen war es wärmer geworden, die Sonne stand hoch am Himmel, es ging gegen Mittag zu. Lea war ebenso schläfrig wie das Tier, denn die Nacht war unruhig verlaufen. Wieder hatte Lea Wirres geträumt und war umhergewandelt. Sie schloss die Augen und legte eine Hand auf den Rücken des Katers. Durch die Holzwand hörte sie noch ihre Mutter den Mann fragen:

»Würden Sie mir etwas verraten, auch wenn es indiskret ist?«

»Kommt drauf an«, erwiderte er.

»Wie kommt diese Postkarte zu Ihnen, wer hat sie Ihnen geschickt?«

»Das können S' mich gern fragen, ist kein Geheimnis.« Lea hörte ihn lachen. »Zehn Jahre hab ich die schon hier stehn. Ein Freund hat sie mir g'schickt. Wieso interessiert Sie das?«

»Nur so, weil es eine so schöne alte Karte ist. Deswegen.«

»Soso«, antwortete der Mann.

Mehr hörte Lea nicht mehr, denn sie war eingeschlafen. Kopf an Kopf mit dem großen Kater.

KAPITEL 12

Niemand hörte, als das Telefon in Granbichlers Stube klingelte. Die Haustür stand weit geöffnet, Cillis Küchenschürze lag auf der Ofenbank. In der Küche brodelte auf dem Herd der Heublumensud für die Schweine.

Das Frühstücksgeschirr war bereits abgewaschen, Milch und Speck in die Kammer geräumt. In der Stube hingen die Festtagsgewänder von Cilli, Hanni und Magda, die Blusen und Schürzen waren frisch gewaschen und gestärkt, das Dirndl gebügelt. Schmuck und Blumen für das Dekolleté hatte man auf die Kommode gelegt, alles bereit für den heutigen Tag.

Vor der Haustür lag auf einem Schaffell Cillis Hund, die alte Senta, und schlief. Auch sie hörte das Klingeln des Telefons nicht, denn sie war inzwischen in die Jahre gekommen, und das hatte sich auf ihre Ohren niedergeschlagen. Vorbei die Zeiten, in denen sie Cilli, Robert und die Zwillinge begleitete, wenn diese mit ihren Schafen über die Höhen der Berge streiften.

Ihr Fell war graustichig geworden, und die Eckzähne fehlten, weswegen sie nun Schweinesud statt Nachgeburten, Schlachtüberreste, Knochen oder Gedärme zu fressen bekam. Wenn der Nachbarsjunge Tobi vorbeikam, brachte er manchmal einen Blechnapf Quark und Ei mit. Der Bub setzte sich dann neben Senta auf den Boden und sah zu, wie sie den Brei schlabberte. Dabei hielt er Wurzl fest, Sentas Sohn, damit der seiner alten Mutter nichts wegfressen konnte. Wurzl war der einzige der fünf Nachkommen von Senta, der die Ertränkungsprozedur überlebt hatte. Kurz nachdem die kleinen Tiere nicht mehr an Mutters Zitzen gesaugt hatten, sondern begonnen hatten, wie eine halbwüchsige Horde durch Fuchsbichl zu ziehen, dabei die eine oder andere Küche plünderten, landeten sie eines frühen Sonntagmorgens unfreiwillig in der Wassertonne hinter dem Schafstall. Zusammen mit den anderen Welpen hatte Wurzl minutenlang gegen den nassen Tod gestrampelt, bis die Granbichler Zwillinge vom kläglichen Jaulen der Tiere aufwachten. Doch bis sie den grausigen Ort ausfindig machen konnten, schwammen die kleinen Leiber bereits mit aufgerissenen Mäulern und trüben Augen unter der Oberfläche. Scheinbar leblos. Weinend fischten die Mädchen die toten Tiere aus dem Wasser und trugen sie zum Misthaufen.

Drei Stunden später, nachdem unten im Tal die Sonntagsglocken zum Gebet gerufen hatten, standen die Fuchsbichler zwischen den Kirchenbänken und murmelten mit gesenkten Köpfen das Vaterunser. Leiser als sonst. In der Monotonie des Tons, der die Kirche erfüllte, schwang die geistige Abwesenheit der Betenden mit. »Vergib uns unsere Schuld, wie auch wir vergeben unsern Schuldigern.« Während die Fuchsbichler Gott um Vergebung baten, hingen sie gemeinsam einem einzigen Gedanken nach, welcher Urban und seinem kleinen Enkel galt.

Ab und an schielten sie hinüber zu den beiden. Sie schickten anklagende Blicke zu Urban, welche der mit hämischem Grinsen quittierte, und bedauernde zu Tobi, der klein und schmächtig neben seinem Großvater zu Gott sprach. Ohne Regung, als wäre alles Leben von ihm gewichen, stand er da und starrte auf die gefalteten Hände seines Großvaters, wissend: Das sind die einzig Schuldigen, die um Vergebung bitten sollten.

Niemand sonst im Ort hatte an den kleinen Tieren so gehangen wie Tobi. Tagelang hatte er Großvater bekniet, er möge doch gestatten, dass Cilli einen Welpen dem Kraxnerhof überlässt.

Irgendwann war Urban der Kragen geplatzt. »Erstens, nie wieder ein Wort über die Sauviecher, und zweitens: Ab heut hörst auf, mit den Viechern zu spielen, damit endlich amal a Ruah ist«, hatte er Tobi angebrüllt, dass die Wände der Fuchsbichler Häuser zitterten. Er hatte den großen Muslöffel aus dem heißen Brei gezogen und immer wieder auf den blanken Rücken des Jungen sausen lassen, bis der blutige Striemen zeigte. Erst als Agnes sich dazwischenwarf, hatte das grausame Schlagen ein Ende gefunden.

Der Geprügelte kroch die Stiegen hoch in seine Schlafkammer und suchte Trost in den weichen Kissen seines Betts. Er zitterte vor Wut und weinte vor Schmerz, bis ihn schließlich ein Fieber erlöste, indem es ihn in wohlige Watte packte und weit fortschweben ließ, dorthin, wo er niemanden mehr hörte. Nicht einmal die Mutter, die Tag und Nacht voller Sorge an seinem Bett verbrachte, und auch nicht Urban, wenn er seinen Kopf in die Schlafkammer steckte und moserte:

»Hab dich net a so, werd schon net so schlimm sein.« Das Fieber stieg unaufhörlich, bis Tobi eines Tages derart glühte, dass Agnes die durchgeschwitzten Laken stündlich wechseln musste. Sie wickelte kalte Tücher um seine dünnen Beine, strich die nassen Locken, die an seiner Stirn klebten, nach hinten und flüsterte ihm zärtliche Worte ins Ohr.

»Werd g'sund, mein Herz, ich bitt dich so, werd g'sund.« An dem Tag, an dem das Fieber so hoch gestiegen war, dass Agnes fürchtete, die Hitze würde ihr geliebtes Kind forttragen, kroch sie zu ihm unter die Decke ins feuchtheiße Bett.

»Tobilein, geh net von mir, ich fleh dich an. Lass mich net allein. Was soll ich ohne dich tun, was nur?«, schluchzte sie. Dann hatte sie den abwechselnd glühenden und schlotternden Jungen so fest an ihren Leib gedrückt, als wollte sie ihn wieder in die sanfte Geborgenheit zurückpressen, der er entschlüpft war.

Arme Agnes, auf welch mühsamer Gratwanderung sie sich doch befand: zwischen ihrem Sohn, dem jähzornigen Urban, dessen Hass auf den Enkel mit zunehmendem Alter immer schwerer auszuhalten war. Und dann war da auch noch Vinzenz, ja der. So wie Urban dem Buben ein unerbittlicher Großvater war, erwies Vinzenz sich als strenger Vater. Karge Worte, kein Lob, viel Tadel und Prügel, wenn Agnes nicht zugegen war. Und hätte er sicher gewusst, dass das Kind nicht sein eigen Fleisch und Blut war, wer weiß, was der Bub sonst noch Arges hätte erdulden müssen.

Ihren Sohn liebte Agnes über alles, dem Vater hatte sie gelernt zu gehorchen und ihn zu achten, wenngleich dieser Vorfall dazu geführt hatte, dass Agnes mit ihrem Vater vorerst kein Wort mehr wechseln wollte.

Und Vinzenz, den Irregeleiteten? Hätt ich die Sünd sein lassen solln?, fragte sie sich oft im Stillen, wenn sie in der Kammer neben ihrem Mann lag. Oder hätt ich sie leben solln, mit Haut und Haar. Weit fort von hier, drüben über dem großen Meer. Ach, Luis, warum nur bist gangen, so schnell, so plötzlich. Und weißt net amal, was'd dag'lassen hast, bei mir. So stolz wärst g'wesn auf den Buben: die gleichen Locken, die gleichen Augen, und was für a samtene Haut. Ach, Luis.

Dann perlten glitzernde Tränen in die Kissen, und immer, wenn es Agnes vor Kummer und Sehnsucht heftig zu schütteln drohte, ergriff sie Vinzenz' Hand und stellte sich vor, sie wäre nicht die seine, sondern die von Luis. »Ach, Vinzenz«, seufzte sie dann leise.

Ihr Angetrauter jedoch hatte gelernt zu schweigen. Nie fragte er nach den Gründen für diese Tränen, die Schmach erahnend, die die Wahrheit für ihn bedeuten würde. Und so hielt er still, wenn es etwas zu sagen gäbe.

Nichts hatte er zu vermelden auf dem Hof. Gar nichts. Stattdessen ließ er sich schinden, bis seine Knochen schmerzten. Gras mähen, Heu einholen, Säue und Hennen füttern, Holz hacken, Kartoffeln setzen und ernten, morsches Holz entfernen, die Almen hochsteigen, mit schweren Milchkübeln hinunterwanken; immerzu tätig sein, wie ein erbärmlicher Knecht, bis das Rückgrat krumm, das Gesicht faltig und die Hände rau und furchig geworden waren. Ja, arg- und mittellos war er gekommen, und das blieb er auch. Nichts dazugewonnen, weder Hab und Gut noch des Schwiegervaters Anerkennung und schon gar nicht Agnes' Liebe. Die ihres Herzens blieb ihm ganz vorenthalten, die ihres Körpers erfuhr er nur selten. Nur manchmal, während der langen Wintermonate, in denen der Frost Eissterne an die Fenster malte und die Bauern bereits beim Versinken der Sonne in ihre wärmenden Betten schickte, dann gab es doch so manche Nacht, in der Agnes schlotternd nach Wärme suchte, seine Hand gewähren ließ, wie ein braves Eheweib die Beine spreizte und den Schoß öffnete, genauso wie einst in der Hochzeitsnacht.

Doch die meisten Nächte stieß sie ihn von sich, klagte über Schmerzen, über Müdigkeit, über etwas, was nur Frauen haben, und drehte ihm den Rücken zu. Wenn Vinzenz dann morgens beim Frühstück Urbans mitleidig-spöttisches Grinsen sah, packte ihn die eiskalte Wut auf alles, was ihn auf diesem gottverdammten Kraxnerhof umgab. Doch er konnte still sein und schweigen. Die finsteren Worte, die es zu sagen gäbe, schluckte er hinunter in die Tiefe seines Körpers, wo sie sein Herz schwärzten.

Wehe dir, Kraxner, wehe dir, wenn meine Zeit gekommen ist, dachte er bei sich.

An jenem Tag, an dem Tobis kleiner Körper abwechselnd vor Kälte zitterte wie Espenlaub oder glühte wie ein Vulkan und Agnes unter Tränen alle ihr bekannten Heiligen beschwor, war Fuchsbichl von einer unheimlichen Stimmung erfüllt. Die Natur zeigte sämtliche denkbaren Facetten in einem Kreislauf, der sich derart schnell vollzog, dass den Fuchsbichlern angst und bange wurde. Mal schien die Sonne gleißender denn je, dann zogen unheilschwangere Wolken auf, aus denen es blitzte und donnerte, dass das Gebälk der Häuser und Ställe knackste. Schließlich fegte ein scharfer Sturm durchs Tal und schob alles Unwetter hinter die Berge, sodass sich Fuchsbichl wieder von seiner klarsten und schönsten Seite zeigen konnte. Bis erneut heftige Winde heranzogen und dunkle, prall gefüllte Wolken vor die Sonne bliesen, was den Weiler derart verdunkelte, dass man hätte meinen können, es wäre finstere Nacht.

Die Wälder und Wiesen tanzten im Takt des Wetters. Die Bäume bogen und wanden sich, ihre Blätter wisperten und rauschten, die Gräser zitterten, und die Blumen öffneten ihre Blüten, um sie gleich wieder zu schließen, wenn sich der Himmel verdunkelte.

Inmitten dieses Rasens der Natur begann sich auf Fenders Misthaufen ein Fellbündel zu regen. Es zuckte, schüttelte sich und tapste schließlich wankend von dannen, leise und von allen unbemerkt. Die Fuchsbichler saßen zu der Zeit auf den Bänken vor ihren Häusern, mit großen Augen und gefalteten Händen. Alle bis auf Urban. Der hockte in der dunklen Stube und grübelte, zum ersten Mal seit langer Zeit. Die Pfeife in seinem Mund war erloschen. Er stierte auf die Flasche Schnaps, die vor ihm stand. Der alte Kraxner verstand die Welt nicht mehr. Warum nur sprach seine Tochter kein Wort mehr mit ihm?

War's die Sorge um den kranken Buben, warn's die Prügel? Warn's die Hunde? Aber all das waren doch keine Gründe, sagte er sich. Dann schenkte er sich ein weiteres Glas ein und stürzte es hinunter. Sei's drum, dachte er, schloss die Augen und überließ sich schöneren Gedanken, den früheren, als es noch die Bäuerin gab und die Welt im Lot war.

Am nächsten Tag war der Spuk vorbei. Tobi lag noch im Bett, still, die Augen im fernen Irgendwo zwar, jedoch nicht mehr fiebrig.

Urban, mit entschlossener Miene, Agnes, erschöpft und bleich, und Vinzenz, unsichtbar, saßen gerade in der Küche und löffelten schweigsam ihre Suppe, da klopfte es zaghaft an die Tür.

Es war Cilli. »Was willst, Fenderin?«, fragte Urban unwirsch. Cilli zog einen Zettel aus der Schürze und reichte ihn dem Kraxnerbauern.

»Was gibt's so Wichtiges? Blöd, wenn man net redn kann, ha?«, sagte er.

Mit gönnerhafter Geste nahm er den Zettel, stierte auf die Worte und hob die buschigen Augenbrauen.

»Verschwind aus meiner Küche, raus, aber schnell«, herrschte er dann die Taubstumme an, die nicht hörte, jedoch sah, welche Wut den Kraxner erfüllt hatte. Leise schloss sie die Tür hinter sich, nachdem sie einen kurzen Blick zu Agnes geschickt hatte. Doch diese starrte nur auf den Tisch, die Hände gefaltet, und schwieg, denn noch immer wollte sie kein Wort in Gegenwart ihres Vaters tun. Sie war so still wie Vinzenz, dessen leere Augen sich in sein Inneres verzogen hatten. Der alte Kraxner erhob sich und marschierte mit schweren Schritten vom Küchentisch zum Herd, öffnete die Feuerluke und warf Cillis Zettel in die heiße Asche. Dann setzte er sich wieder, hieb die Faust auf den Tisch, dass Vinzenz schier der Löffel aus der Hand fiel und Agnes sich bekreuzigte und sagte: »Was erlaubt die sich, die Taube?« Wüst schimpfend erhob er sich und stapfte hinaus.

»Vinzenz«, flüsterte Agnes. »Schau amal nach, was auf dem Zettel steht, schnell!«, und fuhr mit ihrer Hand über die seine. Der erhob sich matt und schlurfte zum Herd.

»Grad noch«, sagte er, nachdem er das angekohlte Stück aus der Asche gefischt hatte.

Auf dem Zettel mit angeschwärztem Rand, belegt mit einem grauen Aschehauch, stand in Cillis feiner Schrift geschrieben:

»Urban, der Herrgott richtet übers Leben und nicht du. Gesehen hat er, was du getan hast. Draußen vor der Tür hat er seinen Willen geschickt, sieh nach.«

»Mein Gott, Vinzenz, was soll das sein?«, fragte Agnes mit zittriger Stimme.

»San doch alle verrückt hier im Ort«, antwortete der knapp und tauchte den Löffel in die Suppe.

Da flog die Tür auf, mit solch einer Wucht, dass sie gegen die Wand schlug.

»Ich warn euch alle und sag euch: Wehe, des Teufelsvieh kommt mir zu nahe. Ich werd's erschlagn, mit bloße Händ. Dann die Haut abziehen und den Schweinen zum Fraß vorwerfen. Ich warn euch alle!«, schrie Urban und schleuderte ein kleines fiependes Bündel quer durch die Küche, direkt vor Agnes' Füße.

Wurzl.

Drei Jahre war alles gut gegangen mit Wurzl. Der kleine Hund war schlau und mied den Kraxner, soweit dies möglich war. Er duckte sich, wenn der Bauer vorbeikam, und schlich aus der Stube, wenn der Alte die Schnapsflasche aus der Vitrine holte. Drohte Gefahr, versteckte er sich hinter dem Holzhaufen im Stall oder kroch in die hinterste Ecke unter der Ofenbank, eine Stelle, die für einen Holzbeinträger unerreichbar war.

Die Wurzljahre waren für Tobi die schönsten Jahre seiner Kindheit. Er erkundete mit dem Tier die verstecktesten Stellen der Fuchsbichler Wälder, er tollte mit ihm über die Almwiesen, und hüteten sie die Kühe, erzählte er Wurzl Geschichten von den Geistern, die auf dem Berg tanzten. Morgens, bevor er den Schulweg antrat, füllte er den Hundenapf mit Quark, mittags, wenn er zurückgekehrt war, stahl er für seinen Hund heimlich ein Stück Fleisch oder Speck aus der Kammer, abends bürstete er das Fell, bis es weich und glänzend war wie Seide. Weil Wurzl so schlau war, lehrte Tobi ihn das Umkreisen der Schafe, das Eintreiben der Hennen und das Sammeln großer Stöcke und Prügel fürs Einfeuern. Die schleppte Wurzl aus dem Wald mit hocherhobenem Kopf und wedelndem Schwanz. Und bevor er sie Agnes in der Küche vor die Füße legte, nagte er kräftig an ihnen herum, als wolle er damit zum Ausdruck bringen: Die sind von mir.

Am Tag des Schützenfestes sollte all das Schöne jedoch ein grausiges Ende haben.

Agnes stand gerade vor der Kommode und flocht sich die Haare für das Fest, als sie sein Schreien hörte, ein Schreien, das ihr das Blut in den Adern stocken ließ.

»Mutter, kimm schnell, kimm!«, rief der Junge aus dem Stall. Agnes stolperte die Stiegen hinunter, so schnell, als wäre der Leibhaftige hinter ihr her, jagte quer über die Wiese, mitten durch die aufgebrachte Hennenschar, bis sie den Stall erreichte.

»Mutter, bei den Ferkelein«, rief Tobi mit erbärmlicher Stimme. Vorsichtig schlich Agnes den schwach beleuchteten Gang nach hinten.

»Mei, hast du mir an Schreck eing'jagt, Tobi, was ist denn gar so schlimm?«, fragte sie schwer atmend.

»Mutter, da!« Er zeigte in den Trog.

»Tobi, was soll da sein?«, fragte sie, nichts anderes erkennend als ein paar Futterreste. »Sag doch, was siehst denn da drinnen?«

»Der Großvater«, weinte Tobi. »Warum hat er's getan? Warum?«

Dann schlug er mit geballten Fäusten auf seinen Kopf und schrie. »Mit dem Beil, er hat sie einfach abg'hackt.«

Agnes holte ihre Streichhölzer aus der Kitteltasche, im Schein des kleinen Feuers sah sie etwas, was die gewöhnlich allesfressenden Schweine nicht angerührt hatten: Wurzls kleine Schlappohren, blutig, nass und klebrig von den Erdäpfeln, mit denen zusammen sie den Tieren zum Fraß vorgesetzt worden waren. Die Schweine standen eng zusammengedrängt im hinteren Teil ihres Stalls, als hätte selbst sie das Grauen erfasst.

»Um Himmels willen!« Agnes nahm ihren Sohn in die Arme und drückte seinen Kopf an ihre Brust. »Schau net hin, Tobi, net hinschaun.« Sie fühlte, wie seine Tränen durch ihre Bluse drangen. »Wein net, bitte, Tobi, der Wurzl werd scho wieder g'sund. Wein net, ich bitt dich.« Doch Tobi ließ sich nicht trösten. Mit einem Stoß schob er Agnes von sich und wischte die Tränen mit dem Handrücken ab. Dann holte er aus der Stallecke etwas Heu, in das er behutsam Wurzls Ohren bettete, als wären sie Juwelen, und steckte sie in seine Hosentasche.

»Mutter, ich geh jetzt den Wurzl suchen, auch wenn er mich nimmer hören kann, jetzt, wo er keine Ohren mehr hat.« Seine Stimme, dachte Agnes mit Schrecken, klang plötzlich tief, nicht hell wie sonst. Sie war belegt, statt klar, nicht sanft, fast eisig. Nie zuvor hatte sie ihren Sohn so sprechen hören.

»Ich geh ihn suchen«, wiederholte er. »Und wenn i ihn net find, is nix mehr, wia's war.« Dann verließ er mit aufrechter Haltung und entschlossenen Schritten den Stall.

Agnes ließ sich auf dem Holzstumpf nieder. Sie zitterte, als sie ins Halbdunkel flüsterte:

»Heilige Muttergottes, wia hast des zulassen können, dass es so kemma is? Warum strafst du des Kind a so?« Dann schüttelte sie fortwährend den Kopf, bis schließlich Maria, die alte Magd, sie fand, bleich und wortlos.

»Jessas, Agnes«, sagte sie, »wia schaust du denn aus? Sag, was war des für a G'schrei?«

Wie ein Lauffeuer verbreitete sich unter den Fuchsbichler Frauen die Nachricht von dem geschundenen Tier. Jene, die bereits ihr Festtagsgewand angelegt hatten, wechselten es geschwind gegen den Kittel, sie lösten ihre halbfertigen Haarkränze und knoteten sie zu einem schnellen Dutt. Sie schlüpften in ihre Bergschuhe und stürmten los. Sie suchten unter Stuben- und Küchentischen, unter Ofenbänken, in den Speise- und Schlafkammern. Dann eilten sie hinüber zu den Stallungen, leuchteten mit Lampen in jede der vielen dunklen Ecken und Nischen, sie wühlten im Heu, und schließlich hörte man sie auch in den umliegenden Wäldern rufen: »Wurzl, kimm, kimm, Wurzl.«

Senta, das Muttertier, hörte weder das Locken und Rufen der Suchenden noch das verzweifelte Klingeln des Telefons. Schwerfällig erhob sie sich von ihrem Schaffell, schüttelte sich und legte sich auf die andere Seite. Den Kopf auf die Pfoten gebettet, schlief sie wieder ein.

Und unten im Tal legte Robert irgendwann den Hörer auf die Gabel. »Mach mir Sorgen«, sagte er.

KAPITEL 13

Das Ende der Nacht kündigte sich an, denn der Mond verblasste.

Halb im bleichen Licht der Morgendämmerung, halb noch in den Fängen der Nacht, sah man die felsigen Zacken des Himmelsspitzes.

Obwohl sie sich noch müde fühlte, war Lea an diesem Tag früher erwacht als sonst. Doch sie hatte wieder diesen Traum gehabt, das zweite Mal, seitdem sie hier in den Bergen waren.

Ihr erster Blick galt dem großen Holztisch mit der runden Schale, die die Mutter jeden Abend mit ein paar Keksen füllte. Sie war leer.

Also musste der Traum Lea wieder verführt haben, auf ihrem Pfad ins Irgendwo zu wandeln, weil sie dann begierig alles Essbare in sich hineinstopfte, was zu finden war. Hier im *Hotel Himmelsspitz* ließ Isabel allabendlich den großen Holztisch vor die Balkontür schieben, damit der Mondschein Lea nicht verleiten konnte, über die Balkonbrüstung zu klettern, von wo aus sie in die Tiefe stürzen würde.

Lea benötigte nun all ihre Kraft, um das schwere Möbelstück zur Seite zu schieben. Dann packte sie ihre Bettdecke, öffnete die Tür und ließ sich draußen, in der Kühle des Bergmorgens, auf dem Plumeau nieder – so wie sie es jeden Morgen tat.

Doch heute war es früher als sonst.

Mutter und Horst schliefen noch. Von Tag zu Tag blieben sie länger im Bett liegen. Und weil Horst auf einem gemeinsamen Frühstück bestand, musste Lea jeden Morgen auf die beiden warten. Manchmal schlich sie sich hinunter zur Küche, wo die Granbichler Zwillinge Hanni und Magda frische Brötchen buken. Sie hatten immer gute Laune, lachten viel und sangen lustige Lieder. Besonders nett war die taube Frau Granbichler. Sie strich Lea immer über die Haare, liebevoll und sanft, und goss ihr heißen Kakao in einen Becher.

»Warum ist deine Mutter stumm?«, hatte Lea Hanni einmal gefragt.

»Sie ist nicht stumm. Sie kann sprechen. Nur spricht sie mit den Händen, wie sie mit dem Herzen hört. Das ist was ganz Besonderes, denn auf diese Weise hört sie mehr als jeder andere Mensch hier weit und breit«, hatte Hanni geantwortet.

Drüben, im Hof am Ende des Orts, ging ein Licht an. Jemand schob die Vorhänge zur Seite und blickte nach draußen. Lea sah eine schwarz gekleidete Frau mit langen grauen Haaren. Sie blieb eine Weile am Fenster stehen, dann zog sie die Vorhänge wieder zu. Wenige Minuten später trat sie aus der Haustür und leuchtete mit einer Taschenlampe mal nach links, mal nach rechts. Sie verschwand hinter der einen Seite des Hauses und erschien ein paar Minuten später wieder an der anderen Seite. Immer wieder umrundete sie das Haus, im Zickzack dem Lichtkegel folgend, bis sie schließlich zur Kapelle ging, die stets verschlossen war, wenn Isabel, Horst und Lea sie besichtigen wollten. Aber in diesen frühen Morgenstunden war sie geöffnet, denn die schwarze Frau verschwand in dem winzigen Gotteshaus. Am leichten Flackern hinter den roten Glasmosaiken, die das Kapellenfenster zierten, erkannte Lea, dass eine Kerze angezündet worden war.

Wann endlich wachte die Sonne auf? Wie spät es wohl sein mochte? Lea fröstelte. Sie zog die Decke fester um ihre Schultern.

Plötzlich schlich etwas Dunkles unmittelbar vor ihrem Balkon durch das Gras. Lea erkannte ihren neuen Freund, den Kater.

»Katerlein«, flüsterte sie, stand auf und lehnte sich zwischen den Geranien über die Brüstung. Das Tier blieb stehen, wandte Lea kurz seinen dicken Kopf zu, leckte seine Pfoten und trollte sich dann wieder.

Kater war das größte Katzentier im Ort. Lea kannte inzwischen fast alle von ihnen, die beiden Graugetigerten vom Hotel, die Schwarzweiße vom Riesen, und dann gab es noch drei kleine Katzen, die sich in der Nähe des Bauernhofes aufhielten. Lea hatte allen einen Namen gegeben.

Und Kater hieß einfach nur Kater.

Lea kannte nicht nur die Katzen, sie kannte auch annähernd jeden Bewohner des Ortes, denn sie war oft allein unterwegs. Mutter kränkelte, und Horst wollte seine Ruhe. So lernte sie die Schulzes aus Innsbruck kennen, die seit vier Jahren hier wohnten, die Gerbers, die am Ortsrand ein Ferienhaus gebaut hatten, die Streichers mit den drei kleinen Kindern, die den Souvenirladen betrieben, Herrn Fiegl, der sich zusammen mit seinem Sohn um den Sessellift kümmerte, sowie Frau Fender von der Jausenstation und ihren Mann, der schlecht sah und Augen hatte, wie Lea sie noch nie gesehen hatte. »Seine Augen hat ein grauer Vogel zerfressen«, hatte Frau Fender ihr verraten.

Besonders mochte Lea Karl, den Riesen, den sie oft besuchte, weil er so schöne Geschichten erzählen konnte. Er stellte dann für Lea einen Schemel neben seine Leiter und erzählte, während er an seinem Haus herumpinselte, allerlei Geschichten von früher. Wie er in den Bergen herumklettern und Gras rupfen musste, weil er aus Versehen den elterlichen Stall abgebrannt hatte. Aber nie verlor er auch nur ein Wort darüber, was es mit der schwarzen Frau auf sich hatte.

Langsam wurde es heller, die Konturen des Berges zeichneten sich vom Himmel ab, zackig, unerreichbar und so hoch.

Vom Hof krähte der erste Hahn herüber. Auf den Wiesen tanzte der Morgennebel wellenartig auf und ab. Lea hörte lautes Atmen aus dem Zimmer der Erwachsenen. Sie wusste, die beiden waren erwacht und machten Liebe, wie Mutter ihr erklärt hatte. Liebe sei etwas Schönes, man sei dabei nackt und würde sich berühren. Horst berührte Isabel auch beim Autofahren oder in der Küche. Einmal hatte Lea beobachtet, wie ihre Mutter auf dem Tisch lag und Horst seine Hose ausgezogen hatte.

Die beiden würden nach den Geräuschen wieder einschlafen, denn nach der Liebe begann der Tag meistens spät. Das wusste Lea inzwischen. Vielleicht fühlte sich ihre Mutter heute besser. In den letzten Tagen hatte sie schlecht ausgesehen, hatte wenig gegessen und kaum gesprochen. Sie wollte immer öfter allein sein. Meistens ging sie auch allein spazieren. Einmal hatte sie Isabel nachts auf dem Balkon schluchzen gehört. Lea glaubte, sie sei traurig.

Das Flackern im Kapellenfenster erlosch, die Kapellentür öffnete sich. Langsam ging die schwarze Frau zurück zum Hof, so wie sie gekommen war, im Zickzack des Lampenscheins.

KAPITEL 14

»Was soll schon passiert sein? Ha? Was meinst? Was schon! Deine Taube werd's Klingeln net g'hört haben! Merkwürdig, wo sie sonst überall ihr Ohr hat und alles weiß.«

»Ich hab dir schon 1.000 Mal g'sagt, du sollst net so über meine Frau red'n. Gott werd dich irgendwann strafen für deine Bösartigkeit«, erwiderte Robert. »Die Frauen wollten schon seit mindestens vier Stunden da sein, dass du dir da keine Gedanken machst?«

Urban schlug mit der Faust auf den Tisch. »Was geht schon in den kleinen Schädeln von Frauen vor? Welcher Mann versteht das schon?«

»Du jedenfalls nicht!« Oswin hob müde den Kopf, den der Alkohol wie Blei auf den Tisch gezogen hatte.

»Was soll das heißen?«, fragte Urban.

»Na ja, sogar die Bedienung hat's kapiert, was du für einer bist. Mein Lieber, die lasst dich ja ordentlich abblitzen. Vorbei die Zeiten, wo die Frauen auf dich g'flogn san, Urban, auch wenn'st heut Schützenkönig g'worden bist.«

»Maul halten, ist eh a schäbige Dirn«, fauchte Urban.

»Nein, sie ist eine Frau, die weiß, was sie will«, entgegnete Karl.

»Was mischt sich da der Gräserrupfer ein? Ha? Ruckkorb-Karl? Seit wann weißt du was von Frauen, vor allem von der Dirn da?«

»Sie heißt Paula. Und sie ist eine schöne Frau!«

»Soso, Paula, woher weißt das schon wieder?«

Karl lächelte glücklich und geheimnisvoll.

»Paula, aha, Paula«, zischte der Kraxnerbauer Karl zu, und dann brüllte er quer durch das Zelt: »Paula, bringst noch an Krug Bier, aber schnell!«

»Hast heut ja an ziemlichen Durst«, bemerkte Oswin.

»Und? Was kümmert's dich?«

Urban erhob sich. »Ich geh pinkeln.«

»Mein Gott, ist der heut schlecht g'launt«, sagte der Fender Hans, nachdem der Kraxnerbauer davongewankt war. »So hab ich ihn schon lange nimmer g'sehn!«

Oswins Kopf sank allmählich auf Karls Schulter. »Oh weh, Karli, dem alten Oswin geht's so schlecht, die Hitz macht ihm zu schaffen.«

»Trink weniger Bier, Oswin«, antwortete Karl.

In dem Moment begann man im Festzelt begeistert zu applaudieren, denn ein paar betrunkene Sommergäste hatten sich beim Burschenplattler unter die Tänzer gemischt. Sie schlugen sich auf die Schenkel und klatschten in die Hände. Derart tollpatschig sahen sie aus, dass alle Festgäste vor Wonne grölten.

Währenddessen stand Urban hinter dem Zelt urinierend am Bretterzaun. Zum Häusl hatte er es nicht mehr geschafft, so voll war die Blase. Nun versuchte er verbissen, den Strahl durch ein kleines Astloch zu dirigieren, was ihm in Anbetracht seines Schwankens beim besten Willen nicht gelingen wollte.

Ein Schützenkönig ist eben kein Pieslkönig, dachte er und betrachtete seinen Schwanz. »Bist a wenig vernachlässigt, ha? Werd Zeit, dass du amal wieder was triffst. Was meinst zur Bedienung? Tät'st dich da wohlfühlen?« Bei dem Gedanken an deren üppige Rundungen kam Leben in seine Hände. »Gell, das tät uns g'fallen.« Er rieb ihn hin und her und betrachtete, wie er langsam anschwoll.

Ist doch noch was, dachte Urban. Da kann man stolz drauf sein.

Er schloss die Augen und sah im benebelten Geiste, wie die Dralle zu ihm kam. »Du bist doch der Schützenkönig Kraxner«, schmeichelte sie und leckte sich betörend die Lippen. Dann öffnete sie die Bluse und legte ihre großen Brüste frei. Die dicken Nippel waren dunkel und standen steil nach oben. Dem Bauern wurde schwarz vor Augen, mit einer Hand hielt er sich am Zaun fest, die andere ging eilig der Aufgabe nach, die ihr die Lust gebot. Hin und her, wild und schnell, so wollte es der Kraxner, dabei bemerkte er nicht, wie seine Hose nach unten glitt und zwischen Holz- und echtem Bein in der selbst gemachten Pfütze landete. Doch so heftig Urbans Hand das Glied im Takt seiner Fantasie auch bearbeitete – die Feiste saß nun rittlings auf ihm –, der Alkohol hemmte den Höhepunkt der Wollust. Und so dauerte alles länger als gewohnt, und der Kraxner stöhnte und schwitzte.

In dem Moment öffnete sich hinter ihm die Zeltwand. Eine Küchengehilfin trat heraus. Sie schüttete einen Eimer Restbier neben die Füße des Bauern. »Pinkelst du etwa direkt hinter unserer Küche? Schau, dass du weiterkommst, Ferkl!«, schrie sie ihn an.

Urban öffnete die Augen und wusste einen kurzen Moment nicht, wo er sich befand. Das Bildnis der Drallen war zerplatzt wie eine Seifenblase. Er stopfte sein Glied zurück in die Lederhose. »Blöde Pritschn«, gab er grantig zurück.

Ihm war heiß, nicht nur innerlich. Außerdem juckte der Gurt, an dem sein Holzbein befestigt war. Was ihn aber am meisten störte, war die Bisswunde am Arm, die durch die begierigen Bewegungen zu pulsieren begonnen hatte. Urban setzte sich hinter einer Pferdekutsche, an der ein grasender Haflinger angebunden war, auf einen Kübel, zog den Janker aus und wickelte den Verband ab. Die Wunde hatte noch ziemlich nachgeblutet. Ein Wunder, dass er trotz der Schmerzen heute Morgen so gut hatte zielen können. Er holte die Schnapsflasche aus der Tasche und goss ein wenig von dem Hochprozentigen über die Wunde. »Mistvieh, verdammtes«, fluchte er.

Da saß er nun, mit einem Hundebiss. Wie vor vielen Jahren, im Krieg. Heute in der Hitze, damals in der Eiseskälte, wo ihm der Wind den harten Schnee ins Gesicht peitschte, dass es wehtat. Heute schmerzte der Arm, damals das Bein. Fast erfroren wäre er. Aber immerhin hatte er zu jener Zeit noch zwei ganze, echte, richtige Beine.

Seine Beine!

Urban schloss die Augen, seine Lippen begannen zu zittern. Mein Gott, hatte er damals Angst, als er sich zusammen mit dem Trempler Florian und einem Untergefreiten vor dem Feind in einer Höhle versteckt hatte. Bis sie von blutrünstigen Schäferhunden aufgespürt worden waren: er, vor Schwäche auf allen vieren kriechend, der Tremplerbauer am Kopf schwer verletzt, der Untergefreite halb tot. Doch als sie die Hundemeute sahen, die gierigen Mäuler mit ihren spitzen Zähnen, die aufgerichteten Felle, die flach angelegten Ohren, hatten sie ihre Gewehre gepackt und zugeschlagen, denn schießen konnte keiner mehr. Doch immer wieder hatten die blutrünstigen Tiere sie gepackt und gebeutelt wie totes Vieh, bis die Haut in Fetzen von den Körpern hing und alles blutgetränkt war, Gesicht, Arme, Hände, Beine und der Schnee um sie herum. Mit letzter Kraft prügelten sie auf die Tiere ein. Die einen verließen jaulend den Kampf, die anderen lagen irgendwann inmitten all der toten und halbtoten Leiber, kaum mehr atmend, winselnd, die Zungen hingen ihnen aus den eingeschlagenen Schädeln. Wohl wahr, der Anblick dieses tierischen Leidens und dieses Todes hatte Urban die größte Freude in all den unerbittlichen Kriegstagen bedeutet.

Der Kraxnerbauer zog den linken Schuh und Socken aus. Dabei fluchte er, denn der untere Teil des Holzbeins war angenagt. Der Köter Wurzl. Am frühen Morgen. Urban war nur eben kurz zum Klo gehüpft. Als er zurückkam, hatte er den Hund gerade dabei erwischt, wie er das Holzbein im Maul aus der Schlafstube runter in die Küche apportieren wollte.

Urban hatte dem Tier eins auf den Schädel gegeben.

Winselnd und flach wie eine Flunder war das Vieh dann rüber zum Stall gekrochen. Doch der Kraxner sollte ihm eine deftige Lektion erteilen, endlich war der Zeitpunkt gekommen.

»Hab euch doch alle g'warnt. Und wer hat das Vieh ang'schleppt? Die Cilli, die siebengscheite«, rief er schrill über die Festwiese.

Der Haflinger hob den Kopf und spitzte die Ohren.

»Da hörst du alter Gaul mehr als die depperte Taube, ha?«, sagte er zu dem Pferd. »Aber überall mitreden wollen, die Granbichlerin.«

Urban stierte in die Ferne. Die Felswände der Berge flimmerten hinter der aufgeheizten Luft, ihre Konturen tanzten vor seinen Augen so sehr, dass er sie kurz schließen musste, damit ihm nicht schlecht wurde.

»Herrgott, was machst denn heute mit deiner Sonne? Lässt sie gar so wüten«, murmelte er.

Wo war er in seinen Gedanken stehen geblieben? Richtig, bei Wurzl, dem Köter.

Urban war hinüber zum Stall gegangen. Er hatte den Hund hinter einem Heuhaufen gefunden, wo er sich zitternd und hechelnd versteckt hatte. Urban bekam ihn am Schwanz zu fassen und zog ihn zu sich. »Wollt ihn ja nur schlagen, mehr net«, murmelte Urban zu dem Haflinger.

Aber weil sich der unglückselige Wurzl in seiner Panik und aus Schmerz in Urbans Arm verbissen hatte und nicht losließ, griff der Kraxner zum Beil, drückte den Kopf des Tieres zur Seite und schlug zwei Mal treffsicher zu, so als hätte er sein Leben nichts anderes getan, als Schlappohren abzuhacken.

Wer hat denn unbedingt wollen, dass der Köter auf den Hof kommt?

Tobi. Ja, der!

Schon als der Balg dagelegen hatte, zwischen den Beinen der Tochter, da war dem Kraxnerbauern klar gewesen, dass alles ein Unglück geben würde. Der Enkel des alten Trempler Florian war auch sein Enkel, die Familien waren verbandelt durch den Tremplersohn Luis. Herrschaftszeiten, die Folgen der heimlichen Liebe seiner Tochter hatte er nicht verhindern können, auch nicht, als er Luis gezwungen hatte, sofort zu verschwinden. Jawohl, erpresst hatte er ihn. Gehen hat er sollen und zwar sofort, sonst wäre es aus gewesen mit dem Wasser für den Tremplerhof. Da wäre der alte Florian samt Sohn Luis hoch droben auf dem Hof gesessen, ohne Wasser. Denn wer hatte das Quellrecht? Wer hatte die Macht über das Wasser, wer bestimmte, zu welchem Brunnen es führte – und zu welchem nicht? Wer? Er, der Kraxner!

Urban grinste vor sich hin bei dem Gedanken an jene Morgenstund, in der er dem Luis aufgelauert hatte nach seiner Schäferstunde, oben in der verlassenen Kneislhütte. Wäre da nicht ein übler Kerl mit einem Gewehr dazwischengegangen, hätte er dem Luis schon dort eine Abreibung verpasst, die der nie vergessen hätte. Bis heute wusste er nicht, wer der geheimnisvolle Beschützer der beiden gewesen war. Luis' Vater etwa, der alte Trempler Florian?

Dieser Florian, warum nur kam der ihm immer wieder in den Sinn, ließ ihn nicht los, erschien ihm gar im Traum? Immer noch, nach all den langen Jahren? War der Krieg doch schon lang vorbei, die Toten in ihren Gräbern verfault, die Zeugen der Geschehnisse in alle Winde zerstreut. Auch der alte Tremplerbauer selbst.

Urban lehnte seinen Kopf an den Kutschwagen. Ich hätt ihm damals auch den Kolben übern Schädel zieh'n soll'n, so wie den Kötern, sinnierte er. Mit einem Schlag hätte er das schlechte Gewissen beseitigt gehabt.

»Draufhaun hätt ich ihm den Kolben sollen«, brüllte er den Haflinger an und schlug ihm dabei mit der Faust in die weichen Flanken. Aber er hatte ja gedacht, der Tremplerbauer stünde dem Herrgott schon gegenüber, so wie der dagelegen hatte, reglos inmitten all der toten Tiere, blutig wie Schlachtvieh.

»Florian, lebst noch?«, hatte Urban ihn gefragt.

»Ja«, hatte er geantwortet. Doch weil dessen starre und trübe Augen ins Leere blickten, war Urban sicher, Florian würde in Bälde sein Leben aushauchen.

»Bald ist's vorbei, das Leid, so wie du ausschaust. Was für a End, ha?«, antwortete Urban ihm mit regungsloser Stimme, während er in Florians Hosen nach Brauchbarem suchte, jedoch nichts fand. Und so war er weitergekrochen, hinüber zum Gefreiten, der gar jämmerlich stöhnte: »Hol Hilfe, die Schmerzen.«

»Ja, ja, werd schon«, antwortete Urban und fischte aus dessen Tasche zwölf große Taler. Und? Was war schon dabei gewesen? Spielte Silber eine Rolle im Himmel? Nein, und auch nicht in der Hölle, dachte Urban, während der Sterbende seinen letzten Atemzug tat.

Dann hatte sich der Kraxner von dannen geschleppt. Zwei Tage war er durch die Berge geirrt, bis ihn Kameraden unter einer weichen Decke aus kaltem Schnee fanden, halb erfroren. Nachdem man ihm im Lazarett das zerfressene Bein abgenommen und ihn zurück nach Fuchsbichl geschickt hatte, legte Urban die Taler in eine Schachtel, welche er im hintersten Speichergebälk versteckte.

Was für ein gottverdammter Irrtum, was für ein Fehler!

Wochen später, nachdem man bereits dessen Tod, wie er von Urban beschrieben worden war, beweint hatte, war der Tremplerbauer wie ein zerfetztes, dunkles Gespenst durch den Ort gekrochen, anstatt in Ruhe sein Dasein droben über den Wolken zu fristen.

Herrje, starb denn ein Trempler nie? Warum hatten seine Augen alles gesehen, obwohl sie so leblos gewirkt hatten?

Lange Zeit hatte der Florian Trempler sein Geheimnis gehütet. Erst viele Jahre später, nachdem Urban sein leise rumorendes Gewissen endgültig verdrängt hatte und sich die Taler als Knöpfe an den Festtagsjanker nähen ließ, hatte Florian ihn zur Seite genommen, um ihm zu sagen:

»Schämst dich net herumzutrag'n, was einem Toten g'hört? Hast dacht, ich hab's net g'sehn, wiast den Sterbenden beraubt hast? Immer hast g'nommen, was'd wolltest, Mensch, Vieh, Geld, alles, was dir in die Finger kemma ist. Immer schon. Der Himmel werd dich strafen, Kraxner!« Urban hatte Florian am Kragen gepackt und geschüttelt.

»Wehe, ein Wort, wehe!«, hatte er drohend gesagt. »Dann werst den Kraxner so richtig kennenlernen, ich sag's dir!«

Urban öffnete seine Augen und musterte die Silberlinge. Wie schön sie in der Sonne blinkten! Mit seinen wertvollen Talern besaß der Kraxnerbauer den schönsten Janker weit und breit im Tal. Die Frauen spielten gern an den Knöpfen, zupften an ihnen herum und schmeichelten, »die g'falln mir.« Ja, das hatte Urban schon öfters gehört. Früher zumindest. War immer ein guter Anfang gewesen, wenn die Frauen an den Talern herumgefingert hatten.

Frauen, die schönen Frauen! Heut waren sie alle da. Seine Gedanken wanderten ins Festzelt zur drallen Bedienung. Er griff sich genüsslich an den Schritt. Die Unterhose war immer noch feucht, im Leder hielt sich alles länger, trotz der Hitze. Verdammt, die Sonne brannte hernieder, der Arm pochte immer mehr. Der Haflinger tauchte seinen Schädel in einen leeren Wassereimer und scharrte mit den Hufen. »Auch Durst, ha?«, sagte Urban. »Brauchst net denken, dass ich Wasser schlepp für dich. Wo ist denn dein Bauer? Saufen im Zelt, oder? Und ich soll dein Wasser schleppen? Hab selbst Durst.« Er nahm einen gierigen Schluck aus dem Flachmann, dann drehte er die Flasche um. »Auch leer.« Ihm brummte der Kopf.

Warum war es so heiß heute? Es würde einen Wetterumschwung geben, er spürte das in seinem Stumpen. An der Ferse hatte der Köter genagt, Scheißvieh. Er, der Kraxner ohne Bein, der Köter ohne Ohren, das sollte einer glauben. Selbst schuld, was hatte die Kreatur auch am Holzbein verloren. Agnes und Tobi, vielleicht haben sie inzwischen bemerkt, dass es keine Schlappohren mehr gab.

»Weiß eh, was ihr jetzt machts, ihr Weiber. Suchen! Deswegen seid's ihr net aufs Schützenfest kemma. Ha! Könnt's lange suchen.« Urban grinste teuflisch. »Der Kraxner ist ja net deppert! Dachtet ihr wohl alle, dass er deppert ist? Auch die fette Urschl mit ihrem Vorbau? Meint ihr, ihr könnt mit ihm machen, was ihr wollt? Mit dem Kraxner? Nur weil er einen hölzernen Stumpen hat?« Urban schnallte das Bein ab und betrachtete sich die Ferse. Ein Fall für den Fertl, dachte er, das muss ausgebessert werden. Nein, nicht der Fertl, der war ja auch anders, ein Freund von diesem Trempler Luis. Wo der wohl sein mochte? Niemals war mehr Post von ihm gekommen. Ha!

»Jessasmaria, schauts amal, was der für einen Stumpen hat«, rief plötzlich ein kleiner Junge und riss Urban jäh aus seinen Gedanken.

»Willst ein paar hinter die Ohren? Schleich dich!«, brüllte der Kraxner so laut, dass der Haflinger vor Schreck am Strick zerrte. Urban schnallte sich den Gurt wieder um und zog das Bein an. Geh zum Seiterer ins Tal, lass es dort richten, dachte er bei sich. Was das wieder kostet? Nichts als Geld kost das Vieh. Und dieser Bengel. Überhaupt. Wenn er an den dachte, wurden seine Gedanken noch finsterer.

Tobi.

Ganz der Vater.

Nichts von der Kraxnerfamilie mitbekommen, nicht amal die blonden Haar von der Tochter. Kreizteifi!

Urban sah gen Himmel. Verzeihst schon, da oben, aber es ist einmal so. Er wird nie mein Enkel sein. Ist der Enkel vom alten Templerbauer. Wenn der wüsste, dass er einen hat. Weiß er aber nicht, denn der ist sicher tot. »Maustot«, brüllte Urban quer über den Festplatz. Er hatte nichts mehr von ihm zu fürchten. Der Sohn in Amerika, nur noch der Enkel da.

Tobi, der Sonnenschein mit den schwarzen Locken, in die ein jeder seine Finger vergrub, die Mägde, Cilli, der Fertl, Oswin – Tobi, der Liebling des Weilers. Urban legte den Kopf zur Seite, spitzte den Mund und brabbelte in süßlichen Tönen vor sich hin: »Tobi, guter Bub, na, wie geht's, Tobi, so fleißig in der Schule, aus dir werd noch amal was ganz Besonderes. Viehdoktor, ha, a Viehdoktor wirst amal, so schlau, wiast bist.« Urban lachte hämisch vor sich hin. Vom Vinzenz konnte er die Schläue nicht haben, so deppert wie der war. Gott sei Dank war der so deppert, dass er nicht einmal nachgerechnet hat, wann er zum ersten Mal in die Frau gedrungen und nach welcher Zeit der Balg aus ihr herausgeflutscht war. Genauso deppert wie all die anderen im Ort. »Ganz der Vater«, sagten sie immer zum Vinzenz, »ganz der Vater.« Mein Gott, wie kreuzdumm waren die Fuchsbichler alle. Urban lachte laut auf, doch dann zog die Erinnerung an jenen Tag seine Mundwinkel unvermittelt zusammen. All die Fliegen und das Blut auf den weißen Beinen seiner Tochter, als sie so dagelegen hatte, so weit weg, während der Säugling brüllte, dass es nicht mehr schön war. Ja, die Agnes, seine Tochter, sein Augapfel. Von wem hatte Tobi die Schläue geerbt? Von der Agnes, seiner Tochter, somit auch vom klugen Kraxnerbauer? Oder doch vom Vater, dem Luis? Scheißegal.

»Scheißegal«, brüllte er den Haflinger an.

Oben am Himmel braute sich etwas zusammen. Dunkle Wolken zogen auf und kündigten einen Wetterumschwung an. Kein Wunder, dachte der Bauer, war eh zu heiß heute. Schon seit der Früh. Er verspürte Durst. Kühles Bier wäre recht.

Wo die Fuchsbichler Frauen jetzt wohl waren? Habens den Wurzl gefunden? Und Agnes, würde sie es wagen, ihn, den Kraxner, den Vater, anzuklagen? Agnes' ganzes Herz, nur für den Buben. Wie sie ihn ansah, umsorgte, hegte, pflegte, liebkoste und sich um ihn sorgte, dass er ja nicht zu viel zu rackern habe auf dem Hof. Aber der Urban kannte da schon Wege, ja. Großvater und Enkel, die hatten da eine eigene Sprache, wohl wahr. Und die hatte sich gewaschen.

Socken anziehen, Urban, so kannst nicht ins Zelt gehen, mit dem hölzernen Stumpen da unten. Dann den Schuh. Eins, zwei, fertig, los. Dann zur Drallen. Herrje, da war sie wieder, die Lust. Die Hand im Schritt drückte zu, und die Gedanken hüpften wild durcheinander, wie eine Herde toller Zicklein, immer wirrer: vom Stumpen zum Köter, zu den Frauen, zur Lust, zum Trempler, zum Enkel, zum Wetter und schließlich hin zur Frage, ob es nicht an der Zeit wäre, wieder zurück ins Zelt zu gehen, denn es war spät geworden inzwischen.

Einerlei.

Er wickelte seine Wunde wieder ein, und als er sich gerade an der Kutsche in die Höhe ziehen wollte, flatterte ein angerissener Papierfetzen auf seinen Schoß. Eine vertraute Stimme sagte:

»Da bist ja, hab dich g'sucht. Da, lies!«

KAPITEL 15

»Ich habe heute wieder die Frau gesehen.«

»Welche?«

»Die immer schwarz angezogen ist.«

»Hmm. Und?«

»Sie ist in die Kapelle gegangen, die sonst immer zugesperrt ist. Sie ist einfach reingegangen.«

»Sie hat einen Schlüssel. Jeder von uns Dorfbewohnern hat einen Schlüssel, damit wir die Heilige Maria besuchen können, wann wir woll'n.«

»Die Heilige Maria?«

»Ja, die Muttergottes. Sie hilft uns, wenn wir in Not san. Wir beten zu ihr und manchmal schreiben wir ihr Bittzettel.« Er lächelte und fügte hinzu: »Und dann hoffen wir, dass sich unsere Gebete und Wünsche erfüllen.«

»Warum geht denn die Frau so früh in die Kapelle? Es war noch dunkel.«

»Vielleicht wollt sie allein sein. Sag amal, kleine Lea, wieso bist du so früh auf den Beinen, solltest du zu der Zeit net schlafen?«

Karl kletterte auf die Leiter und tauchte den Pinsel in den Farbeimer.

»Ich glaube, sie hat Kerzen angezündet, viele Kerzen. In den Fenstern hat es geflackert. Warum macht sie das?«

»Na, man zündet Kerzen für jemanden an, der g'storben ist und an den man grad denkt.«

»An wen hat sie denn gedacht?«

»Lea, du stellst mir aber viele Fragen. Erzähl lieber,

was du heute noch alles Schönes vorhast. Macht ihr einen Ausflug?«

Lea schüttelte den Kopf. »Meine Mutter fühlt sich nicht gut.«

»G'fallt 's ihr net bei uns?«

»Ich weiß nicht, sie hat schlechte Laune. Das macht mir aber nichts.«

Lea rutschte ungeduldig auf dem Schemel herum. »Warum zündet man eine Kerze an, wenn man an jemanden denkt?«

»Damit jemand, der g'storben ist, im Todesreich a Lichtlein hat.«

»Ah, aber bei den Toten ist es doch hell, im Himmel ist es schön.«

»Soso.«

»Ich weiß es, ich weiß auch, dass Tote auf den Berggipfeln tanzen, wenn die Wolken da sind.«

»Sag mal, Lea, woher weißt du das denn alles so genau?«

»Hat mir mein Vater erzählt. Im Traum.«

»Hmm«, brummte Karl und stieg von der Leiter, um sich seine Malerarbeiten aus einiger Entfernung zu betrachten. »G'fallt mir gut, die Farbe, was meinst?«

»Wer ist denn gestorben von der Frau? Ihre Mutter?«

»Die ist schon lange tot.«

»Oder der Vater?«

»Lea, müssen wir denn bei so an schönen Wetter von den Toten red'n?«

Lea knabberte an ihren Fingernägeln. »Die schwarze Frau ist traurig.«

»Ja, du hast recht, sie ist traurig.«

»Dann konnte ihr die Muttergottes nicht helfen. Oder?«

»Ja, ja, kann sein, ja, vielleicht hast recht. Gibst du mir amal den Spachtel, der da auf'm Tisch liegt?«

»Warum konnte die Muttergottes nicht helfen? Wollte sie nicht?«

Karl gab keine Antwort. Er zuckte mit den Schultern und machte ein ernstes Gesicht. »Gott stellt die Menschen auf die Probe«, sagte er dann.

»Lea, ich mach dir einen Vorschlag. Wir gehen zusammen in die Kapelle, dann kannst du sie dir mal ansehen, die Heilige Maria? Ja? Vielleicht hast du ja auch an Wunsch, den du der Muttergottes erzählen magst.«

Lea nickte.

Karl ging ins Haus und holte den Schlüssel, dann bückte er sich, hob Lea in die Höhe und setzte sie auf seine Schultern. Mit mächtigen Schritten stapfte er durch den Ort, Lea fühlte sich wie auf einem großen Kahn, der von den Wellen hin und her getragen wurde. Als sie bei der *Pension Fender* vorbeikamen, rief der Riese Frau Fender, die gerade ein paar Gläser auf das Tablett stellte, zu:

»Hallo, Mutter, sieh mal, was für eine schöne Prinzessin ich auf den Schultern trage.«

Frau Fender lächelte und winkte. »Schön, mein Sohn, schön.«

Als Karl die schwere hölzerne Tür geöffnet hatte, entwich kühle Luft nach draußen. Sie roch nach einem Gemisch aus Weihrauch und Kerzen. Die Sonnenstrahlen bündelten sich im roten Fensterglas und hinterließen auf dem Steinboden eine Spur, die aussah wie ein Blutstrom. Sie führte direkt zur Muttergottes, die am Ende des Raums stand. Es war eine große Figur, größer als Lea. Sie beugte ihr Haupt zum kleinen Jesuskind, das, nur mit einer Windel bekleidet, auf ihrem Schoß saß, die Ärmchen nach oben streckte und lachte.

»Unser Sohn Gottes, sieh, wie glücklich er ist«, sagte Karl, der sich auf eine Kirchenbank setzte, weil er andernfalls gekrümmt hätte stehen müssen, so niedrig war die hölzerne Decke der Kapelle. Lea setzte sich zu ihm. Hinter der Skulptur hing der Sohn Gottes, gekreuzigt. Sein Kopf hing zur Seite, die Augen waren geschlossen und der Mund leicht geöffnet.

Neben der Skulptur war ein Eisentisch, in den Kerzenhalter eingearbeitet waren. In den meisten von ihnen steckten weiße Kerzen, die zum größten Teil abgebrannt waren.

»Was ist, möchtest du auch eine Kerze anzünden?«

Lea nickte. »Hier hast du Streichhölzer«, sagte Karl und kramte in seiner Westentasche. Dann erhob er sich wieder. »Ich denke, ich lass dich allein, denn dann gehen die Wünsche am ehesten in Erfüllung. Man kann dann nämlich am besten beten.« Er lachte und stapfte nach draußen. »Du kannst so lange bleiben, wie du möchtest. Sperr einfach die Tür ab, wennst wieder gehst, und bring mir dann den Schlüssel. Ich geh schon amal nach Hause, ist bald 12 Uhr, meine Frau schimpft mich, wenn ich zu spät zum Essen komm.«

Dann war Lea allein.

Zusammen mit Maria, Jesus und ein paar Engeln, die auf den kleinen Bildern hinter dem Altar abgebildet waren. Still saß sie da, bewegungslos wie die geschnitzten Heiligen um sie herum, und musterte die große Muttergottes. Sie trug eine Krone wie eine Königin. Ihre langen braunen Haare fielen auf den blauen Umhang, den sie trug. Sie war eine schöne Mutter mit einem schmalen, zarten Gesicht.

Zu ihr also hatte die schwarze Frau gebetet. Lea überlegte, wie es sich verhielt mit dem Beten und Bitten. Sollte man die Wünsche aussprechen, flüstern oder im Stillen denken? Und was alles gab es zu wünschen und zu hoffen? Sie hatte einen Wunsch, auch wenn Horst immer sagte, an diesen ganzen Gotteskram würden nur Kreuzdumme glauben. Sie würde Maria bitten, dass das schwarze Loch im Traum, in welches der Pfad mündete, aufhören sollte, sie zu schrecken. Stattdessen würde sie weitergehen, weiter und weiter, bis hinauf zum Gipfel. An einem Tag, an dem es wolkig ist, denn dann würde sie vielleicht die Toten sehen. Und dann würde sie nachsehen, ob ihr Vater sich ins Reich des Himmels verzogen hatte. Oder ob er noch lebte. Lea hatte noch viele andere Wünsche. Sie drehten sich um ihre Mutter mit ihren roten Flecken, ihrer Fahrigkeit und ihrer Ungeduld. Und um Horst, den die Gottesmutter fortschicken sollte, weil Lea ihn nicht leiden konnte, weil er Mutter nicht guttat. Auch um die Schule, mit den strengen Lehrern und den Mitschülern, die sie manchmal neckten.

Lea zündete ein Streichholz an, sah zu, wie das Feuer langsam nach oben kroch, bis es ihre Finger erreichte, und blies es dann aus, bevor es zu schmerzen begann. Und an wen wollte sie jetzt besonders denken, für wen eine Kerze entfachen? Sie zündete ein zweites Hölzchen an. Sie hatte keine Vorstellung von jemandem, der im Reich der Toten weilen könnte. Nicht einmal von ihrem Vater, falls er überhaupt dort war. Ein drittes Streichholz verglomm. Wie sollte sie zur Muttergottes sprechen? Sollte sie »Heilige Muttergottes« zu ihr sagen oder einfach nur »Maria«? Sie hätte das den Riesen fragen sollen.

Eine kleine Spinne seilte sich von der Decke herab, direkt über dem Kopf der Heiligen Maria. Sie baumelte an einem feinen Faden, der länger und länger wurde, bis sie schließlich auf dem Zacken der Krone landete. Von dort krabbelte sie langsam hinunter zur Stirn, einmal quer über Marias linkes Auge, den Nasenrücken entlang, hinunter zum lächelnden Mund, wo sie dann zwischen den Zähnen ins Innere verschwand.

Mittlerweile war der Sonnenstrahl weitergewandert und hatte das Gesicht des Jesuskindes in helles Rot getaucht. Lea fuhr mit dem Zeigefinger die hölzernen Lippen des heiligen Kindes entlang. Sie waren warm. Dann umkreiste sie die Skulptur, bis sie zu dem rechten Ohr der Madonna gelangte. Sie musste sich auf die Zehenspitzen stellen, um es zu erreichen.

»Ich wünsche mir«, begann sie leise zu flüstern, dann verstummte sie und erzählte in stillen Gedanken Maria alles, was sie an Bitten auf dem Herzen hatte. Anschließend zündete sie eine Kerze an und steckte sie in die eiserne Halterung.

Lea war so sehr in Gedanken versunken, dass sie nicht bemerkte, wie sich hinter ihr langsam die Tür öffnete und eine Gestalt in den Raum geschlichen kam. Geräuschlos bewegte diese sich nach vorn zum Altar, bis sie schließlich dicht hinter Lea stand. Sie öffnete den Mund und hauchte ihr ins Ohr: »Warum suchst net? Du solltest suchen.«

Lea fuhr herum.

Vor ihr stand die schwarze Frau, mit tiefen Falten und trüben, bläulichen Augen. Ihre knochigen Hände umfassten Leas Arme und hielten sie fest wie Schraubstöcke. Obgleich Unheimliches in ihrem Ausdruck lag, verspürte Lea keine Angst vor ihr.

»Hörst net sein Rufen? Du solltest suchen!«, wisperte die schwarze Frau. Verschwörerisch äugte sie hinüber zur Muttergottes. »Sie kann sprechen, glaubst mir das? Die Heilige Maria kann sprechen. Weißt, was sie mir g'sagt hat? Du hörst es, ja das hat's g'sagt. Und dann hat's noch g'sagt: Läut' die Glocken, damit er weiß, dass du kommst, jetzt, denn jetzt hört er es, das Rufen Gottes. Mein Sohn, verstehst du? Mein kleiner Sohn wartet.« Frohlocken lag in ihrer Stimme.

Dann ließ sie Leas Hände los und verschwand hinter dem Altar durch eine kleine Tür. Kurz darauf ertönte ein Klingen. Zuerst zaghaft, doch dann wurde die helle Glocke der Kapelle lauter und schneller, bis sich ihre Klänge überschlugen. Als sich in die wilden Glockenschläge schrilles Schreien mischte, krabbelte die Spinne aus Marias Mundhöhle hervor und ließ sich am seidenen Faden zu Boden gleiten, wo sie in einer Holzritze verschwand.

In diesem Moment betrat Cilli, die Taubstumme, die Kapelle, nahm Lea an der Hand und führte sie nach draußen. Setz dich hin, keine Angst, besagten ihre Gesten. Dann ging sie wieder hinein, es dauerte eine kurze Zeit, bis das Läuten schließlich verhallte und sie mit der schwarzen Frau an der Hand zurückkehrte. Diese blickte in Leas Augen, milde lächelnd, bis Cilli den Arm um sie legte und sie zurück zum Hof führte.

KAPITEL 16

Überall stand sie, in den schattigen Wäldern, den tiefen Kellern, den dunklen Ställen, in jeder winzigen Ritze, sogar in den Felsspalten. Überall begegnete man ihr, der unbarmherzigen Hitze.

Sie entzog den Ästen ihre Säfte. Die Farben der Blätter und Nadeln verblassten. Die Blumen streckten sich nicht mehr zum Himmel, sondern hatten ihre Köpfe gen Boden gesenkt. Nun lagen sie schlaff da, wie Verdurstende über dem Waldboden ausgebreitet, unter ihnen hatten sich Käfer und Würmer verkrochen. Die Murmeltiere verzogen sich tief ins Innere ihrer Höhlen, die Vögel tauchten ihre Flügel in die kleinen Pfützen, die der schwindende Bach am Rande seines Bettes gebildet hatte.

In der Wolfsschlucht tropfte kein Wasser mehr, und der Gaisbach war nur mehr ein dünner Faden. Seit Wochen hatte es nicht mehr geregnet, die Wolken, die über den Berggipfeln lagen, verharrten dort, fast bewegungslos. Der Wind, der sie sonst durch die Lüfte gleiten ließ, war verschwunden.

Der Himmel über Fuchsbichl hatte kein Leben mehr.

Bereits in den Morgenstunden war es so ungewöhnlich heiß, wie es selbst der betagte Oswin und die alte Magd Maria noch nie erlebt hatten. Heute, am Tag des Schützenfestes, hatte sich der Herrgott wohl überlegt, den Weiler und das Tal vollends zum Lodern zu bringen. Während unten die Fuchsbichler Männer ihren Durst mit kühlem Bier löschten, das nicht nur die Hitze, sondern auch die Abwesenheit der Frauen vergessen ließ, strichen die Frauen durch die Wälder, schwitzten und riefen sich die Seele aus dem Leib.

Irgendwann hatten sie sich wieder im Weiler eingefunden, ratlos und besorgt, nicht nur Wurzls wegen. Denn auch Tobi war verschwunden, als hätten ihn die Wälder verschluckt. Cilli holte Preiselbeersirup, Speck und Brot aus der Kammer. Nachdem die Frauen sich gestärkt hatten, begaben sie sich erneut auf die Suche.

Auf Cillis Geheiß hatten sie sich aufgeteilt. Maria hatte die Gehöfte zu durchforsten, Josefa war in Richtung Wolfsschlucht geeilt, Cilli selbst suchte im rechten Waldabschnitt oberhalb des Weilers, Elfriede im linken. Die Zwillinge, weil sie mit ihren zwölf Jahren jung und flink waren, machten sich auf den längeren Weg hinauf zu den Almen, wo sie die Hütebuben, die mit den Tieren die obersten Wälder durchstreiften, fragen sollten, ob ihnen Tobi oder Wurzl begegnet sei.

Nun saßen die beiden Schwestern auf der Tennenbrücke einer der Almen, durchschwitzt und außer Atem. Hanni war mürrisch, denn sie hatte sich so auf das Schützenfest gefreut. »Ich weiß net, warum die alle so beunruhigt sind, was soll denn schon passiert sein!«, maulte sie. »Der Tobi werd schon wieder kommen, des is g'wiss.«

»Mutter hat g'sagt, es liegt was in der Luft, du weißt doch, dass sie immer so Ahnungen hat. Es ist sicher was passiert, sie wird schon an Grund haben, dass sie uns alle losg'schickt hat.«

»Ohren abhacken. Das ist schon verrückt, der arme Wurzl.«

»Magda«, wisperte sie verschwörerisch, »ich glaub, des war der Kraxnerbauer.«

»Wer sonst? Weißt eh, wie der sein kann.«

»Aber warum macht er so was?«

Hanni zuckte mit den Achseln. »Ist a böser Mann.«

»Die haben kein gutes Leben, die Leut auf'm Kraxnerhof.«

Magda stand auf und hielt ihren Kopf unter das Brunnenwasser. Dann nahm sie einen tiefen Schluck. »Werd Zeit, dass es amal wieder regnet.«

»Weißt noch, was der Tobi in seinem Aufsatz g'schrieben hat?«, fragte Hanni ihre Schwester.

»Du meinst den mit den drei Wünschen?«

»Ja, den, wo wir die alle aufschreiben sollten.«

Magda lachte. »Da, wo du g'schrieben hast, du wünschst dir einen Prinzen, ein Schloss und einen Schwan, auf dem du übers Wasser schwimmen kannst?«

Nun lachte auch Hanni. »Und, was hat der Tobi g'schrieben?«

»Na, der hat g'schrieben, dass er mit Tieren sprechen will. Die anderen Wünsche, die hab ich vergessen.«

»Mit Tieren sprechen. Hmm! Dem Tobi, dem trau ich alles zu, auch dass der noch die Tiersprache lernt, so schlau, wia der ist. Ist eh seit Jahren der Beste in unserer Schule, hat doch der Direktor gesagt.«

Magda blieb ernst. »Der Tobi, der hat's net leicht beim Urban. Der mit seiner Brüllerei.«

»Ich weiß, du kannst den Tobi gut leiden«, sagte Hanni. »Kimm, sag, ich seh's dir doch an.«

Auf Magdas Wangen breitete sich sanfte Röte aus. »Hanni«, antwortete sie, »mir hat träumt, dass ich dem Tobi sei Frau werd.«

Hanni rutschte näher an ihre Schwester heran. »Was sagst? Heiraten? Den Tobi?« Hannis Mund blieb vor Erstaunen weit geöffnet.

»Hast g'sehn, wia er amal ausschaut, wenn er erwachsen ist?«

Magda nickte eifrig. »Groß werd er, mit starken Armen. Die braucht er, weil er a Viehdoktor werd. Er nimmt mi mit in die Stadt, hat er mir g'sagt im Traum.«

»Und ich, was werd aus mir?«, fragte die Schwester. »Lasst mich allein hier im Ort?«

Magda nahm Hanni in die Arme. »War doch nur a Traum«, lachte sie.

»Komm, lass uns in den Ställen nachsehen.«

Nachdem die Mädchen alle Almhütten abgesucht hatten, folgten sie dem Läuten der Kuhglocken, das sie zu den Hütebuben führte. Die lagen mit ihren Stöcken unter einer alten Fichte und kauten Harz. »Nein, niemanden gesehen. Keinen Tobi, keinen Hund«, sagten sie. »Aber ihr solltet langsam schauen, dass ihr nach Hause kommt, denn es braut sich was zusammen oben am Himmel. Schaut's euch den Wetterschnurf der Kühe an.«

Wie wahr! Wie unruhig die Tiere waren! Die grasenden Kühe hoben und senkten ihre Köpfe, spreizten, hörbar nach Luft schnappend, ihre Nasenlöcher und wühlten mit ihren Hörnern und Hufen im Boden. Und die Kälber zeigten mit hocherhobenem Schwanz wilde Bocksprünge.

Hanni sah Magda an.

»Stimmt, lass uns zurückgehen. Außerdem, woher wissen wir, dass man ihn noch nicht gefunden hat? Und wir sind hier ganz umsonst oben?«, fragte sie.

»Hast recht«, antwortete Magda. »Wenn wir uns

beeilen, können wir ja noch ganz runter ins Tal, zum Schützenfest. Was meinst?«

Hand in Hand liefen sie den Berg hinab, dabei lachten die Zwillinge, und ihre Zöpfe tanzten fröhlich auf und ab.

Als sie unten an der Biegung standen, dort, wo der große Findling lag und der Pfad nach oben zum Templerbauer abzweigte, blieb Magda stehen. »Der Templerhof. Vielleicht ist er zum Templerhof g'laufen.«

Hanni schüttelte den Kopf. »Zum Templerhof? Aber du weißt doch, da war schon seit Jahren niemand mehr.« Dann flüsterte sie: »Denk an die Geister. Weißt doch, was die alle erzählen von den Geistern der Toten, vom alten Templerbauern, den man nie mehr g'sehen hat. Im Templerhof, da hausen doch Unbelebte und die Entseelten, sagen's doch alle. Ich will da nicht hin, du weißt, keiner geht da hin. Seit vielen Jahren nicht. Außerdem hat's der Urban verboten. Und dem gehört ja der Wald um den Templerhof, weißt eh.«

»Gut, lass uns nach Hause gehen, wahrscheinlich san die beiden Ausreißer schon längst wieder zurück.«

»Na, dann werden die aber was erleben!«, sagte Hanni und nahm ihre Schwester an die Hand. »Wurzl sperrn wir zur Straf zum stinkenden Ziegenbock in den Stall, kannst dich erinnern, als er klein war, wie er den Bock immer anbellt hat? Den konnte er net leiden. Und den Tobi, der muss mit dir tanzen, wo er doch solche Tänze net mag. Des ist a g'rechte Strafe. Das tät dir gefallen, stimmt's?«

»Ja, dann muss er tanzen«, quietschte Magda erfreut und begann zu singen:

Zwo Diandl liabm
Dös muaß oana vasteh

Oamal die schiach
Und oamal die schia.

Fragt mi a Bua
Hasch koa Diandl für mi
So gib i ihm d schiache
D Schiene ghalt i.

Wann i amal heirat
Aft heirat I zwoa
Aft kunnt di oa hintbei liegn
Und die oa voa.

So liefen sie fröhlich den Weg hinunter, im festen Glauben, alles habe sich zum Guten gewandt. Sie würden jetzt ihr Dirndl anziehen, Mutter müsste den Kranz flechten, und dann würden sie Tobi zwischen sich nehmen und hinunterschleifen zum Schützenfest. Magda würde seine Hand nehmen und sich mit ihm drehen, dass ihm schwindlig würde. Ein paar Stunden war ja noch Zeit, bis die Dunkelheit einsetzte.

Als die Zwillinge in die Stube traten, saß Agnes am Tisch, leidend und überall blutend, denn der Weg durchs Unterholz hatte ihr Gesicht und Arme zerkratzt. Ihre blonden Locken hingen aufgelöst über das Gesicht, in ihnen steckten kleine Ästchen und Dornen, Zeugen ihres panischen Kreuzzuges durchs Dickicht.

»Die Agnes schaut aus wia unser Heiland«, flüsterte Hanni und zeigte auf den Gekreuzigten, der über der Kraxnertochter hing. Magda kicherte verstohlen. Cilli ging unruhig auf und ab. »Und?«, fragte ihr Gesicht.

»Wir haben denkt, die beiden san schon wieder

zurück«, wirbelten Hannis Hände durch die Luft, und Magda fügte eifrig hinzu: »Wir haben überall g'schaut. Nur beim Tremplerhof waren wir net, der Weg ist ja ganz zug'wachsen.«

Agnes begann zu schluchzen. »So lang wegbleib'n. Das hat der Bub noch nie g'macht, er weiß doch, dass ich mir Sorgen mach, das weiß er doch. Und der Wurzl, nein, immer in der Näh, immer beim Tobi. Gütige Maria, was mag passiert sein.«

»Vielleicht ist er runter zum Schützenfest 'gangen«, meinte Hanni.

Agnes schüttelte den Kopf. »Allein, ohne uns? Niemals, ihr kennt's doch den Buben, der macht sich nix aus'm Tanz'n.«

»Wir sollten jemanden ins Tal zum Festzelt schicken, die Männer holen, zum Suchen helf'n. Was meint's?«, schlug Magda vor.

Doch Agnes schüttelte heftig den Kopf und sagte mit zittriger Stimme: »Der Urban werd schimpf'n. Grad am Schützenfest muss des g'schehn. Und dann auch noch wegen dem Buben, na, besser, wir lassen die Männer, wo's san.« Dann wandte sie sich murmelnd zur Muttergottes, die sanft auf sie herabsah. »Hilf uns, Heilige Maria, bitte hilf, sei gütig, sei barmherzig, hilf, Muttergottes, oh Heilige Maria …«

Draußen schoben sich Wolken vor die Sonne, die Stube verdunkelte sich. Es herrschte ratlose Stille. Die Frauen tauschten beklommene Blicke. Nur Agnes bewegte stumm ihre Lippen. So versunken war sie ins Gebet, dass sie nicht sah, wie Cilli zu zittern begann und dunkle Zornesröte in ihr Gesicht stieg.

Plötzlich holte die Taubstumme mit ihrem Arm zu

einem Schlag aus, als führte sie ein schweres Beil, und hieb die Faust auf den Tisch. Es tat einen fürchterlichen Krach. Die Zwillinge versteckten ihre Gesichter hinter den Schürzen. Agnes schreckte aus ihrer bittenden Verzweiflung hoch. Übersetzt, befahl Cilli den Zwillingen, und dann wirbelte sie so heftig mit ihren Händen durch die Luft, als habe sie ein wildes Teufelsorchester zu dirigieren.

»Wach auf, Agnes, endlich!« Sie stampfte mit dem Fuß auf den Boden. »Dein Vater, der verdient keine Rücksicht und keine Gnad'. Immer hat er gehasst, einen jeden, nur nicht sich selbst. Am meisten aber den Tobi, der arme Bub, der kann doch nichts dafür für das, was geschehen ist, damals mit deinem Herzen. Wärst doch 'gangen mit dem Luis, wärst es doch!« Erschrocken starrten die Fuchsbichler Frauen zuerst die Zwillinge an, die mit bleichen Gesichtern sprachen, was in Mutters Kopf vorging, dann Agnes, die Sünderin. Die hob flehend die Hände. »Cilli, halt ein, ich bitt dich!«

Doch die sonst so Besonnene und Milde tobte immer mehr, und aus ihrem weit geöffneten Mund quollen schrille, spitze Laute. »Agnes, verschließ die Augen nicht. Wer hat denn das Unheil angestellt? Wer hat so wenig Herz, dass er dem Hund die Ohren abgehackt hat? Wer? Doch nur dein Vater, weil er bös ist, voller Gier und voller Hass.« Cilli hielt kurz inne, um Atem zu holen. Schweiß tropfte von ihrer Stirn.

»Nie was sagen«, fuhr sie fort zu deuten, »nie einmischen in anderer Leut Sachen, da hab ich mir so viel Schuld aufgeladen, ich brech den Schwur jetzt, und Gott wird's mir verzeihen. Und wenn nicht, dann trag ich die Schuld. Mit Würde. Das glaub mir!«

Cilli wischte sich mit ihrem Handrücken die Schweißperlen von der Stirn. Ihre durchdringenden Laute waren nun versiegt, doch verriet ihr heftiges Atmen, wie sehr es sie, die Stumme, angestrengt hatte, nicht zu schweigen.

Agnes blickte hoch zum Gekreuzigten, dicke Tränen rollten in feinen Fäden die Wangen hinunter und tropften in den Schoß. Warum quälst mich so?, lag in ihren Augen.

Magda und Hanni sprachen mit ihren Blicken, so wie sie es oft taten, wenn niemand anderes sie verstehen sollte. »Vielleicht hätten wir doch beim Tremplerhof nachschauen sollen?«, fragte Hanni auf einmal. Cilli nickte und deutete: Wir sollten es zumindest versuchen.

In diesem Augenblick durchfuhr Furchterregendes die angespannte Stille. Ein eiskalter Wind fegte orkanartig durch den Hausgang, schlug Türen und Fenster zu, sodass sie zu Bruch gingen. Die Blumenkästen lösten sich aus ihren Verankerungen und sausten mit lautem Knall zu Boden.

Die Fuchsbichlerinnen stürmten nach draußen.

Keine von ihnen hatte den Aufmarsch des Unheils bemerkt, die tückische Himmelsarmee, die sich nun anschickte, mit ihrer Gewalt die Natur erzittern zu lassen. Klammheimlich hatte sie ihr schwarzes Wolkenheer hierher beordert. Genau hierher. Zu dem großen Berggipfel, der über dem kleinen Weiler thronte, zum Himmelsspitz. Dort tobte das Heer bedrohlich hin und her, auf und ab. Dann entließ es einen kühlen Vortrupp in die Tiefe, sodass zunächst ein leichtes Rauschen die Halme der Almwiesen und die Baumwipfel durchfuhr. Doch kurz darauf schickte es die eisigen Winde hinterher, die sich pfeilschnell ihren Weg bahnten, alles ergriffen und umherschleuderten, was sich ihnen in den Weg stellte.

Von den Zacken des Himmelsspitzes schossen sie nach unten, den Gaisbach entlang, dem Pfad des Hochtals folgend, quer durch Fuchsbichl: durch die luftigen Scheunen, in denen sie das Heu in die Luft wirbelten, durch die Ställe, wo Panik die Tiere ergriff, und mitten durch jede noch so winzige Ritze in den Häusern. Fuchsbichl geriet aus den Fugen.

Doch es sollte noch schlimmer kommen, denn jetzt durchzuckten Blitze die schwarzen Wolken, die nun all ihre Wassermassen gen Erde prasseln ließen und so das Unheil heraufbeschworen.

Oben nahm es seinen Lauf. Dort, wo die Höhlen der Murmeltiere und Dachse lagen, in deren hintersten Ecken die Tiere zitternd hockten. Zuerst erreichte die wehrlosen Geschöpfe nur das Knallen des Donners, doch dann kam das Himmelsheer durch die Ritzen gesickert und verwandelte die verdorrte Erde erst einmal zu einer schmierigen Substanz, bis schließlich alles aufgeweicht war und als schwerer, zäher Brei über den wehrlosen Tieren einsackte.

Fiepend versuchten sie, den Weg ins Freie zu finden, doch wälzte sich immer mehr brauner Schlamm über sie hinweg, bis sie jämmerlich erstickten. Ihre Körper wurden zerquetscht und zermalmt von all dem Geröll, das sich zur gefährlichen Mure verband, die, je näher sie gen Fuchsbichl rückte, immer größer, wilder und schneller wurde. Sie knickte die Bäume wie Streichhölzer, riss sie samt Wurzelwerk aus der Erde, sie löste selbst die schwersten Felsbrocken aus dem Boden. Die begannen zu rollen und dann zu springen, höher, immer höher, bis die Erde vibrierte.

Welch grausige Marschmusik begleitete das mächtige Himmelsheer auf seinem Feldzug, dieses dröhnende

Donnerwetter in der Luft, inmitten des heulenden Winds, des peitschenden Regens und des todbringenden Krachens der Felsen.

Die Fuchsbichler Frauen standen vor ihren Häusern und erstarrten vor Furcht, weil alles um sie bebte. Nur in Cillis Augen flackerte es. Die Ahnung, es war die Ahnung, dass Fuchsbichl nun nicht mehr das sein würde, was es war.

Nur an einem Ort herrschte Stille.

Grabesstille.

Kein Wind pfiff, keine Erde bebte, kein Baumwipfel schwankte, und kein Halm zitterte. Nichts regte sich. Einzig die schwarze Feder, die letzte, die der skelettierte Hennengeier am Galgen noch hatte, segelte langsam zu Boden.

Am Ort der Erinnerungen hatten die Geister schützend ihr Netz gespannt, damit nichts entrinnen konnte. Weder Zeit noch Verbrechen.

Zu diesen Stunden, während das Unheil aufkam, war Karl in Gedanken versunken. Ruhig stapfte er neben Oswin den Pfad hoch nach Fuchsbichl. Er hielt den Kneisl am Arm, denn der schwankte so sehr, dass Karl fürchtete, der Alte würde andernfalls den Berg hinabstürzen. Und das wäre wahrlich kein feiner Abgang für einen alten Bergbauern. Auch wenn Oswin sich, wie er selbst kundtat, auf den Tod freute.

»Karli, kleiner Karli«, lallte Oswin, »warst doch immer mein kleiner Karli.« Er lachte und bekam Schluckauf. »Ich muss mich setzen, mach ma a Pause.« Erschöpft ließ er sich auf einem Holzstumpf nieder. »Weißt was, ich schlaf hier, lass mich schlafen.« Er zeigte zum Himmel. »Schau, die Sonne is weg, es werd bald Nacht, Zeit is für den alten Kneisl.«

»Oswin, nix da. Das sind dunkle Wolken, gleich beginnt's zu regnen, komm, steh auf, sonst kemma mir ins G'witter.«

»Lass mich«, knurrte Oswin. Doch Karl zog ihn am Janker in die Höhe und schleifte ihn über den Boden, weiter Richtung Wolfsschlucht. Bei den schlüpfrigen Steinen packte er den Alten auf die Schulter und trug ihn, bis der Weg wieder begehbarer wurde.

»Herrje, warum hast auch so viel 'trunken?«, schimpfte Karl mit dem Alten. »Weißt doch, dass dir das nicht guttut. Außerdem hat der Doktor dir das Trinken verboten.«

»Wer weiß schon, was mir guttut? Hab lang gelebt, hab gut für den alten Oswin gesorgt, ihm ein schönes Leben bereitet, hat viel Freude gehabt. Bis auf die letzten Jahr, einsam, weißt, Karli, weißt, was einsam ist?« Er blieb stehen und hob den Zeigefinger in die Höhe. »Niemand weiß, was für den Oswin gut ist, das weiß nur er selbst, denn er ist ein schlauer Kneisl.«

Dann funkelte er Karl mit listigen Augen an. »Der Schlaue weiß auch, was dem Karli guttut.«

»Mei, Oswin, was kommt denn jetzt schon wieder? Komm, wir müssen weiter, ich hab schon den ersten Regen g'spürt, das Gewitter ist nimmer weit, merkst nicht, wie ruhig der Wald auf einmal ist?« Karl zog den alten Mann am Arm, doch der riss sich los. »Karli, schau amal dem alten Kneisl in die Augen, tief in die Augen.« Er grinste verschmitzt und feixte: »Die g'fallt dir, Karli, stimmt's?«

»Wen meinst denn?«

»Geh, halt den Oswin doch nicht zum Narren! Die

Bedienung mein ich natürlich, die fesche. Hab ich recht oder nicht? Sag's, komm, sag's dem alten Kneisl.«

Karl errötete. »Hmm.«

»Na, dann gehst morgen runter ins Tal, ich sag's dir, und wenn ich dich runterschleifen muss.«

»Jetzt schleif ich dich erst mal hoch nach Fuchsbichl«, erwiderte Karl und schob ihn den Pfad hinauf.

Oswin begann ausgelassen zu singen: »Genau ins Herz, wo de Liab drin sitzt.« Er jodelte und juchzte, auf schauerliche Weise, zwischen Kopf-, Bruststimme und Schluckauf jonglierend, alles durcheinander, was er im Lauf seines langen Lebens gelernt hatte. Dabei hüpfte er zwischen Alm-, Klage-, Kinder-, Weihnachts- und Kirchenliedern hin und her, und der Alkohol gestaltete die ohnehin schrägen Töne und Worte zu einem argen Wirrwarr. Zu diesem begleitete er sich selbst wild fuchtelnd auf einem Lufthackbrett. Karl, dem die Ohren schmerzten, war dankbar, dass Luft klanglos war.

»Oswin, net so laut, hör auf!«, rief er verzweifelt, doch der alte Kneisl johlte zurück: »Wenn mir das Leben doch grad so g'fallt, lass mich singen.«

So kam es, dass die beiden den Donner nicht hörten, der in den Bergen hinter Fuchsbichl bedrohlich grollte. Und weil der Wald den aufkommenden Sturm zunächst noch abfing, bemerkten die beiden Männer auch diese Vorboten des Himmelsheeres nicht. Bis sie auf die Lichtung kamen, denn dort packte ein zorniger Windstoß Oswins Hut und blies ihn den Abhang hinunter.

»Au wei, gleich geht's los, Oswin, setz dich her, pass auf, dass es dich nicht wegweht, ich komm gleich wieder. Hol schnell den Hut.« Dann rannte er, so flink wie seine langen Beine konnten, hinter dem tanzenden Hut her.

Als Karl wenige Minuten später zurückkehrte, lag Oswin laut schnarchend im Gras. Schuhe und Socken hatte er sich ausgezogen und fein säuberlich neben sich gelegt, als hätte er sich in sein Bett schlafen gelegt. Die ersten Regentropfen klatschten ihm ins Gesicht, doch der Kneisl versuchte, sie im Schlaf wie lästige Fliegen wegzuwedeln.

»Darf doch net wahr sein«, schrie Karl gegen den inzwischen aufkommenden Sturm an, »Oswin, aufwachen. Wir müssen schaun, dass wir heimkemma, bevor's uns wegweht oder fortspült.«

Wind und Regen fegten nun durch den Wald, dass die Bäume knackten. Ihre Stämme schlugen aneinander, und die ersten Äste krachten zu Boden. Karl fluchte. Warum musste ausgerechnet er nach den Frauen sehen. Wie wär's mit Vater oder Robert gewesen? Der Urban war ja verschwunden, hat wohl seinen Rausch irgendwo ausgeschlafen. »Willst nicht den Oswin auch gleich mitnehmen?«, hatten sie ihn gefragt und gelacht.

Karl hob die schweren Lederschuhe des alten Mannes auf, steckte die Socken hinein und band sie sich an den Gürtel. Dann zog er den Kneisl am Janker in die Höhe und packte ihn quer über seine Schulter, wie Frauen es mit einem Tuch tun. Während er den alten Mann den Berg hochschleppte, entließen die schwarzen Wolken eine Wasserflut, wie sie Karl noch nie erlebt hatte. Äste krachten links und rechts neben ihm auf den Boden. Der Sturm peitschte ihm in das Gesicht, sodass Karl nur mit Mühe auf dem Pfad bleiben konnte. Seine Filzjacke hatte sich mit Wasser vollgesogen und wog fast noch schwerer als der alte Mann. Der lag tief atmend auf seinem Packesel und schmatzte zufrieden.

Dennoch musste Karl inmitten der Düsterheit der Naturgewalt, die über sie einbrach, lächeln, denn in seinen Gedanken begleitete ihn das heitere Gesicht von Paula. »Paula, ach Paula, bist so a Fesche«, murmelte er leise im Sturmgebrause.

Als Karl die Wolfsschlucht, in der das Wasser kaskadenartig in die Tiefe klatschte, durchquert und den Lärchenwald erreicht hatte, hörte er sie in der Ferne läuten, die hellen Glocken der Kapelle. Sofort ließen sie Karls Puls schneller schlagen, denn niemand in Fuchsbichl verband mit diesen Klängen so viel Arges wie er. Selten nur ertönten im Weiler die Glocken, nur wenn der Pfarrer vom Tal kam, vor allem aber dann, wenn Gefahr herrschte und jedermanns Hilfe gebraucht wurde. Und damals war das Unheil groß, damals, als er, Karl, als kleiner Bub heimlich probieren wollte, wie Vaters Zigaretten schmeckten. Er saß gerade paffend und hustend auf dem Heuboden, als er durch die Balkenritzen seinen Vater kommen sah. Flugs warf er die Kippe ins hinterste Eck, wo sie die Heublumen ansteckte, während Karl, nicht ahnend, was gleich folgen würde, flink die Leiter nach unten kletterte, den Eimer packte und die Säue tränkte, wie es der Vater ihm aufgetragen hatte. Kurze Zeit später war es um die Säue geschehen. Und nicht nur um sie.

Seit diesem Tag jagten ihm die Glocken wahre Panik ein, denn sie erinnerten ihn nicht nur an die Feuersbrunst, die seine Neugierde entfacht hatte, sondern auch an das jähe Ende seiner bis dahin weitgehend unbeschwerten Kindheit und an den Beginn seiner gefährlichen, anstrengenden Ruckkorbzeit, denn Vater hatte ihm nie verzeihen wollen und Mutter durfte nicht.

»Oswin, es ist was passiert, wach auf, die Glocken«, schrie er verzweifelt und begann zu rennen.

»Kann doch net wieder brennen, bei dem Sturm, lieber Gott, keinen Brand. Oswin, wach auf!« Doch der schlief tief und fest, nur seine Beine zappelten hin und her und schlugen Karl bei jedem Schritt, den er tat, in die Rippen.

Als Karl schließlich das Ende des Lärchenwalds erreicht hatte, ließen die Regenmassen Fuchsbichl vor Karls Augen verschwimmen, sodass ihm alles so schrecklich unwirklich erschien.

Er lief zu Oswins Haus. »Wo hast denn den Schlüssel, Oswin, das gibt's doch nicht, dass'd immer noch schlafst!« Vergeblich suchte er in der ausgebeulten Lederhose, bis er den Alten schließlich auf der Hausbank unterbrachte und ihm den Hut über das Gesicht legte. »Entschuldigst, lieber Oswin, aber hier ist's ja trocken, ich geh nachschauen, warum die Glocken läuten.«

Inzwischen hatte die Regenflut den Pfad zu einem matschigen Brei werden lassen, in den Karl mehrere Male der Länge nach hineinfiel. Als er schließlich die Kapelle erreichte und durch die weit geöffnete Tür ins Innere trat, wandten sich die Köpfe der dort Sitzenden jäh nach ihm um. Wie schrecklich muss er ausgesehen haben, denn die Frauen begannen zu schreien, als stünde der Leibhaftige vor ihnen, gerade dem tiefen Inneren der Erde entsprungen, mit weit aufgerissenen Augen, deren Weiß durch den Matsch leuchteten, dass es einem zum Grausen war.

»Große Güte, Karl«, rief Elfriede, nachdem sie ihren Sohn schließlich erkannt hatte. »Dich schickt der Himmel, auch wenn du nicht so aussiehst.« Dann erzählte sie, was geschehen war. »Die Mure, es ist hinten am Gaisbach wieder eine Mure abgegangen, die ganze Erde hat gebebt,

Karl, so schrecklich. Bis jetzt ist sie bis zur unteren Wegebiegung zum großen Findling gekommen, Karl, wenn der Sturm net aufhört, wer weiß, was dann von oben noch auf uns zukommt.« Sie bekreuzigte sich. »Aber was das Schlimmste ist: Tobi und Wurzl sind verschwunden. Wir haben sie viele Stunden g'sucht, überall.«

»Stimmt nicht«, entgegnete Hanni, »wir war'n net beim Templerhof. Karl, ist doch net möglich, dass er dort ist?«

Die Frauen sahen ihn erwartungsvoll an, alle, nur Agnes nicht. Die kniete vor der Statue und hielt die Hände gefaltet. In ihren Augen lag Verzweiflung.

»Wie soll er denn zum Templerhof kemma sein? Der Weg dorthin ist ja net begehbar, das weiß doch auch der Tobi«, beruhigte Karl die Frauen und wischte sich mit dem Ärmel den Dreck vom Gesicht.

Cilli erhob sich und ging auf Karl zu, Hanni sprach aus, was ihre Mutter dachte. »Wo sind die anderen Männer? Wir brauchen sie alle.«

»Oswin hat einen Mordsrausch, der schlaft auf der Hausbank. Die anderen kemma sicher bald. Urban, na ja, Urban ist auf einmal nimmer da g'wesen, wollte nur kurz zum Pinkeln.« Er zuckte mit den Achseln, und jeder verstand, was Karl nicht aussprechen wollte: Kennst ja den Urban, so ist er auf den Festen halt, steigt jedem Rockzipfel hinterher und verschwindet mit den jungen Mädchen irgendwo hinter den Scheunen oder Büschen. Und da ist er jetzt. Wahrscheinlich.

Da stand er nun vor den verzweifelten Frauen, der Ruckkorb-Karl.

Der Sohn, der seine Eltern ins Unglück getrieben hatte, der Karl, der einst so armselig war und gewachsen war mit jedem Tag, den er hatte büßen müssen in den Felsen.

Und nun gab es keinen, der sich so gut auskannte in der Bergwelt rund um Fuchsbichl wie er.

Draußen pfiff der Sturm um die Kapelle, und der Regen trommelte ans Fenster, als würde das Himmelsheer ihn herausfordern: Komm, komm, wag dich mitten unter uns, versteck dich nicht hier im Gotteshaus, wie du es damals gemacht hast, als das Feuer brannte. Weißt du noch?

Karl verließ wortlos die Kapelle. Tief nach vorn gebückt kämpfte er sich durch das Unwetter, weiter den matschigen Pfad hoch, bis er zur Biegung kam, wo der große Findling lag. Dort erstreckte sie sich wie ein riesengroßes steinernes Ungeheuer, lang, so weit das Auge reichte und schier unbezwingbar mit all dem losen Geröll, aus dem sie bestand: die Mure.

Karl begann auf ihrem Rücken in die Höhe zu klettern, er krallte sich an ihre Felsbrocken, sprang von Stein zu Stein, rutschte dabei immer wieder auf der glitschigen Oberfläche aus oder stolperte in ihre tiefen Löcher, bis Strümpfe und Hose zerrissen an seinen Beinen hingen. Die Sinnlosigkeit seines Unterfangens, den Tremplerhof zu erreichen, hatte dennoch keinen Platz in seinem Kopf. Weiter, weiter, wird schon gehen, sagte er zu sich. Als er schließlich jene Stelle erreichte, an der die Holzbrücke über die Schlucht führte, blieb er voller Entsetzen stehen. Vor ihm klaffte ein tiefes, unüberwindbares Loch. Die Mure hatte die Brücke zum Tremplerhof fortgerissen.

Karl setzte sich auf einen Stein und begann zu weinen. Das erste Mal in seinem Leben, seitdem er der Kindheit entwachsen war.

Lange saß er so da, erschöpft, völlig durchnässt und frierend, bis der Sturm allmählich nachließ, Blitz und Donner sich hinter den Berg trollten und die schwarzen

Wolken heller wurden. Vom Himmel tröpfelte nur noch leichter Nieselregen. Dann stand er auf und kletterte langsam das Felsgeröll wieder nach unten.

Da hörte er plötzlich, keine 100 Meter von der alten Brückenstelle entfernt, ein Stöhnen.

»Tobi«, rief er, obgleich er ahnte, so würde kein Kind stöhnen, »Tobi, wo bist du?«

Schließlich fand er ihn: blutüberströmt und kaum mehr atmend, beide Beine unter einem schweren Felsbrocken eingeklemmt, das eine zerquetscht, das andere zersplittert Urban, den einst so stolzen Kraxnerbauern.

Unten im Tal hatte sich das Zelt langsam geleert, Trunkene lagen auf der Wiese und grunzten im Rausch, Pferde zogen die Kutschen mit grölenden Bauern und Feriengästen – das Bier hatte sie vereint – gen Heimat.

Ein letzter Tusch, ein letztes Prosit auf die Gemütlichkeit, und die Musikanten packten ihre Instrumente ein.

Die Kellnerinnen räumten die Tische ab, müde und erschöpft.

Nur einer war, als schwebte sie über dem Boden vor Glück: Paula, die Fesche. Es war dunkel, als sie sich auf den Heimweg machte, was für a Schützenfest, dachte sie, so schön. Sie setzte sich auf einen Stein und blickte zum Himmel, wo die Sterne blinkten.

III.

Nun wird es still und tiefe Einsamkeit
Wogt hin und her. Das Lüftchen, das noch wehte,
Wo ist es? Steh'n hier stille Welt und Zeit?

KAPITEL 17

Sein Fenster war nicht besonders groß.

Die linke Seite hatte einen Riss im Glas, was ihn jeden Tag aufs Neue störte. Außerdem waren die Scheiben schon lange nicht mehr geputzt worden, was ihm ebenfalls missfiel.

Aber er konnte ja nichts sagen, denn im Fegefeuer spricht man allenfalls zu Gott. Ansonsten schweigt man und tut Buße.

Das Fenster hatte eine besondere Bedeutung für ihn, denn je nachdem, wie man ihn gebettet hatte, sah er mal das Diesseits – die Wiesen, Wälder und die Zacken des Himmelsspitzes – und mal das Jenseits, den Himmel nämlich, jenen Ort, auf den er inniglich hoffte. Falls es in seinem Leben noch was zu hoffen gab, hier in dieser kahlen Kammer.

Mehr als seinen Kopf bewegen konnte er nicht. Was ihn tröstete, war, dass er nichts spürte von den Schmerzen, die er in Anbetracht seines Zustands eigentlich zu ertragen hätte, denn der klägliche Rest seines rechten Beines hing am Körper wie ein alter zerrissener Fetzen Stoff. Sein linkes Bein, welches dort drüben auf dem Stuhl lag, war zwar von Fertl notdürftig repariert worden, versprach jedoch nicht mehr die gleiche Standfestigkeit von einst. Dennoch würde es seinen Zweck besser erfüllen als das Bein, das noch Teil seines Körpers war. Obgleich, drunten, beim Leibhaftigen, sollte ihn sein Benehmen hier im Fegefeuer dorthin verweisen, würde dieses Bein binnen kürzester Zeit verkohlen. Holz in der Hölle, Urban musste bei diesem Gedanken, so düster er sein mochte, grinsen. Doch so weit würde es nicht kommen, denn schließlich tat er Buße.

Ausreichend Buße!

Diese bestand in der Sprachlosigkeit, die er sich selbst auferlegt hatte. Er, der Mann der großen Worte, der stets mit gewaltiger Stimme alles und jeden befehligt hatte, und das mit großem Erfolg, ausgerechnet er hatte geschworen, nun jede Schmach der Wehrlosigkeit über sich ergehen zu lassen. Die Schmach des Mitleids war ja noch recht angenehm verlaufen, als die Fuchsbichler ihn mit traurigen Augen bedauernd angesehen hatten: Der arme Kraxner, schaut's, was aus ihm g'worden ist. Doch später kam der Hohn, als alle dachten, der Siechende würde nichts mehr mitbekommen: »Na, der Herrgott werd sich schon was 'dacht haben, als er ihm die Mure g'schickt hat«, hatten sie an seinem Bett getuschelt. Irgendwann stellte sich die Gleichgültigkeit ein und später die Verachtung. Und jene schmerzte ihn so sehr, dass Urban klar wurde, dass er nun endgültig im Fegefeuer angelangt war.

Meistens lag er flach auf dem Rücken, erblickte weder das Diesseits noch das Jenseits, sondern starrte auf die Holzdecke mit ihren Maserungen, Astlöchern und den vielen kleinen Bahnen, die der Hausbock dort hinterlassen hatte, welchen er übrigens eigenhändig ausgeräuchert hatte! Die Bekämpfung dieses hinterlistigen Holzfressers war eine seiner letzten Taten gewesen, denn sie geschah zwei Tage vor dem Schützenfest. Als hätte er insgeheim Vorbereitungen getroffen für die Zeit nach dem Unglück, ahnend, dass ihm andernfalls irgendwann Holzmehl vom Larvenmaul direkt ins Gesicht rieseln würde.

Nachdem er monatelang zur Decke geschaut hatte, war ihm irgendwann aufgefallen, dass eine gedachte Verbindung der Astlöcher einen Stern ergeben würde. Welch Himmelsbotschaft, überlegte Urban. Offensichtlich war er vom Herrgott noch nicht ganz vergessen worden.

Wenn ihm danach war, konnte er den Kopf überdies nach links oder rechts drehen. Links sah er einen Tisch und zwei Stühle. Auf einem Stuhl lag sein Holzbein, seit all den Jahren, die er seit dem Schützenfest jetzt schon hier lag, unbenutzt. Doch wollte er es dort wissen, denn man ahnte ja nie, was der Herrgott für Pläne hatte. Und weder im Himmel noch in der Hölle wollte Urban humpelnd, als körperlicher Krüppel erscheinen, schließlich war er ein solcher schon im Geiste. Nein, das Leben war dahin, war verkrüppelt, unansehnlich, beschwerlich und schmerzvoll geworden.

Blickte er nach rechts, was er meist tunlichst vermied, dann grinsten ihn die Fuchsbichler Männer so unverfroren glücklich an, dass es kaum mehr auszuhalten war und er die Augen schließen musste.

Kurz nachdem Urban aus dem Spital entlassen worden war, hatte ihn der alte Kneisl in dieser Kammer besucht und die Erinnerung an jenen Tag, an dem es passiert war, just neben sein Bett genagelt. Oswin, Gott hab ihn selig. Wann genau der alte Kneisl gestorben war, daran konnte sich Urban nicht mehr erinnern. War es vor drei oder vor vier Jahren? Er wusste nur noch, den Weiler hatte ein derart strenger Winter im Griff, dass man ihm, dem bewegungslosen Bettlägerigen, ein Lammfell um den Kopf gebunden hatte, damit es ihm die Ohren nicht abfror. So kalt war es gewesen, dass Urban seinen eigenen Atem hatte sehen können. An den schlechten Tagen, an denen er mit seinem Schicksal besonders gehadert hatte, stellte er sich vor, er sähe den Todeshauch aus sich strömen. Und an den besseren Tagen hatte er gedacht, er würde genüsslich sein Pfeifchen rauchen.

In diesem eisigen Winter also hatte sich Oswin eines Tages auf seine Hausbank gelegt, wie man es von ihm sonst nur an den warmen Sommertagen gewohnt war. Er hatte seine Schuhe ausgezogen und auf den Boden gestellt, ein dickes Kissen unter den Kopf geschoben und dann gewartet, bis der kalte Tod ihn heimsuchte. Keine Frage, dass dies schnell geschehen war. Karl hatte ihn gegen Abend gefunden, eingeschneit und steinhart, die Arme hinter dem Kopf verschränkt. Kneisls Buckel war an der Bank festgefroren, sodass Karl am Herd Wasser erhitzen und es über den Verstorbenen kippen musste, damit er ihn loseisen und ins Haus tragen konnte.

Sie erzählten, Oswin habe drei ganze Wochen lang, tiefgefroren, wie er war, mit seinen über dem Kopf verschränkten Armen an der Wand der Speisekammer zwischen Speck, Zucker und Mehl gelehnt. Dann erst hatten die Winterstürme nachgelassen, sodass man ihn in der Stube langsam auftauen konnte, um seine Beerdigung im Tal anzugehen. Den Toten hatte man in seinem Hochzeitsanzug auf einem Rechbrett aufgebahrt, welches Karl auf seinen Rücken schnallte. Statt eines teuren Sarges musste ein einfaches Brett herhalten. Wie eine der gerupften Krähen, die als Vogelscheuchen auf den Feldern stehen, hatte der tote Oswin ausgesehen. Seinen Anzug nämlich hatten die Motten heimgesucht und im Lauf der vielen Jahrzehnte, die vergangen waren, seitdem Oswin ihn zum ersten und letzten Mal getragen hatte, böse zugerichtet.

Aber all das spielte jetzt wohl keine Rolle mehr, denn die Larven des Totenkäfers hatten den Rest besorgt. In wessen Auftrag sie wohl an ihm geknabbert und ihn verzehrt hatten? Urban überlegte, welch perfide Getiere stets am Werke waren, wenn es darum ging, die Verwesung einzuleiten und die sterblichen Hüllen zu beseitigen, dienten sie doch zweierlei Arbeitgebern, die gegensätzlicher nicht mehr sein könnten: dem Himmelsvater und dem Höllenfürsten.

Oder waren weder Teufel noch Gott für die sterblichen Überreste verantwortlich, sondern nur noch für die Seelen?

Hatte der Körper nach deren Fortgang keinen Wert mehr?

Warum aber verwendete man dann so viel Aufwand und kleidete die Toten stets so fein für den Gang aus dem Diesseits? Wenn die Seele doch schon unterwegs war und nach oben oder nach unten flatterte?

Und wie verhielt es sich mit der Körperlichkeit im Fegefeuer? Traf dort nur die Seele ein? Oder trug sie den leblosen Körper um sich?

Fegefeuer und Verwesungsprozesse, um diese Formen des menschlichen Abschieds vom Irdischen und des Weges zur Ewigkeit kreisten Urbans Gedanken überwiegend, seitdem seine körperliche Hülle diese Kammer nicht mehr verlassen konnte.

Erfrieren, ja, Oswin, da hast dir einen geschickten Fortgang aus deinem Leben ausgewählt, dachte Urban neidvoll. Tiefgefroren ins Fegefeuer, das war ein guter Anfang in der Hitze. Und überhaupt: Das Leben erfrierend verlassen, war augenscheinlich besser, als derart dahinzusiechen, ohne Leben im Körper außer all den vielen Gedanken, wie es sein eigenes Schicksal für ihn bestimmt hatte.

Wann Agnes wohl kommen würde? Diese Frage stellte er sich weit häufiger als alle anderen. Zwar hatte er noch keinen Hunger. Aber Durst, wie so oft. Agnes gab ihm nie genug zu trinken, woher auch sollte sie wissen, was ein bettlägeriges Lebewesen wie er an Flüssigkeit brauchte. Vor allem aber musste er scheißen. Seitdem er hier in dieser Kammer lag, nannte er diesen Vorgang so, denn gesittet aufs Klo gehen konnte er ja nicht mehr. Wie auch! Er hatte weder sein einziges Bein noch seinen Schließmuskel unter Kontrolle, also lag er da wie ein Faultier und schiss wie ein solches. Mit dieser Einstellung ließ sich für Urban das demütigende Gefühl besser ertragen, wenn er zusehen musste, wie Agnes die Pfanne unter seinen Hintern schob und den Inhalt dann mit angeekeltem Ausdruck vor die Tür stellte. Besonders erniedrigend für ihn waren jene Tage, an denen Agnes auf sich warten ließ und alles zu spät war.

So ein Tag war heute.

Wo blieb sie? Sie sollte sich besser um den Vater kümmern, dachte er, schließlich trug sie auch eine gewisse Mitschuld an seiner Misere.

Wer hatte denn das Tremplerblut mit dem Kraxnerblut vermischt? Gegen seinen Willen! Er spürte, wie Zorn in ihm aufkam. Deswegen füllte er seine Lungen mit so viel Luft, wie er konnte, und presste sie mit aller Kraft durch seinen Mund. »Uhhhh.« Er konnte sich selbst nicht hören, so schrecklich klang das Jaulen, das er aus seinem Körper stieß. Wie ein Vieh, dachte er. Ein gar grausiges. Doch was war sein Heulen schon im Vergleich zu dem Regensturm, der seit Tagen über sein Dach herniederging?

Niemand würde ihn hören, dachte er. Niemand.

Urban roch verbrannte Kräuter. Endlich! Es öffnete sich die Kammertür, und Agnes trat herein. Sie hatte einen Becher Milch mitgebracht.

KAPITEL 18

Seit acht Tagen nun schüttete der Himmel Wassermassen über Fuchsbichl aus, so wie er es öfters im Sommer tat, um der Schwüle ein Ende zu bereiten. Anfangs spannten die Touristen noch ihre Schirme auf und wagten sich zumindest für einen kleinen Spaziergang nach draußen. Mittlerweile waren die Wege jedoch zu matschig geworden, um auf ihnen wandern zu können. Der Sessellift stand still, die Almen schlossen ihre Pforten. Die Urlaubsgäste saßen in den Foyers und spielten Karten oder *Mensch ärgere Dich nicht*. Was blieb ihnen schon anderes übrig. Einige waren verdrossen abgereist, denn das Wetter war anderswo freundlicher als in den Bergen.

Horst war im Lauf der trüben Tage missmutig geworden, auch er plädierte für eine Flucht aus der beharrlichen Schlechtwetterfront. Doch dann fesselte ihn die plötzlich erwachte Wollust seiner Gefährtin ans Bett. Und nach einigen Vormittagen heftiger und verwegener Liebesakte, wie er sie vorher noch nie erlebt hatte, hatte er beschlossen, Isabels neu erwachte Lust zu genießen und auf eine vorzeitige Abreise zu verzichten. Und so schloss er die Augen, sah den Regen nicht mehr, wie er in feinen Perlen das Fenster hinunterrann, sondern spürte Isabels Lippen seinen Körper abtasten. Wer wusste, wie lange diese Zeit andauern würde, so unberechenbar Isabel in dieser Hinsicht war.

Hätte er geahnt, wo Isabels Sinne sich befanden, wenn ihr Körper ihn bei Kerzenlicht im heißen Badewasser verführte, wenn sie ihn mit feuchten Küssen überdeckte, wenn sie unter ihm stöhnte, er hätte es nicht verstanden.

Hinterher lagen sie heftig atmend in den Kissen, und während Horst vor Erschöpfung noch vor sich hindämmerte, schlüpfte Isabel in Gedanken durch das kleine Fenster zurück auf das Holzdach, lächelte ihn nochmals an und winkte zum Abschied. Sie klopfte sich den Staub vom Kleid, packte ihren Picknickkorb und lief nach Hause, herrlichen Gewürzduft in der Nase. Dann schloss sie die Augen und genoss den starken Moment großer Gefühle. Wenn sie sie wieder öffnete, lag Horst neben ihr mit seinem drallen Bauch, den geblähten Backen, dem dünnen Mund und dem schweren, nach unten geklappten Kinn. Und so kehrte Isabel widerstrebend zurück in die Welt, die die Wirklichkeit bedeutete, worauf schwermütige Sehnsucht ihr Herz erfüllte.

Würde jemand Isabel fragen, erhielte man die Antwort, sie habe Julius nie vergessen können. Zu sehr hatte dieser sich in ihr Herz gegraben. Aber einen Fragenden hatte es all die Jahre nach Julius' Verschwinden nie gegeben.

So sehr hatte sie gehofft, die von Julius hinterlassene Fotografie des Berges trüge eine geheime Botschaft in sich.

Verstehe mich, lasse Zeit verstreichen, folge meiner Spur, suche mich.

Doch diese Hoffnung hatte sich nicht erfüllt. Einen Julius, das hatten alle bestätigt, die Isabel im Ort gefragt hatte, den gebe es nicht in Fuchsbichl, und den habe es hier auch noch nie gegeben.

Fünf Wochen waren sie inzwischen hier, und so lange hatte Isabel es vor sich hergeschoben, den Schnitzermeister Fertl nach der genauen Herkunft der Postkarte zu fragen, weil sie nicht wusste, wie sie mit der letzten Gewissheit und dem gänzlichen Verlust ihrer Hoffnung umgehen sollte.

Isabel zählte die Tage, täglich aufs Neue. Heute, an diesem Vormittag, waren es nur noch sieben bis zu ihrer Heimreise. Heute würde sie sich einen Ruck geben und wissen wollen, wer dieser Freund gewesen sei.

Vorsichtig kleidete sie sich an, nahm den Regenschirm und schlich aus dem Zimmer. Horst schmatzte wie ein kleines Kind, zog sich die Decke über den Kopf und drehte sich auf die Seite. Isabel lugte kurz in Leas Zimmer. Das Bett war bereits gemacht. Offensichtlich war ihr Kind schon unterwegs, unten, in der Küche, in der es so gern war, oder sonst wo im Ort. Auf dem Tisch lagen ein paar Bilder, die Lea gemalt hatte. Viele von ihnen waren begonnen und mittendrin abgebrochen worden, jedoch zeigte sich auf jedem die zackige Krone des Himmelsspitzes. Welche Faszination dieser Berg auf ihre Tochter ausübte, obgleich Isabel ihr gegenüber nur ein einziges Mal erwähnt hatte, das Bild des Himmelsspitzes sei ein Geschenk, eine vage Erinnerung an Leas Vater.

Isabel stapelte die Blätter zu einem Haufen. Dann verließ sie das Zimmer, ohne jenes Bild bemerkt zu haben, das hinter dem Tisch auf den Boden gefallen war.

Es zeigte die Häuser von Fuchsbichl, deren Bewohner und Tiere. In der Mitte hatte Lea die kleine Kapelle gemalt, mit ihrem Zwiebeltürmchen und den winzigen Fenstern. Diese waren rot ausgemalt, aus ihnen stieg schwarzer Qualm. Vor der Tür stand eine schwarz gekleidete Frau und hielt die Hände in die Höhe, den Mund zum Schrei geöffnet. Daneben hatte sich Lea selbst gezeichnet, mit geschlossenen Augen. Isabel lag auf der Sonnenterrasse des Hotels, das Gesicht voller roter Flecken. Über ihr baumelte Horst in den Fängen eines riesengroßen schwarzen Katers.

KAPITEL 19

Jeden Morgen gegen 4 Uhr stand Agnes auf. Sie schob den Vorhang zur Seite und sah nach draußen. In so manch blauer Morgenstunde, wenn die Nacht gegen den Tag kämpfte, nahm sie eine Lampe und begab sich auf die Suche nach ihrem Kind. Meistens trug sie noch ihr Nachtgewand, denn sie durfte keine sinnlose Zeit verlieren, wenn sie glaubte, seine Schritte vernommen zu haben.

Hin und wieder führte sie die Suche zur Kapelle, wo sie eine Kerze entzündete, zuweilen auch zwei oder drei, je nachdem, wie ihr zumute war. Danach kniete sie vor der Muttergottes nieder und sprach Gebete.

Das inzwischen grau gewordene Haar hatte sie schon lange nicht mehr zu einem Kranz gebunden. Ihre einstige Schönheit hatte sich aufgelöst, das Blau ihrer Augen trug keinen Glanz mehr, ihre Blicke waren stumpf und leer, der Körper hatte seine Formen aufgegeben. Das Lebensglück war entwichen, zurück blieb eine Hülle trauriger Verwelkung.

Sie saß gerade in der Stube am Spinnrad, die Fäden in der Hand, den Blick verloren. Schwere Regentropfen trommelten ans Fenster, sodass sie das Klopfen an der Tür nicht hörte.

Sie erschrak, als Fertl plötzlich neben ihr stand.

Er zog seine durchnässte Jacke aus, setzte sich zu Agnes und sprach in aller Sanftheit:

»Agnes. Hörst mich, Agnes.« Nichts rührte sich an ihr, nur der Fuß trat gleichmäßig auf und ab, die Wolle rann durch die Hände, ohne gedreht zu werden. Die Spule war bereits zu einem wirren, nutzlosen Knäuel gewachsen.

»Agnes, oh Gott, meine Agnes, ich bitt dich, so hör meine Worte.« Nach all den Jahren seiner innigsten Zuneigung, die einst im Heu mit Gedichten und Geschichten begonnen hatte, näherte er sich dem geliebten Gesicht und flüsterte Agnes ins Ohr:

»Du musst ins Spital, da helfen's dir. Sagt auch die Cilli. Bitte, Agnes, sonst stirbst uns an der Verzweiflung. Agnes, ich schwör's bei der Jungfrau Maria, ich steh dir bei, ich lass dich nicht allein. Niemals!«

Agnes ließ das Rad still stehen und sagte, ohne ihn anzublicken:

»Weißt noch, wie du mir Gedichte vorg'lesn hast, Fertl? Damals im Heu? Weißt noch ein Gedicht?«

»Alle weiß ich noch, alle. Ich hab sie nie vergessen können.«

»Bitte Fertl, sag mir eins, so wie früher. Ich wünsch's mir so!«

»Agnes, dann sag ich's dir wie einst der Strachwitz in seinem ›Katarakt‹:

Und sahst du nun erfüllt dein Hoffen?
Sahst du den Himmel? – Ward er dein?
Noch immer steht der Abgrund offen,
Noch immer donnerst du hinein.
Nie sah man Rast in deinem Schlunde,
seit du dein Haupt hinweggebeugt,
Du stirbst zehnmal in der Sekunde
Und zehnmal wirst du neu erzeugt.
Ich sehe, wie in immer schnellerm
Und schnellem Sturz du dringend bangst,
Und höre aus den Felsenkellern
Das Brüllen deiner Todesangst.«

»Wie schön«, meinte sie, nachdem er geendet hatte. »Wie schön.«

»Agnes, hast net g'hört, was die Worte g'sagt haben? Es geht um dich, um dich! Hast net verstanden?«

»Oh doch, Fertl, wohl hab ich's g'hört und verstanden. Aber ich hab keine Angst. Ich bang mich net. Es geht ihnen gut, wo sie sind, sie kemma wieder zurück, mein Tobi und der Wurzl, beide. Sobald der Herrgott ihn zu sich g'holt hat, den Vater.«

Langsam, zaghaft und zärtlich nahm Fertl ihr Gesicht in seine rauen Hände.

»Agnes, sie haben den Wurzl g'funden. All die Jahr hat er g'lebt, draußen in den Wäldern.«

Agnes sah ihn fragend an. »Woher weißt des, Fertl?«

»Gäste vom Himmelsspitz haben ihn an der Straße g'funden. Er ist g'storbn, aber er hat lange g'lebt, stell dir vor, bis vor wenigen Wochen noch.«

Agnes ließ die Hände in den Schoß sinken:

»Fertl, lass mich allein, bitte Fertl, lass mich«, sagte sie mit bebender Stimme.

Da küsste er sie zum ersten Mal in seinem Leben.

Zaghaft, vorsichtig und sanft küsste er ihre Wange, dann ihre spröden Lippen.

»Gut, ich geh, aber ich werd immer wieder kemma, bist runter gehst ins Tal mit mir und dir helfen lasst. Ich schwör's.«

Als Fertl die Tür hinter sich geschlossen hatte, legte Agnes die Spule auf den Tisch, blickte zur Jungfrau Maria und sprach stille Worte.

Dann ging sie in die Küche und stellte eine Schale mit einem Kräutergemisch auf den Herd.

»Muss der wieder sein, dieser Gestank?«, fragte Vinzenz gereizt. Er saß am Küchentisch und schärfte ein Messer. In seinem Mundwinkel hing Urbans Pfeife.

»Ich geh zum Vater, ihm was sagen«, antwortete sie.

»Ja, schau nach, ob er noch lebt oder ob ihn der Höllenfürst schon g'holt hat. Irgendwann muss er ja kemma und ihn mitnehmen.« Er prüfte die Klinge und fügte hinzu: »Aber mit deinen Kräutern vertreibst ihn ja, den Teufel.«

Agnes sah ihren Mann mit leerem Blick an.

»Ach Vinzenz«, sagte sie, nahm einen Becher Milch und die Schale mit den brennenden Kräutern und ging durch den Regen hinüber zum Stall, über dem seit Generationen das Austragszimmer für die Alten lag.

Dort betrat sie des Vaters dunkles Reich zwischen Himmel und Hölle, das Agnes jedoch näher am Leibhaftigen als am Allmächtigen vermutete, so düster es dort selbst an den sonnigen Tagen war. Das ist die Strafe Gottes, dachte sie jedes Mal, während sie die steile Treppe nach oben stieg, Strafe Gottes, wenn er sein Licht hier nie herschickte, sondern den Luzifer umherschleichen ließ. Ja, der Teufel, dessen war Agnes sich gewiss, trieb hier im dunklen Stall sein Unwesen, bis Sankt Michael sich entschieden hatte, wer Vaters Seele mitzunehmen habe.

Die Tiere waren sonderbar unruhig, teilweise gar unberechenbar wild, seitdem Urban über ihnen sein Lager bezogen hatte. Die Kühe gaben saure Milch, fand Agnes, und die Eier der Hennen rochen aasig. Deswegen weigerte sich die Kraxnertochter fortan, das Innere des Stalls ohne brennende Kräuter zu betreten, auch wenn Vinzenz ihr immer wieder vorwerfen mochte, sie wäre nicht mehr ganz bei Sinnen und würde wilde Geschichten fantasieren. Dennoch tat Agnes alles, um den Leibhaftigen zu vertreiben, denn sie fürchtete diesen, so wie den Vater, wenngleich der so viel Unrecht getan hatte. Außerdem, den Vater in der lodernden Hölle zu wissen, das erlaubten ihr nur finstere Träume, aus denen sie dann stets zerrissen zwischen Ehrfurcht und Hass erwachte.

Links neben der Treppe, die hinauf zu Urbans Krankenlager führte, hing ein kleines Gefäß mit Weihwasser, das sie jeden Sonntag nach dem Kirchgang vom Pfarrer gesegnet bekam. Und über seinem Bett hing ein großes Kruzifix, an das Agnes eine Kette Knoblauch gebunden hatte.

Dennoch trieb der Satan sein unheilvolles Spiel mit dem Vater, fürchtete sie, so wie der beieinander war. Manchmal fragte sie sich, ob im Vater noch eine Seele saß, oder ob er zumindest innerlich schon gestorben war und nur noch aus einer Hülle bestand, die zwar trank und aß, aber sonst wie ein Leichnam wirkte: die erschreckend faltig fahle Haut, die leeren, matten Augen unter den wilden Brauen, die eingefallenen Wangen, die ausgefallenen Zähne, der dünne, rissige Mund, der nur noch aus einer winzigen Öffnung bestand, eingerahmt von weißem Bartgestrüpp.

Ja, hier in der Kammer, da roch es nach Tod und Teufel.

»Vater, bin wieder da«, sagte sie und stellte die Milch und die brennenden Kräuter auf den Tisch. Dann kam sie mit ihrem Gesicht dicht an das seine, um zu sehen, ob der Herr in der vergangenen Nacht doch ein Erbarmen gehabt hatte. Weil sie dünnen Atem spürte, zog sie seufzend seinen hageren Körper in die Höhe und bettete ihn so, dass Urban ins Diesseits blicken konnte. Danach öffnete sie das Fenster, um den beißenden Gestank hinauszulassen.

»Vater, musst was essen!« Sie holte ein Stück Weißbrot aus der Schürze, tunkte es in die Milch, bis es schlabberig wurde, und presste es dann zwischen Urbans Lippen. Eine rissige, blutleere Zunge leckte den letzten Rest ab, der um den Mund klebte.

Agnes tastete unter seinem Körper das Leintuch ab und fühlte, dass das Bett schon wieder feucht war. Doch heute hatte sie keine Kraft, den Alten herumzurollen, um ein frisches Laken unter seinen Körper zu ziehen.

»Vater, warum hast net g'wartet?«, schimpfte sie ihn wie ein kleines Kind, während sie ihm die Pfanne unter das Gesäß schob.

»Jetzt mach, wenn'st kannst, mach.« Sie wartete eine Weile, doch es rührte sich nichts, weder in den Gedärmen noch in der Blase. Also zog sie die Pfanne wieder unter ihm hervor und stellte sie unter das Bett.

Sie setzte sich auf den Bettrand und betrachtete ihn. Lange und in Gedanken versunken. Sie sollte es ihm sagen, nicht mehr schweigen, wie all die Jahre. Es ihm sagen, bevor man sie holen würde. Sie spürte, dies würde bald geschehen, wenn sie weiterhin nächtens durch die Gegend irrte, um den Buben zu suchen, der schon längst nicht mehr auf Erden war, wie es alle sagten. Ja, sie würden kommen, alle, die Fenders, die Granbichlers, der Oswin, die Cilli und der Vinzenz. Sie würden sie in ein Spital für kranke Köpfe und arme Seelen führen, wenn sie nicht endlich zu Sinnen käme und Tobi in Gottes Obhut übergäbe. So sagten sie es alle.

»Vater«, flüsterte Agnes und wischte ihm mit der Schürze die Milch vom Bart. »Sie haben den Wurzl g'funden. Tot ist er jetzt, aber er hat noch g'lebt bis vor ein paar Wochen. Fremde aus Deutschland haben ihn g'sehn, drunten im Tal. Vater, nie hast mir g'sagt, was g'schehn ist an dem Tag, mit dem Wurzl und mit meinem Tobi. Nie hast mir g'sagt, was du oben trieben hast am Berg, bevor die Mure kemma ist. Warum warst net wie die andren drunten am Schützenfest?« Sie schlug mit dem Schürzenzipfel auf seine Brust.

»Vater, wehe«, sagte sie mit drohender Stimme, »du stirbst, ohne dass du g'redt hast! Nein, vorher derf er dich net holen, der Herrgott!« Sie beugte sich an sein Ohr und zischte:

»Draußen wartet der Teufel, Vater, tu was, sonst holt er dich!«

Sie schlug mit der Hand auf die Bettdecke. »Vater, wo ist der Tobi? Gib mir mein Kind zurück, siehst net, was dein Schweigen aus mir g'macht hat? Nie hast ihn wollen, den armen Buben, weilst von Beginn an g'wusst hast, dass er vom Luis war.«

Sie begann zu schluchzen. »G'hasst hast den Luis, g'hasst und deswegen auch fortg'schickt. Er wollt auf mich warten, Vater, des hat er mir versprochen. Aber du hast ihn fortg'jagt. Des hab i immer g'wusst. Warum nur, Vater, warum?«

Heftig atmend stand sie auf und trat ans Fenster. »Warum hast du die Tremplers immer so g'hasst?«, fragte sie mit tränenerstickter Stimme. »Was hat dir der alte Bauer antan, und was der Luis? Waren immer brave Leut, einfach haben's g'lebt, weißt selbst. Mei, Vater, wie viel hast du g'hasst in deinem Leben? Kein Wunder, dass dich Sankt Michael nicht rauslasst, hier aus deinem Fegefeuer.«

Sie kehrte zurück an sein Bett. Ihre Augen funkelten, als sie leise sagte: »Vater, noch was: Ich hab sie alle g'funden. Unten, im Keller, ganz hinten, unter dem Schnapsregal hast sie versteckt, all die Jahr. Aber ich hab sie g'funden.«

Sie holte einen Packen Briefe aus der Schürze und legte sie auf seine dünne Brust. »Da, alle vom Luis. An mich, an Agnes! Aber du hast sie mir nie geben, weilst gegen die Liebe bist. Mein Gott, Vater, du bist so voller Hass!«

Dann hob sie seinen Kopf und goss ihm etwas Milch durch die kleine Öffnung. Anschließend rollte sie ihn auf die Seite, rieb den wunden Rücken mit Melkfett ein. Dicke Tränen tropften dabei auf seinen Körper.

»Ach, Vater«, weinte sie, schüttelte die Decken und breitete sie über dem ausgemergelten Leib aus.

Sie verbarg ihren Kopf in den Händen und ging erregt in der Kammer auf und ab.

»Morgen ist der Tag des Herrn. Weißt du, Sonntag ist, aber morgen kommt niemand dich b'suchen, denn der Pfarrer betet in der Kirche für den Tobi. Ist sein Geburtstag.« Sie hielt kurz inne. »Weißt du, seit wie vielen Jahren Tobi fort ist? Weißt des?« Sie trat an sein Bett. »Vater, sag doch endlich was, red mit mir! Und wennst auch schimpfst, aber red!« Sie zog ihn an seinem schütteren Haar in die Höhe und schüttelte den Kopf des Alten hin und her.

»Red, hab ich g'sagt.« Dann ließ sie ihn wieder ins Kissen zurückfallen, setzte sich an sein Fußende und betrachtete das, was von ihrem Vater übrig geblieben war.

Das tat sie jeden Tag aufs Neue. Sie sah ihn an, mit vorwurfsvollen Blicken. Schleichst dich gemein aus dem Leben, ziehst mich mit in den Abgrund, dachte sie. Und dann krochen die Dämonen aus dem hintersten Winkel ihres Kopfes hervor und begannen zu tuscheln:

»Alter Armer, wie erbärmlich du geworden bist, wie ekelhaft, wie unwürdig, eine stinkende, scheußliche Kreatur.« Ihr Spott und Hohn wurden lauter und lauter, schlimmste Verwünschungen prasselten auf den Kraxnerbauer herab. Agnes, die sonst so milde Tochter, wurde zur Furie mit wilden Augen und langen, erbarmungslosen Fingern, die dem Wehrlosen ins Gesicht schlugen und mit ihren spitzen, langen Krallen über die Arme fuhren. Sie zwickten und rissen an ihm. Als Blut durch seine fahle Haut sickerte, fasste sich Agnes erschrocken an den Kopf.

»Vater«, flüsterte sie, »alle sagen's, dass ich verrückt werd: die Cilli, der Vinzenz und der Fertl. Sogar die Josepha sagt's. Sie sagen, dass ein Sankra kemma werd und mich holt, wenn's so weitergeht mit mir. Aber das lasst net zu, gell Vater, das erlaubst net. Bin ja schließlich deine Agnes. Hast des net vergessen? Bin dein Kind!« Mit einer zarten Handbewegung strich sie den festgeklebten Brotrest von seinem Mund und begann, mit einer Schere seinen Bart zu stutzen.

»Der Wurzl hat g'lebt, so lang. Über all die Jahr hab ich recht behalten, keiner hat mir 'glaubt. Nur die Jungfrau Maria, die hat's mir g'sagt, dass ich mir das Hoffen net nehmen lassen sollt. Das Hoffen, Vater, wenn man mir des nimmt, drunten im Spital, dann hab ich ja nichts mehr im Leben. Verstehst? Und du auch net!«

Sie gab ihm den Rest der Milch zu trinken.

»Schau, Vater, der Regen hat nachg'lassen, kaum Wolken mehr am Himmel. Heut Nacht kannst den Mond und die Sterne sehen. Vielleicht siehst a Schnuppe, dann kannst dir was wünschen. Gute Nacht, Vater.« Agnes küsste ihn zum Abschied auf die Stirn.

»Schlaf gut. Und morgen ist a besonderer Tag, Tobi sein Geburtstag, den derfst net vergessen!«

Dann verließ sie die Kammer.

Als sie die Treppen nach unten stieg, stand er vor ihr, der Höllenfürst. Gar furchterregend blitzten seine Augen im Dunkel.

Agnes ließ den Becher fallen und stürmte aus dem Stall.

»Vinzenz«, schrie sie. So schnell ihre Füße sie trugen, rannte sie hinüber zum Haus. »Helf mir, Vinzenz«, stotterte sie außer Atem. »Ich hab ihn wieder g'sehn, den Leibhaftigen. Drüben, beim Vater.«

Doch ihr Mann saß nur da, regungslos, mit kalten Augen, dass Agnes erschauderte.

»Heut net«, sagte er und goss sich einen Schnaps ein, »Weib, heut mag i nimmer. Ich kümmer mich morgen um den Teufel, ich versprech's. Morgen, am Tag des Herrn kümmer ich mich um seinen g'fallenen Engel. Ist versprochen, hoch und heilig.« Er leckte sich die Finger ab und tat einen Schwur. »Jetzt aber lass mir mei Ruh, du wirres Weib.«

Agnes sah sich hilflos in der Küche um, als suchte sie nach jemandem, der ihre Bitten vernehmen könnte.

»Helft's mir«, sagte sie flehend.

»Geh, verschwind, geh mir aus den Augen«, herrschte Vinzenz sie schließlich an.

Da ließ sie sich vor seine Füße fallen, packte seine Hand und wimmerte: »Warum nur willst net glauben, dass der Teufel drüben beim Vater wohnt.« Sie hielt kurz inne und blickte verstohlen hinter sich. »Und hier bei uns, im Haus, hab ich ihn auch schon g'sehn, Vinzenz, glaub's mir.«

Er schüttelte sie von sich wie ein lästiges Insekt. »Lass mich, Weib, geh lieber beten, was anderes kannst eh nimmer.«

Wortlos verließ Agnes die Küche und schlich hinüber in die Stube. Sie öffnete die Fenster und atmete die frische Luft tief in ihre Lungen. Dann zündete sie zwei Kerzen an, bekreuzigte sich und kniete nieder, vor ihrer Heiligen. Lange blieb sie so, leise murmelnd, bis sich die Nacht über Fuchsbichl senkte.

Plötzlich war leises Rascheln vor dem Fenster zu vernehmen.

»Jetzt sind's da, Muttergottes, jetzt kommen's und bringen mich ins Spital«, flüsterte sie. »Bitt für uns, auf dass wir uns wiedersehn, alle miteinander. Alle, die a Lieb im Herzen tragen.«

Geh nur, geh nur, geh rüber zu deinem nichtsnutzigen Mann, dachte Urban, nachdem ihn seine Tochter verlassen hatte. Seine Gedanken flogen mit ihr hinüber zum Hof, hinein in die Stube. Dort sah er im Geist die Vitrine mit dem Schnaps, welchen er vermisste. Auch sah er seine Pfeife an der Wand hängen und manchmal meinte er, Vinzenz zu beobachten, wie der gierig nach diesen Schätzen griff.

Dieser Vinzenz, hatte er früher noch artig gebuckelt, war er jetzt nur noch ein bequemer, fauler und unverschämter Nichtsnutz, der auf meinen Tod wartet, um die Herrschaft am Hof anzutreten. Ist immer noch mein Hof, dachte Urban. Wenn Vinzenz kam, um ihn zu füttern, trug er von allen den größten Spott in den Augen.

»Is jetzt so weit, alter Kraxner, hättest net dacht, dass'd amal so endest, kannst nix sagen, net g'scheit essen, lasst dich füttern wie a Säugling. A Schand ist des alles, a Schand, dass'd net stirbst! Lange hab i warten müss'n, aber jetzt is so weit, bist nimmer der Großbauer, sondern ich, der Vinzenz.«

Im Geiste ballte Urban die Faust, doch dann nahm er alle Kraft zusammen, die er in seinem Kopf noch hatte, und verdrängte alle Gedanken an den Schwiegersohn, zu sehr quälten diese ihn.

Im Lauf der Zeit war Urban übrigens ein wahrer Herrscher über seine Gedanken geworden, über diese Quälgeister, die lange Zeit in ihm umhergeschwirrt waren wie ein wild gewordener Bienenschwarm, die mit ihm machten, was sie wollten, ihn piesackten und nicht schlafen ließen. Er hatte sie so entwirrt, wie er es mit einem Wollknäuel getan hätte: nicht mühsam, vorsichtig auseinanderzupfen, sondern in winzige Stücke zerhacken. Klitzeklein waren nun die Gedankenfäden, sodass sie nie zu Ende gedacht werden konnten, wenn sie ihm nicht gefielen. Und das tat teuflisch gut!

Sonntagnachmittag, gegen 16 Uhr kamen öfters ein paar Fuchsbichler zu Besuch, mal war es die Cilli mit oder ohne Familie, mal der Fertl, mal einer der Fenders. Am liebsten mochte Urban es, wenn sie alle beisammen saßen, dann holten sie von unten die alten Melkschemel in seine Kammer oder setzten sich zu ihm ans Bettende. Sie brachten Kuchen und Kaffee mit und sprachen über dies und das. Früher hatte es das so nicht gegeben, dieses Reden, man war sich meistens aus dem Weg gegangen, alles andere wäre für den Frieden im Weiler nicht gut gewesen. Urban mochte ihre Gegenwart, denn sie ließ darauf schließen, dass keiner in Fuchsbichl auch nur die leiseste Ahnung hatte von dem, was vor vielen Jahren wirklich geschehen war. Am Tag des Schützenfests.

Und so freute Urban sich, wenn die Fuchsbichler seine Existenz im Lauf der Zeit immer weniger zur Kenntnis nahmen. Einzig Cilli warf ab und an noch einen Blick auf ihn, schüttelte den Kopf und seufzte. Seufzen, das hatte die Stumme immer gekonnt, dachte Urban dann.

Ja, der Kraxnerbauer spielte inzwischen eine genauso unbedeutende Rolle in der Welt der Fuchsbichler wie sein Holzbein. Die Besuche galten einzig Agnes' Seelenheil und nicht dem seinen. Er war nichts anderes mehr als irgendeine Materie, auf deren Auflösung man wartete, die einen – Vinzenz – ungeduldig, die anderen bangend, denn eine derartig zähe und langwierige Auflösung hatte man in Fuchsbichl noch nie erlebt.

Wenn sie alle so zusammensaßen, um ihrem Gewissen Gutes zu tun, unterhielten sie sich über die Geschehnisse im Weiler, der inzwischen ein solcher nicht mehr war, sondern zu einem großen Ort gewachsen war. Oh, die Zeit hatte vieles verändert: Die Straße war gebaut worden, und auf der kamen die Fremden. Sie bevölkerten den Weiler, nahmen ihn derart in Besitz, dass die alten Fuchsbichler Häuser untergingen zwischen all den großen Hotels. Doch erzählten und schwärmten sie immerfort von Roberts Weitsicht, Cillis Fleiß und der Zwillinge Geschick, welche den Granbichlers zu dem größten Hotel im Ort verholfen hatten. *Hotel Himmelsspitz*. Donnerwetter!

Die alte Magd Maria war verstorben, Josefa hatte einen Knecht geheiratet, der Ruckkorb-Karl, ausgerechnet der hatte das Herz der feschen Bedienung erobert und lebte glücklich in Oswins altem Häuserl.

Ach, was Urban nicht alles erfahren durfte und musste an diesen vielen Sonntagen.

Eine Sache bewegte seinen Kopf jedoch derart, dass er bislang außerstande war, sie mit Willenskraft auszulöschen.

Es war der Wettlauf mit der Zeit.

Urban hasste die Zeit. Sein halbes Leben war sie ihm davongaloppiert, und er war mit seinem Holzbein hinterhergehumpelt.

Außerdem brachte die Zeit Veränderungen mit sich, die er nicht mochte. Die Zeit hatte ihn alt werden lassen, sie hatte ihn verhöhnt, wenn sie ihm verdeutlichte, dass er nicht mehr mithalten konnte mit den anderen.

Seit dem Tag, an dem die Mure den Berg hinabgedonnert kam, führte er den letzten und gleichzeitig anstrengendsten Kampf gegen die Zeit, weil sie hier in der stillen Kammer hauste, ihn verhöhnte, weil sie nicht verging. Vor allem aber, weil sie ihn am Sterben hinderte. Wie lange sollte er noch hier im Fegefeuer weilen? Genug, befand er. Es war genug Zeit verstrichen! Worauf nur wartete das Jüngste Gericht? Der Heilige Michael, wann entschied er sich endlich? Hatte Urban nicht Buße getan durch all das Leid hier in der Stube?

Doch ahnte der Kraxner, dass bald die wahre, die gerechte Zeit kommen würde, weil die Glocken geläutet hatten, die Totenglocken, wie er meinte. Vorgestern hatte er sie in den frühen Morgenstunden vernommen, hell und lockend klangen sie. Bald würde es so weit sein, da war sich Urban sicher. Er würde sein Holzbein anschnallen und loshumpeln, nach oben, denn Gott müsste ihn aufnehmen in sein Reich, schließlich trug Urban, dessen war er sich gewiss, nicht an allem Schuld. Denn: Hätte der Herrgott nicht sein grausames Himmelsheer geschickt, wär's nicht passiert. Urban hätte den Buben wieder rausgeholt aus dem Loch. Nur ein paar Stunden hätte er ihn drinnen gelassen, bis der Bengel sich besonnen hätte und ihm den zweiten Fetzen Papier gegeben hätte. Oh, wie perfide der alte Tremplerbauer vorgegangen war! Alles aufgeschrieben hatte er für die Nachkommen, welches Verbrechen auf des Kraxnerbauern Schulter lag: der Tod eines Kameraden, der großen Silbertaler willen.

Und dieser Tremplerenkel, dieser Tobi!

Warum nur hatte er die Zeilen finden müssen? Wurzl, dieser Scheißköter, ja, bei dem hatte alles angefangen. Urbans Gedanken jagten sich gegenseitig, dass dem Kraxner ganz schwindlig wurde.

Wie war es Tobi ergangen in seinem dunklen Keller?

Die Mure, sie war schuld, er hätte ihn ja wieder rausgelassen, hätte die Mure nicht sein Bein zerschmettert.

Welche Qualen hatte er erlitten!

Ein paar Stunden nur hätte er ihn schmoren lassen, in der Tiefe. Mehr nicht! Sicher, sicher.

Welcher Tod hat ihn heimgesucht?

Verdurstet ist er, ja, schrecklich. Ich kenn das, Durst, Durst. Agnes, wann kommst?

Verwesung? Wie die Tiere auf dem Misthaufen, voller Würmer.

Welche Überreste?

Welche Beweise, Reste des kleinen Templerenkels? Und würde man diese finden, bevor Urban ins Jenseits beordert würde?

Welche Qual bedeuteten all diese schrecklichen Gedanken. Deswegen musste Urban gegen sie kämpfen! Kaum drohten sie, ihm in den Sinn zu kommen, hatte er die Quälgeister in kleine Schnipsel zerhackt, stets in der Hoffnung, die Zeit würde es schon richten, wenn sie für ihn tickte: Er müsste nur das Fegefeuer verlassen, bevor man den Buben, vielmehr seine Reste finden würde. Und das wurde von Jahr zu Jahr unwahrscheinlicher. Irgendwann hört ein jeder auf zu suchen. Templerbauer!, frohlockte Urban manchmal. Hast dich täuscht, schwer täuscht, wennst g'meint hast, dass dich mit dem Kraxner anlegen kannst. Nicht jedes Vergehen werd g'sühnt, nicht jedes. Weil Gott es manchmal net will.

Aus! Über Weiteres wollte Urban diesbezüglich nicht sinnieren. Zeit zum Schlafen, die ersten Sterne zeigten sich am Himmel.

KAPITEL 20

Als Isabel ins Freie trat, nieselte es nur noch feine Tropfen aus grauen Wolken. Sie öffnete den Schirm und eilte durch die Gassen zur Werkstatt. Dort klopfte sie an die Tür. Weil niemand antwortete, trat sie in den dunklen Raum. Die Lampe auf dem Tisch leuchtete schwach, doch eines erkannte Isabel sofort: Die Karte lag nicht mehr an ihrem alten Platz.

Ratlos setzte sie sich auf das Holzfass und dachte nach. Wo war Fertl? Nach einer Weile stand sie wieder auf, verließ den Raum und sah sich draußen um. Vom Schnitzer weit und breit keine Spur.

»Fertl«, rief sie mit unterdrückter Stimme, horchte einen kurzen Augenblick in der Stille und kehrte zurück in die Werkstatt.

Zögerlich näherte sie sich dem Tisch, warf einen kurzen, absichernden Blick zur Tür und öffnete dann mit klopfendem Herz die Schublade. Dort lagen, sorgfältig aufeinandergeschichtet, allerlei Zettel. Auf die einen waren Gedichte geschrieben, die anderen waren mit Skizzen von Krippenfiguren, Jesuskindern und Himmelsspitzen bemalt. Eilig kramten ihre Finger in Fertls Papieren, wirbelten sie durcheinander, knickten die Ecken, zerstörten die Sorgfalt. Wie im Rausch und gleichzeitig das schlechte Gewissen im Nacken spürend, wühlte Isabel, bis sie tatsächlich fand, was sie suchte.

Ganz unten, auf dem Boden der Schublade, da lag sie, die Speicherstadt des Hamburger Hafens.

Mit zitternder Hand fischte Isabel sie heraus. Julius, ach Julius, das kann doch kein Zufall sein, dachte sie. Das Bild der Speicherstadt ließ ihr Herz vor Aufregung wilde Sprünge machen. Dann wendete sie die Karte und begann zu lesen.

»Mein bester Fertl«, stand dort geschrieben. »Bevor ich übersetz, von der alten Welt in die neue, schick ich dir noch schnell diese Karte. Hier steh ich grad, gehe mit schwerem Herzen, das seit gestriger wunderschöner Nacht wieder zu klopfen begonnen hat. Hier in dieser Speicherstadt.

Sobald ich drüben bin und weiß, wo ich bleibe, dann kommt's mich besuchen! Alle, die noch wollen!

Pass auf dich auf, bleib gesund. Du fehlst mir, mein Freund.

Dein Luis.«

Isabel ließ sich auf Fertls Schemel nieder und atmete tief durch.

Sie spürte ihr Blut durch die Adern rasen, von den Zehenspitzen hinauf bis zu den Haarspitzen, alles pochte. Sie legte die Karte an ihr Herz. In die neue Welt ist er gegangen, sagte sie tonlos zu sich. In die neue Welt. Amerika. Ihr wurde schwarz vor Augen.

Da fuhr ein Windhauch durch das Geäst, dass es an die Fenster schlug.

»Er ist verkohlt«, hörte sie eine Stimme sagen. Fertl stand im Türrahmen und hielt die Muttergottes im Arm. Isabel sprang vom Schemel auf. Die Karte segelte zu Boden.

Fertl trat näher, hielt Isabel die Statue vor die Augen und sagte: »Schau, das Jesuskind hat sich den Fuß angeschwärzt. Mal sehen, was man da machen kann. Derf ich?« Er schob Isabel zur Seite, nahm auf seinem Schemel Platz und begann, den Christusfuß mit einem weichen Tuch zu polieren. »Ein paar Minuten später wär's um den Fuß vom Herrn g'schehen gewesen.« Er zog die Tischlampe zu sich, um besser sehen zu können. »Hast die Glocken läuten g'hört, gestern Mittag?«

Isabel schüttelte den Kopf. »Nein, habe ich nicht«, antwortete sie, sichtlich erleichtert, dass er ihre Indiskretion nicht angesprochen oder womöglich gar nicht bemerkt hatte. Fertl legte den Lumpen auf den Tisch und griff zur Stahlbürste.

»Sanft geht's nicht, verzeih mir, Herr«, sagte er und begann, am Ruß zu schrubben. »Willst dich net wieder setzen? Das Fass hab ich noch net wegg'räumt, wusst, dass'd wiederkommst.«

Isabel schwieg und nahm Platz.

»Gestern Mittag ist's g'schehn«, erklärte er nach einer Weile. »Deine Tochter hat die Muttergottes besucht.«

»Das wusste ich nicht«, antwortete Isabel.

Fertl pustete den gelösten Ruß vom Fuß. »Den reparier ich so, dass man nichts mehr sieht. Farbe drüber, wird schon gehen. Gut, dass die Cilli nachg'schaut hat, als die Glocken g'läutet haben.« Er stand auf und holte aus einem Wandkasten ein paar Farbtiegel.

»Ich verstehe nicht«, sagte Isabel.

»Deine Tochter hat eine Kerze anzündet und sie auf den Faltenwurf g'stellt. Siehst? Hier, da hat sie die Kerze hineingesteckt. Hat wohl dacht, dass dann das Wünschen besser geht.« Er lächelte kurz.

»Das tut mir sehr leid, ich komme selbstverständlich für den Schaden auf«, sagte Isabel sofort, doch Fertl reagierte nicht, sondern rätselte: »Was sich so a Kind wohl wünscht?«

Isabel erhob sich: »Ich weiß es nicht, ich glaube, es ist besser, ich gehe jetzt.«

»Schon?«

»Ja, nachsehen, wo meine Tochter ist, ich will von ihr wissen, was sie sich dabei gedacht hat.«

»Wohl, wohl.«

»Fertl, danke, dass ich bei dir sein durfte, schönen Tag«, verabschiedete sie sich, doch ehe sie die Tür erreichte, sagte Fertl auf einmal: »Ist g'schenkt. Die Karte, ich schenk sie dir. Ich hatte sie extra in der Schublade versteckt, damit ich weiß, ob du nach ihr suchst. Wollt wissen, wie wichtig sie für dich ist. Hast alles g'lesen, was er g'schrieben hat, der Luis?«

Isabel drehte sich langsam um und sah, wie Fertl sich bückte und die Karte aufhob. Er hielt sie dicht unter die Lampe. »Abg'schickt aus Hamburg am 6. Mai 1954.« Er hustete und spuckte ins Taschentuch.

»Kimm«, sagte er, nachdem er sich erholt hatte, »setz dich wieder her zu mir.« Er rückte das Fass näher an seinen Schemel. »Jetzt kimm scho.« Nachdem sich Isabel zögerlich gesetzt hatte, neigte er seinen Kopf dicht zu dem ihren. »Du suchst nach einem Mann, der Julius heißt, sagen's bei uns im Dorf. Man hat dir aber g'sagt, wir haben hier keinen Julius. Die Leut lügen net, haben ja auch keinen Grund dafür. Einen Julius hat's wirklich net bei uns geben.«

Isabel nickte. »Ja, das habe ich verstanden.«

»Aber es hat wohl einen Luis geben, ja, der lebte hier. Doch dann ist er eines Tages fortgangen. Ohne ein Wort zu sagen. Weit fort.«

Isabel sah ihn fragend an.

»Warum, willst wissen, stimmt's?« Er hustete wieder, dann fuhr er fort: »Luis wollt der Zeit entfliehen, weil's net vergangen ist und immer wiederkehrt ist im gleichen Gwand.«

Fertl atmete tief aus. »Ja, ja, die Zeit vergeht net, droben, auf'm Tremplerhof, wo er g'lebt hat, der Luis mit der Armut, mit der kranken Mutter, dem Vater und seinen G'schwistern. Rechtschaffene Leit warn's, aber arm.« Er schüttelte langsam den Kopf. »So arm. Und nix hat sich g'ändert am Leben, weil die Zeit die Erinnerung net gehen lasst und immer wiederkehren lasst.«

Seine blauen Augen sahen Isabel an. »Weißt, wie des ist, wenn man jeden Tag das Bett sieht mit all dem Blut, was die Mutter verlorn hat, bevor sie g'storbn is? Weil es jeden Morgen wieder aufs Neue da ist, auch wenn man am Abend die Laken g'wechselt hat. Und wenn man seine Gschwister sieht, auch wenn's gar nimmer auf der Erd sind, weil der Tod sie im Krieg g'holt hat. Wenn ihre Schuh jeden Morgen wieder unterm Ofen stehen, auch wenn man sie vorher in den Keller g'stellt hat? Weißt, was das für Martern sind, wenn man sieht, dass das Leben an einem vorüberzieht, ohne dass es sich ändert, weil die Zeit net geht, sondern stillsteht?«

Isabel wusste nicht, was sie sagen sollte, also blieb sie schweigsam, in der Hoffnung, er würde weitersprechen.

»Weil alles anders werden sollt in der Zukunft, wollte und konnte der arme Luis nix mitnehmen von einst: nicht seine Liebe, nicht seinen Vater, nicht seine Katz.«

Er zögerte kurz. »Und nicht seinen Namen. Aus Lius wurde Luis, Julius, einfach umdrehen, der Folge eine andere Reihe geben.« Fertl lächelte verschmitzt. »Aber a bisserl ist er hierblieb'n, hier bei mir. Geh, Luis, kimm her«, lockte er mit zärtlicher Stimme, und sofort bewegte sich etwas in der dunklen Ecke. Es erhob sich und schüttelte sich, dann sprang es auf den Boden und kam angeschlichen. »Luis, hab ihn so g'nannt, den Kater. Ist ein Nachkomme von Luis' alter Katz.«

Das große Tier sprang Fertl auf den Schoß und begann laut zu schnurren, dabei tropfte ein kleiner Spuckefaden aus dem Maul. Fertl streichelte dem Kater über das Fell und sagte:

»Weißt, er versteht, was ich sag, weil er unsre Sprache kennt, Luis hat's den Tieren beigebracht, das konnt' er, weil er mit den Tieren g'sprochn hat.« Er hob das Tier an seinen beiden Vorderpfoten in die Höhe und ließ es auf seinen Hinterbeinen balancieren.

»Ist a besonderes Tier, weißt? So lang hab ich ihn schon hier, und immer noch schaut er aus wie am ersten Tag, wo er kemma ist. Müsst schon recht alt sein, hat aber noch kein graues Haar. Kimm, Luis, zeig, wiast tanzen kannst.« Der Kater biss Fertl zärtlich in die Hand.

»Tanzen g'fallt ihm net, dem Luis, da werd er bös!«, sagte er und ließ ihn wieder auf seine vier Füße nieder. »Lasst sich sonst von keinem anfassen, der Luis, geht jedem aus dem Weg.« Er stupste ihm an die Nase. »Geh? Bist a schönes Tier, a stolzes Tier.«

Isabel wurde schwindlig, alles drehte sich in ihrem Kopf.

»Willst an Tee?«, fragte Fertl. Sie nickte. Er hob den Kater auf den Tisch, ging zum Ofen, auf dem eine blecherne Kanne stand, und schenkte einen Becher ein.

»Da«, sagte er, »tut gut.«

Dann setzte er sich auf seinen Schemel und nahm sich wieder des Heilands Fuß vor. »Zartes Rosa, mal sehen, ob wir die Farbe hinbekommen.« Er öffnete ein paar Tiegel und begann zu mischen.

Nachdem Isabel den Tee getrunken hatte, wagte sie zu fragen: »Wo liegt er denn, der Tremplerhof?«

»Unerreichbar. Droben, weit droben, Richtung Gipfel«, antwortete Fertl und rührte mit dem Pinsel in den Farben. »Glaub, so ist's gut, Jesus, gib her deinen Fuß.« Mit feinen Strichen bemalte er den kleinen Zeh. »War schon lang keiner mehr da, gibt kein Weg nimmer hoch.« Dann schenkte er Isabel ein mildes Lächeln. »Aber erzählen kann ich dir von ihm. Willst sie hören, die G'schicht vom alten Tremplerhof?«

Isabel nickte. »Erzähl, Fertl, bitte erzähl mir alles.«

Und er begann zu erzählen, Stund um Stund, bis es draußen dämmrig wurde. Von der Zeit, der Vergangenheit und der Gegenwart, von der Armut auf dem Hof, vom alten Tremplerbauern, seiner schwerkranken Frau, für deren Genesung kein Geld übrig war, vom Entschwinden seiner Bewohner, vom Sohn Luis. »Niemand ist mehr zurückkehrt. Auch Tobi nicht, des alten Tremplerbauern Enkel.« Er sah Isabel tief in die Augen.

»Luis' Sohn.«

»Luis' Sohn«, wiederholte Isabel. Ihre Stimme bebte.

»Ja«, sagte Fertl. »Aber niemand hat's g'wusst, weder

der Luis, dass er an Sohn hat, noch der Bub, was er für an Vater hat.«

Schwerfällig erhob sich Fertl von seinem Stuhl, ging vor die Tür und kehrte mit einem Arm voller Holzstücke zurück. »Zwölf Jahr war er alt, als er verschwunden ist, der Bub. Grad zwölf Jahr ist er g'worden. Kein Alter für den Tod, denn leben tut er nimmer, des glaubt keiner mehr hier. Begrab'n haben's ihn ohne Leich«, murmelte er, während er die Ofentür öffnete und das Holz in die Flammen steckte. »Net dass dir kalt werd!«

Dann schenkte er Tee nach und setzte sich wieder auf seinen Schemel.

»Oh, Fertl, wie fürchterlich traurig das alles klingt«, sagte Isabel. »Darf ich fragen, wie es Tobis Mutter erging?«

»Ach ja, die Agnes«, seufzte er. »Die Agnes, was für einen Schmerz hat sie erdulden müssen, die Tochter vom Kraxnerbauern.« Er wandte sein Gesicht von Isabel ab und blickte zum Fenster. »Da hinten, am großen Hof, hast eh schon g'sehn, da wohnt das Unglück, wie man es sich größer net vorstellen kann.«

Fertl verfiel in langes, tiefes Schweigen. Heftiger Regen prasselte auf das Dach, die Zweige kratzten am Fenster, und im Ofen brannte es lichterloh.

Isabel wagte nichts mehr zu fragen, denn sie fühlte, wie sich Finsterkeit und Trauer über alles senkten, was sich hier im Raum befand.

Stumm betrachtete sie den hageren Rücken des Schnitzermeisters. Ein Zucken durchdrang ihn, wie man es von Trauernden kennt, wenn sie gegen Tränen kämpfen.

»Was nur hätt ich tun soll'n«, hörte sie ihn leise sagen. Dann wischte er sich mit seinem Handrücken über das Gesicht, wandte sich Isabel wieder zu und setzte die Geschichte fort, wie der Bub seinen Hund suchen gegangen war, weil ein Unerbittlicher dem armen Tier die Ohren abgehackt hatte, und beide seitdem nie mehr gesehen worden waren.

Zum Schluss erzählte er von den Seelen der Entschwundenen, die, so wussten die Leute in Fuchsbichl, all jene wieder zurücklockten zum Templerhof, deren Wurzeln dort einst entsprossen waren. Weil nichts verschwinden sollt, bei der Armut.

Jesus lag inzwischen zum Trocknen vor Isabels Füßen und lächelte. Fertl war auf seinem Schemel zusammengesunken, den Kopf gesenkt. »Ja, so sind's, die Templers. Man kann sie net vergessen.«

Müde blickte er Isabel in die Augen: »Aber das kennst ja selbst, auch du hast ihn net vergessen, du net und deine Tochter net, auch wenn sie ihn net kannte. Ich seh's ihr an. Das feine Wesen, die schwarzen Locken, die klaren Augen, die dunkle Haut.«

Seine Stimme wurde leise, als wollte er die Worte vor ungebetenen Zuhörern verbergen. Er beugte sich vor und flüsterte Isabel ins Ohr.

»Ich weiß, sie ist eine von den Templers!«

Die Blätter vor dem Fenster zitterten und tanzten, es war, als durchwehten Geister das Gestrüpp.

Erzähl, bevor es zu spät wird, erzähl's ihm, dachte Isabel. Und so sprach sie, bis es dunkel geworden war in der Werkstatt und der Mond hinter den tanzenden Büschen aufging. Vom Hamburger Hafen, von der kurzen Liebe, von Lea und ihren Schlafwandeleien. Und von dem kleinen Hund mit den verstümmelten Ohren, der ihnen vor das Auto gelaufen war.

Kein einziges Mal hatte Fertl sie angeschaut, während sie erzählte, immer zerbrechlicher hatte er auf seinem Schemel ausgesehen, so als würde sich die Geschichte auf seinen Schultern niederlassen, schwer und bleiern.

Als alles erzählt und nichts mehr hinzuzufügen war, erhob sie sich. »Ich dank dir, dass du so mit mir gesprochen hast, Fertl. Ich gehe jetzt. Tut mir leid mit der Karte, ich wollte das so nicht. Aber bitte versteh mich.«

Doch Fertl blickte nur stumm vor sich hin. Als Isabel die Tür öffnete, sagte er leise, so leise, dass sie es fast nicht verstehen konnte:

»Hör auf zu suchen, wie all die anderen auch, die ein Teil von ihm sind oder waren, weil sie ihn vermissen. Die Suche macht wahnsinnig, weil sie vergebens ist. Denn der Trempler, der holt sie alle zurück, die zu ihm gehören. Und er gibt sie nimmer her.«

Als Isabel vor die Tür trat, war es spät, aber nicht zu spät, denn es brannte noch Licht in Fuchsbichls Häusern.

Welch unheimliche Macht war hier am Werk, welch unvorstellbare Verknüpfung von Zufällen, beginnend mit der Bezauberung, die nicht größer hätte sein können, als sie damals in der Hafenkneipe war. Die Zufälle setzten sich fort mit dem Bildnis eines Berges, das hinterlassen worden war. Und welche Faszination hatte dies ausgeübt! Eine so mächtige, dass es Leas Gedanken beschäftigte und sie Nacht für Nacht umherirren ließ, mit sehnsuchtsvollen und traurigen Blicken. Und nun schien es, als wäre das Kind wie eine Marionette, an unsichtbaren Fäden baumelnd, hierher gezogen worden, zum Templerhof am Himmelsspitz.

Isabel war übel. Gehetzten Schrittes ging sie durch die menschenleeren Gassen, als säßen die Geister auch ihr im Nacken und raunten: »Bedenke, bedenke und frage dich, gibt es solche Zufälle, oder sind nicht wir am Werke?« Sie blieb kurz stehen, blickte in den sternenklaren Himmel und schüttelte sich, als wollte sie die geheimnisvolle Mystik von sich streifen, die sie in Fertls Werkstatt umhüllt hatte. Nein, es gibt keine Geister! Doch nicht hier, inmitten jenes Ortes, den die Zukunft so fest im Griff zu haben schien, mit all den modernen Hotels, Tanzcafés und Liftanlagen. Nicht hier.

Doch dann drängten sich ihr wieder die Bilder der unglaublichen Schicksalsfügungen auf, die keine sein konnten. Tobis Hund, der just in jener Sekunde die Straße überquert hatte, als sie des Weges kamen. Als hinge selbst das kleine Tier an den Fäden der Geister von dort droben.

Fort von hier, so schnell wie möglich, fort von den Zufällen und Erinnerungen, die sich oben im Tremplerhof zu vereinen schienen!

Gleich, wenn sie ins Hotel zurückgekehrt sein würde, müsste sie es Horst sagen. Auch wenn er einige Fragen zu stellen hatte, unter anderem auch jene nach Isabels Verbleib bis zu so später Stunde. Sie würde darauf keine Antwort geben, denn er könnte es nicht verstehen. Stattdessen würde sie ihm mitteilen, sie wolle sofort nach dem morgigen Frühstück die Koffer packen und zurück nach Hamburg fahren.

Eines jedoch musste Isabel noch wissen, bevor sie Fuchsbichl verließen: Wie sah sie aus, die erste große Liebe von Julius, die Mutter von Leas Bruder?

Leise näherte sie sich dem großen Hof. In zwei seiner Fenster brannte Licht. Hinter dem ersten sah Isabel die

Küche. Dort saß ein Mann am Tisch, den sie schon öfters im Ort gesehen hatte. Er war eingeschlafen.

Isabel schlich weiter, hinüber zum anderen Fenster. Es war weit geöffnet. Durch die Blumen, die in den Kästen davor hingen, sah sie die Frau, wie sie vor Marias Bildnis kniete, mit zotteligem Haar, kaum älter als Isabel und doch so verblüht und grau. Eine schöne Frau muss sie einst gewesen sein, dachte Isabel mit klopfendem Herz, berührt und gefesselt von diesem Anblick. Auf einmal begann die Betende unruhig zu werden, ihre Blicke wanderten hin und her, sie bekreuzigte sich mehrmals und wisperte: »Jetzt sind's da, Muttergottes, jetzt kommen's und bringen mich ins Spital. Bitt für uns, auf dass wir uns wiedersehn, alle miteinander. Alle, die a Lieb im Herzen tragen.«

Langsam und geduckt kroch Isabel rückwärts, bis sie meinte, die Dunkelheit habe sie geschluckt, dann lief sie, so schnell sie konnte, zurück zum Hotel.

Horst saß unten in der Lobby, trank ein Glas Wein und las Zeitung.

»Ah, das freut mich aber sehr, dass ich dich heute auch noch zu Gesicht bekomme«, raunte er. »Wo warst du denn die ganze Zeit?« Seine bösen Blicke musterten sie von oben bis unten. »Wie siehst du denn aus? Sägemehl an deinem Rock! Warst sicher wieder bei dem Tischler?«

Isabel nickte. »Er hat mir von früher erzählt, wie es hier im Ort ausgesehen hatte«, log sie.

»Isabel, so geht das aber nicht. Lässt mich hier den ganzen Tag allein sitzen. Darf ich dich außerdem noch daran erinnern, dass du ein Kind hast? Fräulein Lea!«

Immer, wenn Horst »Fräulein Lea« in den Mund nahm, wusste Isabel, es würden Beschwerden über das Kind folgen. Und so kam es auch.

Der Urlaub hier in den Bergen habe keinerlei Besserung bei Lea bewirken können. Das Fräulein wandle nachts genauso umher wie zu Hause, es sei überdies noch verschlossener geworden, zumindest ihm gegenüber, es würde sich, wie Mutter Isabel, dauernd im Ort herumtreiben, und …

»Horst, lass uns morgen zurückfahren«, unterbrach ihn Isabel plötzlich.

Er sah sie mit erstaunten Augen an.

»Wie bitte? Habe ich richtig vernommen? Du willst vorzeitig zurück? Woher der plötzliche Sinneswandel?«

»Ich fühle mich nicht wohl. Außerdem ist das Wetter nicht gerade einladend. Findest du nicht?«

»Darf ich dich daran erinnern, dass ich von Anfang an gegen diesen Urlaub war und ans Meer fahren wollte? Aber nein, Fräulein Lea sollte ja am Himmelsspitz genesen, am Ende der Welt. Aberwitzig, sinn- und nutzlos war diese Idee.«

Geräuschvoll faltete er die Zeitung zusammen und legte sie auf den Tisch.

»Gut, meine Beste, wie du wünschst. Morgen früh packen wir die Koffer und steigen in den Kapitän.«

»Lieb von dir«, sagte Isabel und küsste ihm die Wange. »Es ist spät, ich gehe schlafen, kommst du auch?«

Horst nickte. »Ich bleibe nur noch auf einen kurzen Drink.«

Eilig lief sie die Treppen hoch. Leas Zimmertür war angelehnt, Isabel schlich hinein. Das Kind schlief. Auf der Bettdecke waren allerlei Erinnerungsstücke an den Himmelsspitz verteilt: unterschiedliche Steine, kleine Moospolster und ein paar bizarr geformte Äste. Auf dem Nachttisch lag Fuchsbichls kleine Welt, wie Lea sie sah, mit ihren Bewohnern, Menschen und Tieren. Isabel setzte sich an den Bettrand und streichelte ihrem Kind über das Gesicht. Dann sammelte sie all die kleinen Naturschätze vom Bett und legte sie leise auf den Tisch. Die Kleine, sie fühlt sich hier so wohl, als ahnte sie, dass ein Teil ihrer Wurzeln hier begründet liegt, dachte Isabel.

Sie küsste Lea auf die Stirn. »Schlaf gut, meine Kleine.«

Dann ging sie in ihr Zimmer, wo sie die Balkontür öffnete. Kühler Nachthauch umströmte sie. Isabel lehnte sich an die Brüstung und ließ ihre Gedanken in der funkelnden Nacht versinken.

Morgen werden wir im Wagen sitzen, nach Hause fahren. Im Gepäck werden Erinnerungen liegen, Steine, Moos, Äste und Bilder, solche einer kleinen, geheimnisvollen Welt.

Lange stand Isabel so da, bis ihr kühl wurde. Sie schloss die Balkontür und kleidete sich aus. Sie streifte das Seidenhemd über und kämmte sich die Haare. Sie sprühte ein wenig *Eau de Savage* auf den Nacken und legte sich in die weichen Federn. Normalität sollte wieder Einzug halten, beginnend mit all den Liebkosungen, die Horst brauchte, um glücklich zu sein.

Als sie die Augen schloss, kam er ins Zimmer. Isabel hörte das Rascheln seiner Kleidung, dann spürte sie, wie er zu ihr kam. Sie öffnete Arme, Mund und Beine. Alles sollte wieder werden wie vorher, vor ihrer Fahrt zum Himmelsspitz.

Während Isabel die Erinnerung mit Umschlingungen zu vertreiben versuchte, kletterte Luis den Baumstamm hoch, der neben ihrem Balkon stand. Er schlich die Brüstung entlang, wandte seinen großen Kopf kurz zu den sich Paarenden. Dann nahm er einen großen Satz und sprang hinüber auf Leas Balkon. Dort setzte er sich vor die Tür und blickte mit funkelnden Augen ins Innere des Zimmers, zum schlafenden Kind.

KAPITEL 21

Mit allergrößter Anstrengung versuchte Urban, den erlösenden Schlaf herbeizudenken. Kinder werden in den Schlaf gesungen, Erwachsene arbeiten den ganzen Tag, sodass sie sofort, nachdem sie sich in die Kissen gelegt haben, ins Reich der Träume getragen werden. Lebewesen, so wie er eins war, mussten sich in den Schlaf denken, was bedeutete: Gedanken ausschalten, die einen wach halten, und solche finden, die einschläfernd wirken. Diese Nacht galt es, jene Überlegungen auszuschalten, die sich um Agnes und den Köter drehten. Um seine Tochter, die manchmal so garstig sein konnte, und um Wurzl. Man hatte ihn also gefunden. Würde man etwa auch Tobi finden? Doch schon kappte er jeden weiteren Gedanken und konzentrierte sich wieder auf das Einschlafen. Urban hatte diesbezüglich ein gewisses Geschick entwickelt. Voraussetzung war, Agnes hatte ihn auch fürs Jenseits gebettet, was heute gottlob der Fall war. Im Diesseits gab es nachts nämlich wenig zu sehen, im Jenseits jedoch sah Urban das Himmelszelt, in dem die vielen kleinen und großen Sterne leuchteten. Aus den winzigen Himmelskörpern formte Urban Figuren, aus diesen wiederum Geschichten. Und wenn ihm nichts einfiel, dann zählte er die Sterne, die im Fensterrahmen hingen, so lange, bis ihm vor Anstrengung die Augen zufielen. Was für eine klare Nacht war heute, dachte er. Nach all dem vielen Regen der vergangenen Wochen.

Wie spät es wohl sein mochte? Urban hatte das Gespür für die Zeit hier in der Kammer verloren, was er in Anbetracht seines angeschlagenen Verhältnisses ihr gegenüber nicht schlimm fand.

Während er so nachdachte, klopfte es auf einmal an seine Kammertür. Jetzt? Um diese Zeit? Zu der ihn gewöhnlich niemand mehr besuchen kam?

Aus seinen Augenwinkeln heraus sah er, wie Fertl ins Zimmer kam, mit einem Jutesack in der Hand. Schnell schloss der Kraxner die Augen, einen Schlafenden kann so leicht nichts erschüttern, dachte er, fürchtend, dieser ungewöhnliche Besuch könnte Ungewöhnliches oder gar Unangenehmes bedeuten.

Urban hörte zuerst ein dumpfes Geräusch – Fertl hatte wohl den Sack auf den Boden gelegt –, dann entschlossene Schritte, wie sie in der Kammer auf und ab gingen. Hin zum Fenster, zurück zum Bett. Plötzlich überfiel Fertl ein Husten, so heftig, dass Urban fürchtete, der Schnitzer würde ersticken und somit noch vor ihm das Zeitliche segnen. Doch hielt der Kraxnerbauer seine Augen eisern geschlossen und harrte scheinbar schlafend dessen, was kommen sollte.

»Zwei Sachen muss ich dir sagen, Kraxner«, begann Fertl schließlich.

»Erstens. Hab dir was mitbracht, hier im Sack. Ich glaub, es ist Zeit, dass ich's dir zurückgeb, nach all den Jahren. Kannst dich noch erinnern, an die Nacht, wo'st der Agnes und dem Luis hinterherg'schlichn bist? Rauf zur Jagdhüttn vom alten Oswin?«

Das Beil!, schoss es Urban durchs Hirn, richtig, das Beil hatte er da fallen gelassen in jener Nacht, in der der Halunke Luis seine Agnes so unverschämt liebkost hatte.

Fertl!

Er war es also gewesen. Ausgerechnet der Jesusschnitzer! Er hatte das sündige Paar beschützt. Wieso nur war er, der sonst so schlaue Urban, da nicht vorher schon draufgekommen?

»Urban, du hättest Agnes mit Luis gehen lassen sollen. Da hätt sie es besser g'habt als hier auf dem Kraxnerhof. Aber du hast ihr die Liebe nicht vergönnt, hast den Luis von heut auf morgen fortg'schickt, weilst g'wusst hast, dass der Luis warten wollt mit dem Fortgehen, bis Agnes mitkommen wär. Aber du hast ihn erpresst: ›Entweder du gehst sofort, oder ich dreh dem Tremplerhof das Wasser ab‹, hast droht.«

Hat der Bastard Luis dem Fertl also alles erzählt, was passiert war im Morgengrauen, wo Urban dem Templersohn aufgelauert hatte. Ist jetzt auch einerlei, dachte der Kraxner und hoffte, Fertl möge nun endlich verschwinden. Doch es kam anders, denn der sagte:

»Das andere, was ich noch zu sagen hätt: In zwei Stunden fangt der Sonntag an.«

Sagst mir nichts Neues, dachte Urban.

»Ist ein besonderer Tag, vor allem für die Agnes, Urban. Es ist Tobis Todestag. Weißt des?«

Todestag? Keine Ahnung hast du, Kerl! Am liebsten würde er Fertl an seinem Kragen packen und schütteln. Wo ist denn die Leiche? Ha? Wochenlang hatten die Fuchsbichler mit Spürhunden die Mure abgesucht, doch nichts gefunden. Wer kann da Todestag feiern? Höchstens Vermisstentag. Also lass mir meine Ruhe, Kerl!

Urban hörte, wie Fertl einen Stuhl an den Bettrand schob und sich setzte. Er spürte, wie die Schnitzerhand an seiner Schulter rüttelte, um ihn zu wecken. Augen zu, Kraxner, lass sie zu! Um noch überzeugender als Schlafender zu wirken, klappte Urban nun auch noch sein Kinn nach unten und entließ einen geräuschvollen Schnarcher. »Bist halt mit allen Wassern g'waschn, Kraxnerbauer, sogar jetzt, wo du nichts mehr zu verlieren hast, nicht amal mehr das Leben, weil a Leben ist des ja nimmer, wast hast.« Fertl hielt kurz inne, bevor er weiterfuhr: »Cilli ist heut zu mir kemma. Sie hat mir was auf einen Zettel g'schrieben. Für dich. Soll ich's dir vorlesen? Urban? Brauchst nur mit dem Kopf zu nicken.«

Doch Urban blieb beharrlich bei seinem vorgetäuschten Tiefschlaf, alles andere hätte ungute Folgen, meinte er zu wissen.

Es raschelte Papier. »›Lieber Fertl‹, hat Cilli g'schriebn, ›wir beide wissen doch, wie es um alles steht. Geh hin und sag's ihm, dem Urban, damit der Bub, Agnes und er a Ruh finden, sag's ihm, dass dann nimmer lang dauert, bis er aus dem Fegefeuer rauskommt, wenn er ein Zeichen gibt, dass er sich am Buben versündigt hat, damals am Tag des Schützenfests.‹«

Niemals, niemals, dachte Urban, war nur ein dummes Missgeschick, keine Sünd, kein Fegefeuer, Kerl, verschwind endlich und lass mich.

Doch Fertl sprach weiter: »Urban, du weißt doch, dass Cilli so oft a Ahnung hat von dem, was kimmt, also mach die Augen auf und schau mich an. Gib mir ein Zeichen, wenn'st schon net redest.«

Urban spürte Fertls Lippen am Ohr. »Und, Urban, jetzt sollst das auch noch erfahren. Horch gut zu!«

Kranker Atem hauchte dem alten Kraxner die Geschichte von Wurzl ein, dass der all die Jahre gelebt hatte und vor ein paar Wochen unter den Reifen eines Wagens verendet war.

»Willst sicher wissen, woher ich des weiß?« Fertl holte tief Luft, hustete kurz und sagte dann: »Von Cillis Gästen. Sie kommen aus Hamburg. Ausgerechnet unter deren Wagen hat der Hund seinen Tod gefunden. Verstehst, Urban?«

Wurzl – Tobi – Versehen – Durst – Qual – Tod – Verwesung.

Die Erinnerung umfasste Urbans Nacken und drückte ihn ins Kissen, dass der Kraxnerbauer das Gefühl hatte, keine Luft mehr zu bekommen.

Erpressen hatte der Bub ihn wollen, damals, am Schützenfest. Plötzlich war er dagestanden, mit diesem Fetzen Papier. »Da bist ja, hab dich g'sucht. Da, lies!«, hatte er gesagt, der Bub. Vor Urbans Augen tauchte die Schrift des alten Tremplerbauern auf, klein, krakelig, wie die eines Kindes:

»Bevor ich geh für immer, will ich sagen, was ich weiß.
Denn große Schuld hat der Kraxner Urban
auf sich geladen,
lange hab ich geschwiegen, weil i net verlieren wollt
des wenige, was wir haben.
Aber jetzt, wo keiner mehr da ist, hoff ich,

dass die Wort gefunden werd'n.
Dass a jeder weiß, was g'schehn ist, damals im Krieg.
G'sehn hab ich es, wie der Kraxner Menschen hat …«

An dieser Stelle war der Zettel zerrissen, der zweite, alles verratende Teil war abgetrennt worden.

Urban war schwarz vor Augen geworden, in seinem Kopf hatte es gebrummt wie in einem Hornissennest, die Hitze, die Schmerzen, der Alkohol. Verdammt, reiß dich zusammen, Urban.

Langsam hatte sich der Kraxner an dem Haflinger in die Höhe gezogen. Ruhig verstaute er seinen Flachmann in der Tasche, dann setzte er sich den Hut auf den Kopf, fasste den Buben ins Auge und zischte durch die Zähne:

»Willst du mir etwa drohen, willst mich erpressen?«

»Sag, warum hast des mit dem Wurzl g'macht? Sag, wo hast ihn hintan? Hast in derschlag'n?«, schrie der Junge.

»Bub, der Hund war net artig, hat mein Holzbein g'stohln. Hättest besser aufpassen müssen auf das Vieh, ich hab dich g'warnt. So, und jetzt sagst mir, wo der Rest vom Zettel ist.«

»Erst gibst mir den Wurzl zurück!«, erwiderte Tobi trotzig.

Da packte Urban den Jungen am Genick.

»Des andre Zettelstück, hab ich g'sagt, wo hast des?«

»Erst Wurzl«, schrie Tobi.

Da drückte der Kraxnerbauer zu, bis das Gesicht des Buben blau anlief und er japste: »Droben, am Templerhof, da droben liegt er.«

»Dann gemma, gemma, sofort!«, brüllte Urban und schob Tobi, ihn wie einen kleinen Hasen am Genick haltend, vor sich her. »Gemma zum Templerhof.«

Oh, schlau hatte er es angestellt, auf dass es eines Tages herauskommen würde, Urbans Verbrechen. So hatte der alte Tremplerbauer es sich gedacht, bevor er verschwunden war.

Dann waren sie losgezogen, rauf über die Wolfsschlucht, hoch in die Wälder, Großvater und Enkel, zum letzten Mal gemeinsam.

»Urban«, holte ihn nun Fertls Stimme zurück in die Kammer, »die Hamburger Gäste sind nicht zufällig herkemma, sondern das Schicksal hat es so wolln, das Schicksal, das von droben kimmt. Weil so an Zufall es net gebn kann. Hast g'hört? So an Zufall gibt's net, denn horch genau, was es noch zu sagen gibt. G'storbn ist der Wurzl in den Armen eines kleinen Mädchens. Sie heißt Lea. Sie ist sieben Jahre alt.«

Und?, dachte Urban. Und? Was soll mich das rühren? Geh doch endlich, Jesusschnitzer! Urban wollte seine Sterne zählen und schlafen. Einfach nur schlafen. Doch Fertl tat ihm nicht den Gefallen, im Gegenteil, er setzte sich wieder hin.

»Das Mädchen, diese Lea, sie schaut aus wie der Tobi einst. Urban, des ist kein Zufall, des ist a Hinweis des Schicksals, zeig Reue und verrat, wo er ist, der Tobi«, mahnte er eindringlich. »Der Bub war nicht unter der Mure verschüttet, so wie du es behauptet hattest, als Karl dich g'funden hat. Sag, was du mit dem Jungen g'macht hast. Gib Agnes ihren Sohn wieder, damit sie ihn Gott übergeben kann und eine Ruh findet. Es ist jetzt allerletzte Zeit.«

Urban spürte Fertls Fäuste auf seiner Brust, wie sie ihn tief in die Matratze drückten. Was schon sollte geschehen, was noch kommen?

Er klappte seinen Kiefer wieder zurück und lächelte, wie friedlich Schlafende es zu tun pflegen, wenn sie in schöne Träume tauchen. Dabei hoffte er, sein heftig klopfendes Herz würde ihn nicht verraten.

Auf diese Weise verharrten beide in Stille, Fertl und Urban, ein jeder darauf wartend, dieser quälende Moment würde endlich vorübergehen.

Schließlich erhob Fertl sich und öffnete das Fenster. Ein kalter Windhauch durchzog die Kammer.

»Was für eine klare Nacht heut, keine Wolke mehr am Himmel«, sagte er und seufzte tief.

»Alsdann, Urban, du willst es net anders! Dann bleibst allein in deiner Schuld. Das Fenster lass ich offen, damit'st besser spürst, was gleich draußen vorgeht, in dieser Nacht. Soll eine besondere Nacht werden, hat Cilli auf dem Zettel g'schriebn. Das spürt sie.«

Dann herrschte Stille in der Kammer, nur der Wind pfiff und heulte jämmerlich. Urban fühlte milchigweiße Nebelschwaden, deren Konturen sich pfeilschnell änderten. Rundlich geballt waren sie, als sie durchs Fenster geströmt kamen, und riesig gebläht in der Kammer, auf dass sie alles zu fassen bekämen, was es zu durchwehen gab, auch Urbans schütteres Haar. Und plötzlich wurden die Schwaden schmal und spitz und sausten hinaus durchs Schlüsselloch, die Stiegen hinunter, quer durch den Stall. Urban schauderte. Es strömten Geister durch seine Kammer, ja, so sahen sie wohl aus, die Tremplergeister!

Der Kraxnerbauer zitterte am ganzen Körper. War Fertl noch im Raum? Hatte er die Geister gerufen? Oder war er gar selbst nur ein Unheil bringendes Gespenst gewesen? Hatte Urban alles nur geträumt, oder war alles ein Anzeichen für den Abschied vom Diesseits? Lange Zeit lag er so da, benebelt vom Geisterhauch, bis er schließlich wagte, die Augen zu öffnen und den Kopf nach links zu drehen. Tatsächlich, Fertl war verschwunden. Spur- und geräuschlos wie ein Geist.

Urban spürte und hörte, wie seine Zähne klapperten. Sollte er froh oder betrübt sein ob dieser Anzeichen, dass etwas von ihm noch lebte? Er wusste es nicht. Eines jedoch war ihm klar: Von nun an würden ihm die Stunden davonlaufen, hier in dieser Kammer, in der sonst neben dem Bauern selbst nur noch die Zeitlosigkeit zu Hause war. Die Gedankenschnipsel, die er sonst so erfolgreich fabrizierte, Wurzl – Tobi – Qual – Durst – Tod – Verwesung, fügten sich wie von unsichtbarer Hand geführt zusammen, knüpften ein Seil, das sich um Urbans Hals legte und ihn in die Höhe zog. Machtlos war er über die Gedanken, die auf einmal Formen annahmen und ihm Bilder zeigten, Bilder des Weges hinauf zum Himmelsspitz.

Sein Herz begann zu pochen, laut und schnell, als täte sein Körper die Schritte, nicht seine Gedanken. Das Seil schnürte ihm die Luft ab, sodass er zu japsen begann. Er wollte sich der Umschlingung entreißen, doch womit nur, klebten seine Hände doch auf der Brust, die knochigen weißen Finger ineinander verwachsen, sodass sie nichts mehr tun konnten für den alten Kraxner. Und so ging's weiter hinauf des Weges.

Hirngespinste, nichts anderes, dachte Urban noch verzweifelt, doch der Strang zog ihn immer höher, bis er am Ort der Erinnerungen angekommen war, dort, wo die Zeit stillstand. Und die tanzenden Nebelgeister schwebten vor ihm hinweg, sie öffneten ihre großen Mäuler und jaulten mit kalter Luft dem Kraxnerbauer ins Gesicht: »Oh Urban, oh weh, sieh, komm mit und sieh, was du angerichtet hast.« Füchse, Hasen, Dachse und Rehe standen Spalier, über das sich ein Netz dichter Spinnweben gelegt hatte. »Er kommt«, wisperten die einen, »zu spät, zu spät« die anderen. »Ruhe, alle mal Ruhe«, krächzte der Hennengeier, der, bis auf eine Feder, nackt am Pfahl hing. Und die Tiere hielten ein, die Schwaden ließen sich zur Erde, wo sie wie Wellen langsam auf und ab tanzten. Der Wind verzog sich in die Baumwipfel. Und da konnte man es hören, leise, leise und doch so erbarmungsvoll bittend, dieses Heulen und Wimmern, das aus der Tiefe des Templerhofs kam.

Ein letztes Mal füllte Urban seine Lungen mit der Luft des Diesseits, dann, uhhhhh, presste er sie mit einem grauenvollen Schrei nach draußen, durchs Fenster. Ins Jenseits.

Die Raben, Elstern und Habergeißen erhoben sich von ihren Bäumen und segelten durch die Lüfte. Ihr Totenlachen hallte über das Tal.

KAPITEL 22

Lea hatte sich bereits auf dem Weg zu ihren Träumen befunden, als leises Rascheln sie zurückholte. Sie blinzelte kurz und sah, wie ihre Mutter Moos, Steine und Äste vom Bett auf den Tisch räumte und die Zeichnung auf den Nachttisch legte. Dann spürte sie einen Kuss, vernahm das Klacken der Tür und glitt wieder langsam zurück in die Tiefen des Schlafs. Irgendwann, zu später Stunde, nachdem der Mond Silberpuder über Fuchsbichl gestreut hatte, saß auf einmal Luis vor ihr. »Komm mit mir«, schnurrte er.

»Wohin gehen wir?«, fragte Lea.

»Auf den Himmelsspitz. Das wolltest du doch immer«, antwortete der Kater und funkelte sie dabei mit seinen gelben Augen an.

Und so machten sie sich auf den Weg. Sie schlichen durch den schlafenden Ort, an der Kapelle und am Hof vorbei, in dem die schwarze Frau wohnte. Lea sah sie am Fenster stehen, wie sie lächelte und ihnen zuwinkte. Als sie das Stallgebäude passierten, schlug im ersten Stock ein Fenster auf und zu. Ein alter Mann stand dahinter, mit der einen Hand schwenkte er ein Holzbein, mit der anderen eine Axt. »Wehe, ihr geht hinauf zu ihm«, rief er den beiden drohend zu und zeigte dabei seine zahnlose Mundhöhle.

»Lass ihn reden, hör nicht auf ihn«, knurrte der Kater. Hinter der großen Kurve, am Findling, verließen sie den befestigten Weg und bogen links ab. Lea musste sich bücken. Flach wie der Kater kroch sie hinter ihm durch das Gebüsch, bis das Gestrüpp lichter wurde, sodass sie wieder aufrecht gehen konnte. Der Mond leuchtete hell und beschien den Pfad wie eine Taschenlampe des Himmels. Der Wind begleitete sie, mal leise säuselnd, mal pfeifend, mal brausend. Schweigend gingen sie nebeneinander her, bis der Kater auf einmal sagte:

»Es wird jetzt steil und gefährlich. Halt dich an meinem Fell fest, damit du nicht stürzt.« Dann bäumte er sich auf und wurde größer und größer, bis er Lea um einen Kopf überragte. Auf zwei Beinen stiefelte er vor ihr hinweg, Lea krallte ihre Hand in sein weiches Fell. Sie kletterten über dickes Geröll, über Baumstämme und Felsen. Immer höher und höher stiegen sie, eine steile Felswand entlang. Neben ihnen zogen schwarze Vögel geräuschlos ihre Kreise.

Als sie an einen reißenden Bach kamen, ließ sich Luis wieder auf seine vier Tatzen fallen.

»Spring auf und halt dich fest«, sagte er zu Lea. Sie kletterte auf seinen Rücken, und mit einem riesigen Satz sprang das Tier hinüber zur anderen Seite. Dort empfing sie ein Wald mit knorrigen Bäumen von derart bizarrer Gestalt, dass Lea meinte, in ihrem Wuchs Lebewesen zu erkennen. Waldmenschen mit langen Bärten, die aus türkisblauen Moosgeflechten bestanden. Der Wind hauchte Leben in sie, ließ sie flüstern, knacken und tanzen. Die alten und gebrechlichen von ihnen hatte er zu Boden stürzen lassen. Und so lagen sie da wie Leichname, mit ihren nackten, von der Sonne ausgeblichenen Astgebeinen. Ihre Rümpfe, von Krabbelgetier innen ausgehöhlt, zerfielen zu Erde.

Dort, wo sich der Pfad in diesem Kreuz und Quer von Leben und Zerfall verlor, ruhte ein dunkler Tümpel, in dem sich zwei gelbe Kröten im Mondschein paarten. Sie quakten laut, als sie Lea und Luis kommen sahen, dann tauchten sie in die Tiefe und sandten dicke Luftblasen an die Oberfläche. Ein lautes Blubbern war zu hören, sofort segelte ein großer Uhu über die Köpfe von Lea und Luis hinweg und verschwand vor ihnen im Dickicht. Aus der Ferne ertönte alsbald ein lang gezogenes, jaulendes und klagendes »Uhhhhh«, das ihnen den Weg wies.

Plötzlich fuhr der Wind derart heftig durch den Wald, dass sich dessen Bäume zur Seite bogen. Sie öffneten sich und zeigten in der Ferne eine grasbewachsene Lichtung, auf der ein altes Haus stand, über und über von Moos und Flechten bewachsen. Es war halb in den Boden gesunken, nur noch die oberen Fenster lugten aus dem Erdreich.

»Wer wohnt denn da vorn, in diesem alten Hof?«, fragte Lea.

»Die Erinnerung und die Zeit«, antwortete der Kater und nahm Lea in seine Tatze, die keine mehr war, denn die spitzen Krallen waren weichen Fingern gewichen, und je näher sie dem Haus kamen, desto mehr verlor das Tier sein Fell. Die steil aufgerichteten Katzenohren zogen sich nach unten, bis sie seitlich am Kopf saßen und wie menschliche Ohrmuscheln aussahen, die Zähne formten sich zu einer ebenmäßigen Reihe, die funkelnden gelben Augen gingen in ein tiefes Blau über, die Schnurrhaare verzogen sich ins Naseninnere, diese selbst war auf einmal gerade und wohlgeformt.

»Kater«, sagte Lea, »du bist gar kein Kater, du bist ja ein Mensch.«

»Stimmt«, grinste der Junge, der er geworden war.

»Aber dann kann ich ja nicht mehr Kater zu dir sagen«, meinte Lea.

»Nein, ich heiße nicht Kater, auch nicht Luis, wie mich der Fertl genannt hat. Ich heiße Tobi.« Er blieb stehen und sah sie an. »Gefällt dir der Name?«

Lea nickte. »Ja, ist ein lustiger Name.«

Inzwischen hatten sie die Lichtung erreicht. An den hohen Grashalmen hingen bunte Käfer und schlugen aufgeregt mit ihren Flügeln.

»Sieh an, sieh an, heute bekommen wir aber viel Besuch. Willkommen, ihr beiden«, sagte auf einmal eine krächzende Stimme von oben. Lea blickte hinauf. Über den Halmen thronte, an einen Holzpfahl genagelt, ein riesiges Vogelskelett.

»Ja, das ist Lea, sie wollte sehen, wie es auf dem Himmelsspitz aussieht«, erklärte Tobi. Das Gerippe klapperte mit dem Schnabel, so sehr, dass eine Rippe zu Boden fiel.

»Schon? Sie ist doch noch so klein.« Lea zupfte den Jungen am Arm. »Der Vogel ist doch tot, wie kann er denn sprechen?«, wollte sie wissen.

»Auch Tote leben hier«, erwiderte Tobi, »hier am Ort der Erinnerung, denn diese verleiht ihnen Leben. Wer hier gelebt hat, wird nicht vergessen, und so lebt er weiter und weiter.«

»Zu klein, zu klein«, krächzte der Vogel, doch Tobi hatte Lea schon am Arm genommen und weiter zum Haus geführt.

»Komm mit«, flüsterte er und zog sie in den dunklen, kühlen Hausgang. Der Mond schien durch ein kleines Fenster, direkt an die Wand, an der das Fell eines großen Bären hing. Der wiegte seinen Schädel hin und her, klappte das große Maul auseinander, sodass Lea seine spitzen Zähne sehen konnte.

»Zu jung, zu jung«, brummte er. Tobi öffnete eine Tür zur Stube, in der ein älterer Mann und eine blässliche Frau zusammen mit ihren Kindern bei Kerzenlicht am Tisch saßen. Sie winkten fröhlich mit ihren Löffeln. »Tobi und Lea, wir warten schon die ganze Zeit auf euch, kommt, das Mus wird kalt«, sagte der Mann.

»Großvater, ich zeige Lea den Himmelsspitz«, antwortete Tobi und schloss wieder die Tür. Dann ging er im

Gang zur hinteren Ecke, wo im Boden ein großer Holzdeckel mit einem eisernen Ring eingelassen war. »Was ist denn unter dem Deckel?«, fragte Lea.

»Der Weg zum Himmelsspitz«, antwortete der Junge und begann, am Ring zu ziehen. Als der Deckel sich öffnete, klaffte ein tiefes, dunkles Loch vor Lea. Ein eisiger Lufthauch wehte ihr ins Gesicht.

»Meine Kleine«, flüsterte eine Stimme, »hörst du mich? Es ist Zeit. Wir gehen fort von hier. Komm, meine Kleine.«

Lea spürte, wie Hände sie rüttelten. »Komm, komm.« Dann fuhren zarte Finger über ihr Gesicht, langsam von der Stirn über die Wange, über die Augen und wieder zur Stirn, immer wieder, immer wieder, warme, weiche Hände. Sie verwischten die Erinnerungen, so lange, bis es irgendwann verschwand, das tiefe, schwarze, unheimliche Loch, vor dem sie gestanden hatte.

Langsam öffnete Lea ihre Augen. »Meine Kleine, du hast so fest geschlafen, ich konnte dich kaum wecken«, sagte ihre Mutter. Sie saß am Bettrand und trug ihr feines Seidenkostüm. »Hast du denn was Schönes geträumt?«

»Ich weiß es nicht«, antwortete das Kind.

»Na gut, meine Kleine, steh auf und zieh dich an. Horst und ich haben beschlossen, dass wir heute schon abreisen, auch wenn gerade mal wieder die Sonne scheint. Das Wetter soll nämlich bald wieder umschlagen. Wir warten unten mit dem Frühstück auf dich.« Sie warf einen kurzen Blick auf die Keksdose, die bis auf ein paar Krümel leer gegessen war. »Ach, Kind, ich hab so gehofft, dass das hier aufhört«, seufzte sie.

»Mama«, flüsterte Lea. »Ich hab vom Himmelsspitz geträumt.«

»So, so, vom Himmelsspitz«, sagte Isabel mild.

»Ja, ich war auf dem Weg zum Gipfel. Bis ganz weit oben war ich.«

»Warst du nicht auf dem Gipfel?«

Lea schüttelte den Kopf. »Nein, nicht ganz.«

»Warum denn nicht, meine Kleine, da wolltest du doch immer hin, stimmt's?«, fragte Isabel.

Lea setzte sich im Bett auf und musterte still ihre Hände.

»Ich will nicht mehr auf den Himmelsspitz.«

Isabel streichelte dem Kind über die wirren Locken.

»Warum denn nicht, mein Schatz?«

»Ich habe ein altes Haus gesehen«, flüsterte Lea.

Der Tremplerhof, durchfuhr es Isabel. So wie Fertl es gesagt hatte.

Wie genau das Haus ausgesehen habe, von außen und von innen, ob sie dort Menschen gesehen habe, ob sie Furcht verspürt habe, Isabel stellte Lea viele Fragen, doch das Kind schüttelte beharrlich den Kopf. »Alles hat ein Loch verschluckt«, sagte es. »Ich geh nicht mehr auf den Himmelsspitz.« Sie machte eine kurze Pause. Ihre Wangen begannen zu glühen. »Auch nachts nicht mehr. Niemals mehr.«

»Nein, du wirst da sicher nicht mehr hochgehen«, sagte Isabel zärtlich. »Niemals mehr.« Sie drückte ihr Kind fest an sich.

»Freust du dich ein wenig auf Hamburg?«, fragte sie.

Lea nickte. »Na, dann zieh dich an, meine Kleine, ich geh schon mal die Koffer packen«, sagte Isabel und verließ das Zimmer.

Lea hüpfte vom Bett. Sie rückte den Tisch zur Seite, öffnete die Balkontür und ging hinaus. Die Luft war noch morgendlich kühl, doch die Sonne schien bereits strahlend hell, und am Himmel klebten ein paar weiße Wolken wie Watteflocken. Ruhe lag über Fuchsbichl.

Zuerst hatte Lea ihn nicht bemerkt. Doch plötzlich berührte ihr Fuß etwas Weiches. Sie erschrak und blickte nach unten.

Als sie ihn dort liegen sah, bückte sie sich und nahm ihn in ihre Arme.

Er war noch warm, der Kopf hing schlaff zur Seite, die rosa Zunge ragte aus dem kleinen Maul. Lea legte ihren Kopf an sein Herz. Es hatte aufgehört zu schlagen. Nur seine Augen funkelten noch ein wenig. Blau, wie Lea meinte, nicht gelb.

»Kater, lieber Kater«, flüsterte sie. »Ich weiß, wo du jetzt bist. Ich hab dich gesehen.« Leise hauchte sie ihm ins Ohr. »Du bist auf dem Himmelsspitz.«

Da begannen die Glocken zu läuten. Ihr heller Ton durchzog den Ort und kündete vom Abschied.

KAPITEL 23

Der Sommer neigte sich dem Ende zu. Die Wiesenblumen waren verblüht, die Nadeln der Lärchen verfärbten sich langsam. Durch die Lüfte segelten die zarten Fäden der Baldachinspinnen und vernetzten die Natur zu

Gespinsten, die silbrig glitzerten, wenn die Sonne durch sie schien. Es seien die zarten Fäden der Muttergottes, hieß es in Fuchsbichl.

Auf den Wiesen lag das Grummet, der zweite Heuschnitt, zum Trocknen aus.

Droben auf den Almen bereitete man den Viehabtrieb vor. Die Hütebuben pflückten Alpenrosen, banden Gestecke für die Kühe und polierten die großen Glocken.

An diesem Sonntag, an dem nicht nur der Sommer Abschied nahm, war das Wetter so, wie es an einem Spätsommertag schöner nicht hätte sein können. Der stürmische Nachtwind hatte sich verzogen und alle düsteren Wolken mit sich genommen. Der Himmel zeigte sein tiefstes Blau, die Sonne ließ die Zacken des Himmelsspitzes wie Kristalle glänzen. Die Luft, vom Regen der vergangenen Tage rein gewaschen, hatte den Duft von Moos, Holz und Kräutern aufgenommen, sodass jeder, der an diesem Morgen aus dem Haus trat, sie erst einmal tief in seine Lungen sog. Fuchsbichl zeigte sich von seiner besten Seite: warm, friedlich, in sanftes Grün gebettet.

Altweibertage wie solche hatte der Ort schon zahlreiche erlebt, dennoch war dieser Tag ein besonderer. Schön zwar, aber überdeckt von einem schweren Gefühl, das einen beim Abschied ereilt: leichtes Körperzittern, Schluchzen, das in der Kehle sitzt, dumpfes Grollen in der Magengegend.

Dreimal 80 Schläge tat die Zügenglocke, auf dass jeder in Fuchsbichl wissen sollte: Einer ist von Erden gegangen.

An diesem Morgen stand Vinzenz vor Urbans altem Bauernschrank, dessen Schlüssel er all die Jahre beim besten Willen nicht hatte finden können. Einen kurzen Moment zögerte er noch, bevor er das Stemmeisen in den

Türschlitz steckte. Dann drückte er mit voller Kraft zu, bis das Holz krachend nachgab und die Tür aufsprang. Ein Gemisch von Leder, Loden, Filz, Wolle und Schweiß strömte ihm entgegen. Er überlegte, welche von all diesen Kleidungsstücken er brauchen könnte, vor allem aber, welche für immer im Grab verschwinden würden, weil der Tote sie tragen sollte. Hoffentlich nicht der Festtagsjanker mit den Silberknöpfen!

Auf diesen hatte Vinzenz von jeher sein Augenmerk gelegt, auch damals schon, als er Agnes zum ersten Mal zum Tanz aufgefordert hatte. Geglitzert hatten sie, die Silberknöpfe des Kraxners.

Wie lang war das her, und wie anders war alles gekommen. Hätte Vinzenz geahnt, wie sein Leben hier auf dem Kraxnerhof verlaufen würde, hätte er an diesem Tag das Weite gesucht. Bis ins andere Tal wäre er gerannt, anstatt Agnes zum Tanz aufzufordern. Was hatte ihm ihre Schönheit genutzt, war doch bereits die Hochzeitsnacht ein Scheitern seiner Liebesmühe gewesen. Steif und stumm hatte sie dagelegen, die Schöne, ohne Stöhnen, ohne Zärtlichkeit ihren Körper zur Verfügung gestellt, auf dass irgendwann Ruhe sein möge. Doch hatte der Erguss seines Samens nie sein Ziel erreicht, denn in Agnes' Leib wirkte bereits der Samen eines anderen. Lange hatte Vinzenz darüber sinniert, die Monate rauf und runter gerechnet, was ihm nicht leicht fiel, denn seine Angst führte ihn zunächst dazu, dass er sich selbst betrog. Doch je mehr Tobi heranwuchs, desto mehr entfernten sich die ohnehin schon wenigen Merkmale, die eine Gemeinsamkeit zwischen Vater und Sohn hätten ausmachen können. Des Kindes Teint war dunkler als der seine, die Züge ebenmäßiger, die Zähne gerader gestellt, nicht so kreuz und quer, wie sie in Vinzenz' Mund standen, die Haare dicht und gelockt, nicht dünn und spärlich wie die auf seinem Kopf.

Einmal war der zweifelnde Vater zur Cilli gegangen und hatte die innigste Vertraute seiner Frau inständig gebeten, ihm die Wahrheit zu sagen, wer der wirkliche Vater des Kindes sein könnte. Wie viel Überwindung hatte ihn die Offenbarung seiner Zweifel gekostet. Doch die Stumme hatte geschwiegen.

Was anderes war ihm übrig geblieben, als sich schließlich seinem Schicksal zu ergeben, Arglosigkeit vorzugeben und halbwegs väterliche Fürsorge walten zu lassen, stets den stolzen Hof im Visier.

Und nun endlich war der Zeitpunkt gekommen. Der Kraxnerhof war sein!

Vinzenz nahm den Janker des Verblichenen aus dem Schrank und zog ihn über. Etwas zu groß, die Ärmel müssten gekürzt werden, dachte er, während er sich stolz im Spiegel betrachtete. Außerdem galt es, den fehlenden Silberknopf zu ersetzen, der seit Urbans Unglückstag verschwunden war. Ja, einen neuen Taler würde er sich leisten, Geld würde der ehemals mittellose Flachsbauernbub ja demnächst genug haben, denn Agnes kam als taugliche und ehrwürdige Erbin nicht mehr infrage, das konnte wohl ein jeder verstehen. Eine Frau, in der immer mehr Dämonen hausten, die ihr Unsinn einflüsterten, konnte keine Bäuerin werden. Sie würde alles verwahrlosen lassen, wie sich selbst auch. Vinzenz blickte kurz auf das Hochzeitsfoto, das auf der Kommode stand. Wie atemberaubend seine Frau ausgesehen hatte, wie glücklich er! Und nun? Agnes war heruntergekommen, ungekämmte, zottelige Haare, und ihre einst so weiche Haut hatte sich gefaltet. Ja, seine Frau war ausgedörrt, ausgehöhlt wie ein fauler Baumstamm. Vinzenz packte das Bild und warf es auf den Boden, dass das Glas splitterte und der Rahmen auseinanderbrach. Das Häufchen zerborstenen Glücks stieß er mit dem Fuß unter das Ehebett, in dem schon lange, sehr lange nicht mehr geliebt worden war.

In diesem Moment klangen wieder Glockentöne durch den Ort. Ist schon so weit, dachte Vinzenz, bald kommen's, die Trauernden. Und wenn das vorüber ist, der Alte unten im Tal begraben liegt, dann ist er mein, der Hof. Mein, mein!

»Vinzenz«, sagte Agnes leise, die plötzlich wie ein Schatten hinter ihm stand. »Zieh den Janker aus, zieh ihn aus und gib ihn mir. Ich brauch ihn zum Totenpacken.«

Vinzenz blieb der Mund offen stehen. Sein verrücktes Weib!

Sie hatte ihre Haare gewaschen und zu einem sorgfältigen Kranz gebunden. Außerdem trug sie ihr schönstes Dirndl, das, wenngleich es an ihrem dünnen Leib etwas groß aussah, ihr immer noch vortrefflich stand. »Was schleichst dich hier so an? Wieso trägst keine Trauer?«, herrschte er sie dann an.

»Meinst, ich will, dass mein Tobi mich in Trauer sieht, wenn er doch heut Geburtstag feiert mit uns? In Freud soll er mich sehn, nicht in Leid.«

Vinzenz packte sie an den Schultern und schüttelte sie hin und her. »Weib, verstehst endlich, dass er nimmer kimmt? Tot ist er, tot! Kein Geburtstag, sondern Todestag. Vor allem aber trauern wir um deinen Vater. Verstehst? Urban Kraxner ist g'storbn! Drunten in der Stube liegt er und wartet, dass er fertigg'macht werd für den Sarg.«

Agnes sah ihn schweigend an, ein Lächeln huschte über ihr schmales Gesicht. »Ja, zuerst betten wir den Vater schön, dann mach ich mich auf den Weg zum Buben, ihm die Blumen bringen, ich geh zu ihm, weil der Vater mich hier nimmer braucht. Und jetzt, Vinzenz, jetzt gib her, den Janker.«

»Mein Gott, Weib, narrisch bist g'wordn, hast keinen Verstand mehr.«

»Den Janker, gib ihn mir, Vinzenz«, wiederholte Agnes leise.

Langsam zog er die Jacke aus und reichte sie ihr. Soll sie doch glücklich werden, dachte er grimmig, soll sie doch den alten Kraxner kleiden, wie sie will, soll sie doch dann gehen zu ihrem Buben, weit fort, und nicht mehr wiederkommen. Ist eh ein Leid, sie so zu sehen, in ihrem Wahn. »Vergelt's Gott, Vinzenz«, sagte Agnes. »Jetzt werd der Vater herg'richt, für den letzten Gang, wohin der auch führen mag.« Sie lächelte und fügte hinzu: »Muttergottes will's mir net verraten!«

Behutsam nahm sie den Janker, hängte ihn auf einen Bügel und ging hinunter zur Stube, wo er auf dem Tisch ruhte. Ihr Vater, der tote Kraxnerbauer, nackt, denn Josefa hatte ihn inzwischen entkleidet. Zum ersten Mal sah Agnes ihn entblößt. Sein Körper ließ sie erschrecken, blutleer, nur noch aus Haut und Knochen bestehend. Augen und Mund standen weit geöffnet, von der Totenstarre befallen. Urban sah aus, als hätte er Schreckliches gesehen, als der Sensenmann ihn holte.

Josefa, die Magd, die Urban so oft gescholten und in den Brunnentrog geworfen hatte, weil sie ihm nicht gut genug gerochen hatte, hielt sich die Hand vor die Nase. »Puh«, sagte sie und wedelte mit dem Handtuch über den toten Körper, um die vielen Fliegen zu vertreiben, die sich dort niedergelassen hatten und mit langen Rüsseln abtupften, was es zu tupfen gab. Die Magd hatte Tränen in den Augen, so sehr kämpfte sie gegen die Übelkeit, die sein Anblick und sein Geruch in ihr aufkommen ließen.

»Puh, Agnes, schau net so, des war nicht immer so klein. Glaub mir, ich weiß des. Und jetzt bitte gibst mir das Wasser und die Seif.«

Agnes löste ihren Blick vom väterlichen Glied, das wie eine kleine Erbse zwischen Bein und Stumpf lag, und reichte ihr das warme Wasser. Josefa begann, dem Toten den Geruch des langen Siechtums abzuwaschen, rieb und rubbelte, dass die dünne Haut an manchen Stellen aufplatzte. Anschließend schnitt sie Bart, Haare, Finger- und Fußnägel und versuchte ein paar Mal vergebens, den gesperrten Kiefer zurückzudrücken, um ihrem einstigen Herrn ein menschenwürdigeres Aussehen zu verleihen.

Sie arbeitete still und schnell, als hätte sie in ihrem Leben nichts anderes getan, als Tote für das Begräbnis vorzubereiten, während Agnes bewegungslos am Kopfende ihres Vaters stand.

»Vater, heut hat der Tobi Geburtstag«, sagte sie lächelnd.

»Jaja, das werd ihn jetzt besonders interessieren!«, meinte Josefa daraufhin.

»Oh ja, er hört mich, denn sein Geist ist noch hier, ich spür das«, antwortete Agnes.

»Natürlich, er ist noch hier, sein Geist. Wahrscheinlich drüben«, die Magd wies auf die Stubenvitrine. »Da am Schnapsregal, und gönnt sich ein Schlückchen, während ich mich hier mit seinem Rest abmüh, ihn wieder fesch mach für all die letzten Besuche.«

Josefa begann Urban einzukleiden. »Mit oder ohne Holzbein?«, fragte sie. Doch Agnes antwortete nicht. Sie war inzwischen zum Fenster gegangen und stierte hinaus. Geistesabwesend, lächelnd.

»Na gut, dann mit, ich glaub, er hätt's so lieber«, sprach Josefa zu sich selbst, packte das Bein, das unter dem Tisch lag, und bemühte sich, es am Rumpf des Toten anzuschnallen. Weil ihr dies nicht so recht gelingen wollte, stopfte sie das Holz einfach durch das Hosenbein und legte es vor dem Stumpf auf den Tisch. »Müssen nachher aufpassen, wenn wir ihn in den Sarg legen, dass net alles verrutscht«, sagte sie.

Als sie Urban schließlich auch noch den Janker übergezogen hatte und der Kraxner fix und fertig, geschniegelt und gestriegelt vor ihr lag, bemerkte Josefa, dass der oberste Silberknopf fehlte.

»Puh, wie schaut das denn aus? Na, so geht das net, so unordentlich können wir den Herrn nicht unter die Erde lassen. Wer weiß, ob dann sein Geist«, sie sah sich vorsichtig in der Kammer um und sprach flüsternd weiter, »nicht mit uns schimpfen tät. Da müssen wir was drannähen, damit er net mit offener Jacken unter die Erde kimmt, unser Herr Kraxner.«

Agnes jedoch schien sich für all die Aufbahrungsvorbereitungen nicht zu interessieren, denn sie schickte sich an, nach draußen zu gehen.

»Ach Josefa, treue Josefa, was für ein schöner Tag heut ist, nicht wahr, Josefa? Ich geh und pflücke einen Blumenstrauß, wir wollen heut schließlich Geburtstag feiern. Wir alle zusammen, Vater, Vinzenz, du, die Knecht und ich.« Dann verließ sie die Magd, den Vater, den Gestank des Todes und ging hinaus auf die Wiese.

»Agnes«, rief Josefa ihr hinterher. »Gibt doch keine Blumen mehr, haben wir doch schon abgemäht. Der

Herbst kommt, es sind keine Blumen mehr auf der Wiese! Hilf mir lieber, deinen Vater in den Sarg zu legen, die Leut kemma bald zum Abschiednehmen, Kerzen müssen noch anzünd werd'n.«

Seufzend ließ sich die treue Magd auf dem Sarg nieder, der neben dem Tisch auf den Leichnam wartete. Vor Jahren schon hatte Fertl ihn in Vinzenz' Auftrag getischlert. All die Zeit über hatte der Sarg dann drüben im Stall unter Urbans Kammer gestanden. Spinnen und Käfer hatten in ihm gehaust. Überdies eine kleine Maus, die die Knechte mit einer Schaufel erschlagen hatten, bevor sie den Sarg ausfegten und in die Stube trugen.

Nachdenklich betrachtete Josefa den Kopf ihres bleichen Herrn. »Siehst net gut aus, mit dem aufg'rissenen Maul, Urban«, sagte sie und überlegte, wann die Todesstarre wieder nachlassen würde. »Wenn'st dich sehen könntest, Urban, so a unansehnlicher Toter.« Ein letztes Mal versuchte sie, den Kiefer nach oben zu drücken, doch als er zu krachen begann, murmelte sie: »Dann lassen wir dich halt so, Kraxner. Aber den Knopf brauchen wir noch.« Sie schlurfte zur Kommode, in der eine Schatulle mit alten Knöpfen lag. Dort fischte sie einen Holzknopf heraus und nähte ihn dem toten Urban an den Janker. Zufrieden betrachtete sie ihre Arbeit und setzte sich wieder auf den Sarg.

»Wo bleibst denn, Vinzenz? Lässt dich nicht blicken, könntest auch amal helfen hier.« Sie schüttelte den Kopf. »Bist so anders g'worden, seit dem Tag, an dem die Mure runterkemma ist, Tobi verschüttet und den Kraxnerbauern zum Krüppel gequetscht hat. Froh bist g'wesn, froh über des, was g'schehn ist.« Während sie so vor sich hin brabbelte, stieß Vinzenz die Tür auf.

»Sitzt die auf dem Sarg«, schimpfte er. »Runter da, am End bricht er noch ein, der Deckel, dann haben wir den Urban hier noch eine Zeit lang in der Stuben liegen. Fangt uns am End zum Faulen an.« Er packte die Magd am Arm und zog sie in die Höhe. »Los, Alte, legen wir ihn in den Sarg, damit er mir endlich aus den Augen kimmt, der windige Kraxner.«

»Geh, hast gar keine Ehrfurcht vorm Toten?«, fragte Josepha, während sie Urban gemeinsam vom Tisch hoben.

»Net, wenn er Kraxner heißt«, erwiderte Vinzenz.

Da flog das Holzbein mit einem lauten Krach zu Boden und zerbrach in zwei Teile.

»Egal«, sagte Vinzenz, »stört keinen. Haben's doch eh alle Flügel, da droben. Und drunten, falls ihn der Teufel g'holt hat, verbrennt's eh.«

Dann legten sie den fast schwerelosen Körper auf die Sargmatratze. »Jetzt hast bald deine Ruh, alter Kraxner«, grinste Vinzenz. Bös schaut er ihn an, bös und ohne Trauer, dachte Josefa und ging in ihre Kammer, um sich für den Abschied umzukleiden. Auf dem Weg dorthin warf sie einen kurzen Blick durch die geöffnete Haustür und sah Agnes, wie sie mitten auf der Wiese saß und Gräser rupfte, ein seliges Lächeln im Gesicht.

»Puh«, sagte Josefa leise, »wird immer ärger mit der Agnes ihrer Seel.«

KAPITEL 24

Als die Glocke die Sterbensbotschaft durch den Ort schickte, befand sich Isabel gerade im Schlafzimmer und packte die Koffer. Während sie ihre Kleidung zusammenlegte, sah sie durch die angelehnte Badezimmertür Horst, wie er seine Morgentoilette vollzog. Er putzte sich ausgiebig die Zähne, gurgelte mit Mundwasser und schnäuzte sich anschließend die Nase. Er war nackt, denn das Handtuch, das er sich nach dem Duschen um den Bauch hatte wickeln wollen, hatte sich für den Umfang als zu klein erwiesen. Isabel hielt in ihren Bewegungen kurz inne. Was für ein unansehnlicher Körper, den sie zu begehren versuchte, weil der Mann für etwas stand, wonach sie sich gesehnt hatte. Doch nahm sie jetzt Abschied von ihm, denn es war an der Zeit.

Vor einer Stunde hatte sie dies beschlossen, kurz nachdem Lea mit dem toten Kater in ihr Zimmer gekommen war und bei Horst ein Toben auslöste, wie Isabel es bei ihm noch nie erlebt hatte.

»Was ist mit dem Tier?«, hatte er gebrüllt.

»Kater ist auf den Himmelsspitz gegangen«, antwortete das Kind.

»Ach ja, auf diesen verdammten Berg. Und da tanzt er dann wohl zusammen mit den anderen Toten? Mit dem Köter vielleicht?«

Lea erwiderte nichts.

»Komm, meine Liebe«, versuchte Isabel zu besänftigen und wollte Lea das Tier abnehmen, »wir bringen den armen Kater dem Fertl zurück. Er wird ihn sicher begraben wollen.«

Da packte Horst das Tier am Schwanz und schleuderte es ins Freie hinaus über die Brüstung. Es tat einen dumpfen Knall, als der Kater unten aufschlug. Dann war Horst im Badezimmer verschwunden, um sich die Hände zu waschen.

»Hört denn dieser Glockenkrach endlich mal auf?«, schimpfte Horst aus dem Badezimmer. »Das Landleben kann schon nervtötend sein!«

»Ach, Horst«, seufzte Isabel leise in sich hinein.

Als sie später alle zusammen bei ihrem letzten gemeinsamen Frühstück im *Hotel Himmelsspitz* saßen, kamen die Zwillinge mit ihrer Mutter Cilli an den Tisch. Sie waren dunkel gekleidet. Cilli gestikulierte, Hanni und Magda übersetzten: »Wir wollen uns jetzt schon von Ihnen verabschieden. Ein Todesfall im Ort. Der Bauer von dem Hof dort ist in der Nacht verschieden. Wir müssen gleich zum Längebeten, dem Toten beim Beten die letzte Ehre erweisen. Schade, dass Sie uns schon etwas früher als geplant verlassen, aber vielleicht kommen Sie uns ja irgendwann wieder besuchen?«

Horst nickte. »Ist durchaus denkbar«, sagte er. Isabel lächelte, und Lea blickte auf ihre Hände.

»Mach's gut, liebe Lea«, sagten die Zwillinge und fuhren ihr über das Haar. Sie wünschten noch eine schöne Heimreise und gingen. »Todesfall, tja, so einen hatten wir auch, auf dem Balkon, was Lea?« Er klopfte auf den Tisch und meinte: »Los geht's, wir brechen auch auf. Zicke zacke!«

»Geht schon mal vor, ich komme gleich nach, ich möchte Lea nur noch schnell ihren kleinen Himmelsspitz besorgen, den ich ihr versprochen habe«, sagte Isabel und lächelte ihrem Kind zu. »Mein Schatz, pack doch schon mal deine Sachen zusammen.«

Lea ging nach oben und holte ihren kleinen Koffer unter dem Bett hervor. Darin verstaute sie ihr Tierlexikon, die Zeichnungen, Moos, ein paar Steine, eine schwarze Feder und ein Stückchen Holz, das aussah wie eine Echse. Dann ging sie auf den Balkon, um nach Luis zu sehen. Wenigstens aus der Ferne wollte sie sich von ihm verabschieden.

Doch sein toter Körper war spurlos verschwunden.

Ein letztes Mal blickte Lea zum Himmelsspitz, ließ ihre Blicke vom Gipfel die Felsen, Almwiesen und Wälder entlang bis hinunter zum Weiler gleiten.

Hinten, auf der Wiese vor dem großen Bauernhof, sah Lea, wie eine Frau Gräser rupfte. Es war die schwarze Frau. Ihr buntes Kleid leuchtete im matten Grün der Wiese.

Fertls Werkstatt war leer. Die Fenster waren geschlossen, die Lampe gelöscht. Auf dem Ofen stand weder Haferl noch Kanne. Das Regal, aus dem alle Figuren und Himmelsspitze entfernt worden waren, stand in der Mitte des Raums. In der Holzwand dahinter fehlte ein Brett, sodass sich dort ein Loch auftat.

Die Schnitzmesser lagen in einer Schachtel auf dem Boden. Der Hocker stand umgekehrt auf dem Tisch. Der Boden war blitzblank gefegt.

Isabel legte den toten Kater auf den Tisch und öffnete die Schublade. Auch sie war leer, alle Briefe, Zeichnungen und Gedichte waren verschwunden.

Isabel nahm das Tier in den Arm und eilte hinüber zu

Fertls Wohnhaus, vielleicht war er dort anzutreffen. Tatsächlich, die Haustür war nur angelehnt.

»Fertl«, rief Isabel, »Fertl, bist du da?«

Weil niemand antwortete, betrat sie den Hausgang und öffnete zaghaft die Tür zur Stube. Fertl saß im schwarzen Anzug am Tisch, vor ihm lagen ein Stück Papier und eine aufgeschlagene Bibel.

»Fertl, entschuldige, ich wollte hier nicht eindringen und stören, aber ich habe laut gerufen, ich dachte …«

Rasselndes Husten unterbrach sie. Fertl fuhr sich mit dem Taschentuch über den Mund und sagte: »Immer kannst zu mir kemma, so lang, wie ich noch da bin.« Er legte den Stift zur Seite, stand auf, nahm Isabel den Kater aus dem Arm und bettete ihn auf ein Kissen hinter dem Ofen. »Luis also auch. Was für einen Tag hat er sich ausg'sucht für seinen Fortgang. Alt ist er g'worden, sehr alt, aber man sagt ja, Katzen hätten sieben Leben.« Dann nahm er seinen Hut vom Haken. »Ich muss gehen, ein letztes Mal zum Kraxner Urban. Heut Nacht ist er fort'gangen von uns.«

»Ja, ich weiß es von der Frau Granbichler, schrecklich«, sagte Isabel.

»Ja, ja, furchtbar ist das alles, was passiert ist am Kraxnerhof«, murmelte Fertl.

»Gehst du auch fort?«, fragte Isabel. »Alles sieht so aus, als sei es jetzt schon verlassen.«

Fertl nickte. »Mit der Agnes. Ich g'leit sie ins Tal, wo man ihr helfen kann mit ihrem Wahn. Der werd schlimmer und schlimmer. Jetzt, wo ihr Vater für immer fort'gangen ist und es kein Hoffen mehr gibt, dass der Bub g'funden werd, jetzt wo sie den Buben Gott nimmer übergeben kann, schleichen noch mehr Dämonen in ihren Kopf.

Wer weiß, was sie ihr noch alles zuflüstern. Er hat seiner Tochter so viel g'nommen, der Kraxnerbauer: die Mutter, die Liebe, den Buben und jetzt auch noch den Verstand. Geben hat er ihr nie was, kein Herz und keine Leich.« Fertl steckte das Taschentuch in die Hosentasche. »Hab g'hört, ihr fahrt's heut zurück nach Hamburg.«

»Ja, es ist besser so, du verstehst das doch, hab ich recht, Fertl?«

Er nickte. »Grüß Lea schön, sie ist ein ganz besonderer Mensch.«

»Ja, das ist sie.« Und nach einer kurzen Pause fügte sie tonlos hinzu: »So wie ihr Vater.«

Sie reichte Fertl die Hand. »Leb wohl, lieber Fertl. Ich wünsch so, dass die Ärzte helfen können. Der Agnes. Und dir.«

Als sie sich zum Gehen anschickte, hielt Fertl ihre Hand fest.

»Wart, bleib einen Moment.« Er rückte ihr den Stuhl zurecht. »Kimm, setz dich. Ich möchte dir noch was geb'n.«

Er ging zur Kommode und holte ein kleines Kuvert aus der Schublade. »Hab's für dich aufg'schriebn, ich glaub, das Schicksal wollt's so haben«, sagte er zu Isabel. Dabei lächelte er müde. »Oder die droben, die Geister vom Tremplerhof. Weißt eh.« Dann reichte er ihr das Kuvert und sagte: »Und jetzt geh ich, weil Agnes braucht mich zu dieser Stund. Sicher sehen wir uns irgendwann mal wieder.« Seine Augen begannen zu leuchten. »Vielleicht auf dem Himmelsspitz.«

»Ja, wir werden sehen«, antwortete Isabel. Dann drückte sie noch mal seine raue Hand. »Auf Wiedersehen, Fertl.«

»Die Liebe, weißt, sie heilt am besten«, antwortete Fertl mit ruhiger Stimme. Dann verließ er die Stube.

Isabel blieb eine Weile sitzen. Sie fühlte, was in dem Kuvert steckte. Was anderes als der Weg zu ihm? Der Gedanke daran ängstigte und beglückte sie zugleich.

Sie holte tief Luft. Dann legte sie das Kuvert auf den Tisch und stand auf. Unruhig, wie ein gefangenes Tier, ging sie auf und ab, angetrieben von den Erinnerungen, die sich wogenartig in ihr senkten und hoben. Erregung, Sehnsucht, Enttäuschung, Liebe, Verzweiflung. Ihre Augen füllten sich mit Tränen. Sie schob die Gardine zur Seite. Durch den wässrigen Schleier sah sie hinüber zum *Hotel Himmelsspitz*. Man hatte das Gepäck schon vor die Tür getragen. Lea saß auf einem Koffer, ihren Zeichenblock auf den Knien schien sie ins Malen versunken zu sein. Ach Lea, dachte Isabel, mein liebes Kind, wie nur hast du so viel erahnen können? Schaudernd ließ sie den Vorhang zurückfallen. Dann setzte sie sich wieder auf den Stuhl und beäugte das Kuvert wie eine gefährlich lockende Falle. Ihre Hände waren ineinander verschränkt, als wolle die eine verhindern, dass die andere voreilig tat, was Isabel so schwer entscheiden konnte.

Sie fühlte ihr Herz pochen und Schwindel aufkommen. Welchen Weg würde sie beschreiten? Sie, zusammen mit Lea? Isabel schloss die Augen. Da tauchte er wieder auf. Wie damals war er an der Laterne gelehnt, sein betörendes Lächeln auf den Lippen. Er weitete die Arme. »Endlich seid ihr gekommen«, hörte sie ihn von Weitem rufen.

»Warum bist du gegangen, ohne Abschied, ohne ein Wort?«, wollte Isabel zurückrufen, doch ihre Lippen waren wie zugenäht, und so eilte sie ihrem stummen

Schrei hinterher, schneller und schneller, bis Julius zum Greifen nah war. Sie blickte in seine dunklen Augen, roch seinen Körper, öffnete die Arme und umklammerte ihn. Doch hatte sie nichts anderes als eisigen Windhauch an ihren Körper gedrückt, der sich ihr langsam entzog und in der Tiefe des Bodens verschwand.

Isabel öffnete die Augen. Sie warf einen letzten Blick auf den Umschlag. Dann öffnete sie die Tür und ging.

Langsam, mit schwachen Schritten schlich sie die Gasse hoch zum Hotel.

»Meine Kleine, was machst du hier? Wo ist Horst?«, fragte sie Lea.

»Er holt das Auto. Wir haben alles fertig gepackt«, antwortete Lea.

»Ah, gut, dann ward ihr ja so richtig fleißig.«

Isabel setzte sich neben ihr Kind auf Horsts großen Lederkoffer.

»Hast du wieder etwas Schönes gemalt? Darf ich es sehen?«

Lea nickte und schob das Bild Isabel auf die Knie.

Es zeigte, wie immer, den Himmelsspitz. Ein großer Teil war mit einem dichten Wald bedeckt, aus dem allerlei Tiere hervorlugten. Rehe, Hasen, Füchse, Frösche und bunte Vögel. Vom unteren Bildrand bis fast oben zum Gipfel des Berges führte wieder der schmale Pfad, nur endete er dieses Mal an einem schiefen, andeutungsweise skizzierten Haus, an dem sich ein großer Fleck befand, so als habe dort jemand Tinte verschüttet. Neben dem Haus stand ein kleiner Junge und winkte.

Auf dem Pfad spazierte eine schwarze Katze, aufrecht, auf den Hinterbeinen, Pfote in Hand mit einem kleinen Mädchen.

»Wie schön du malen kannst«, sagte Isabel zärtlich. »Das kleine Mädchen hier, bist du das?«

Lea nickte.

»Und das neben dir ist der Kater, hab ich recht?«

»Ja.«

»Ihr geht zusammen auf den Himmelsspitz?«

»Ja«, flüsterte Lea.

»Was ist denn das für ein schwarzer Fleck an dem Haus? Und wer ist der Junge?«

Doch bevor Lea antworten konnte, war Horst schon mit dem Wagen vorgefahren. Er stieg aus, der Portier verstaute das Gepäck im Kofferraum und wünschte eine gute Fahrt.

»Einsteigen, meine Damen, zicke zacke!«, sagte Horst.

Als sie am Haus vom Ruckkorb-Karl vorbeifuhren, bat Isabel, Horst möge kurz anhalten. »Lea will Karl noch das Bild schenken.«

Horst hielt an und schaltete den Motor aus: »Aber schnell, hörst du, du lässt uns hier nicht zu lange warten!«

Lea hüpfte aus dem Auto und lief ins Haus.

Während der ersten Minuten, in denen Isabel und Horst im Kapitän warteten, schwiegen sie. Hin und wieder sah Horst Isabel von der Seite an, als würde er darauf warten, dass sie das Schweigen durchbreche. Doch die starrte reglos durch die Windschutzscheibe. Auf ihrer Stirn glänzten feine Schweißperlen.

»Schade um die Zeit«, unterbrach Horst schließlich die Stille. »Wirklich schade. Lass uns doch mal zusammenfassen, was uns diese Ferien hier am Ende der Welt gebracht haben: unangenehmes Wetter, die meisten Tage zumindest, mal zu schwül, mal zu nass. Prima. Meine

Gefährtin ging ihre eigenen Wege, war kaum anwesend, ebenso wie das Kind. Hat sich nur bei den Eingeborenen hier herumgetrieben.«

»Horst, bitte hör auf«, sagte Isabel.

»Im Ernst, eines muss doch mal ganz deutlich gesagt werden. Die Fahrt hierher war vergebens. Oder hast du bei dem Kind irgendeine Verbesserung festgestellt?«

Er stupste Isabel mit dem Ellbogen an. »Sag, Schatz, eine winzige Verbesserung? Nichts haben die Berge bewirkt. Gar nichts. Das werde ich auch höchstpersönlich Herrn Henning mitteilen. Nie mehr möchte ich auch nur ein einziges Wort über diesen verdammten Berg hören. Wenn wir zurück sind, werde ich die Karte eigenhändig aus dem Fotoalbum entfernen. Vielleicht hören dann die Marotten deiner Tochter endlich auf.«

»Willst du mir nun die ganze Fahrt über Vorwürfe machen?«, fragte Isabel wütend.

»Habe ich etwa keinen Anlass dazu?«

Sie begannen sich zu streiten. Horst wollte einmal mehr wissen, warum diese Karte immer noch im Album klebte. Isabel beteuerte, wie stets, diese sei ein Andenken an einen alten Schulfreund, und sie dächte nicht daran, sie fortzuwerfen. Dann plädierte Horst zum wiederholten Mal, nun aber mit strengerer Stimme, dafür, Lea endlich in eine Klinik zu schicken, damit das merkwürdige Gebaren eingehend untersuchen werde.

»Und überhaupt, mein Liebling, wenn wir erst einmal verheiratet sind, wirst sehen, dann wird alles besser. Denn Lea hat dann endlich einen richtigen Vater.«

»Ja, dann hat sie endlich einen richtigen Vater«, monoton wiederholte Isabel seine Worte, dabei traten Tränen in ihre Augen.

Horst klopfte nervös auf das Lenkrad. »Wo bleibt sie nur?«

Dann wurde es wieder still im Kapitän.

Plötzlich öffnete Isabel die Wagentür und stieg aus. »Ich bin in fünf Minuten zurück. Ich fürchte, ich habe etwas vergessen«, sagte sie knapp und verschwand in den engen Gassen.

Karl und Paula befanden sich gerade in der Stube und zogen ihre schwarzen Mäntel über, als Lea eintrat.

»Welch netter Besuch«, sagte Karl erfreut. »Wir freuen uns, dass du noch mal bei uns vorbeischaust, hab g'hört, ihr fahrt's heute zurück.«

Lea reichte ihm die Zeichnung. »Hab ich für dich gemalt.«

Karl lachte sie an: »Ich dank dir recht, liebe Lea. Komm, setz dich kurz, Paula bringt dir zum Abschied noch einen Preiselbeersaft. Den magst du doch so gern.« Er legte das Bild auf den Tisch und sah es sich lange an. Sein Gesicht wurde nachdenklich. »Unglaublich«, murmelte er, »kaum zu glauben, sieh mal, Paula.«

Paula stellte den Saft auf den Tisch. »Wirklich schön, was du gemalt hast, Lea. Aber leider haben wir nicht allzu viel Zeit für dich, denn wir müssen zur Beerdigung gehen. Oben am Kraxnerhof ist nämlich der alte Bauer g'storben.«

»Ich weiß«, sagte Lea. »Horst hat gesagt, ich darf auch nicht lange bleiben.«

»Ich bin mir sicher, du besuchst uns bald wieder, liebe Lea«, sagte er und hob sie in die Luft, dass sie mit dem Kopf fast an die Decke stieß.

»Ich wünsch euch allen eine gute Fahrt«, sagte er dann.

Sie lächelte, schüttelte ihm die Hand und lief hinaus.

KAPITEL 25

Nachdem der Wagen aus seinen Augen verschwunden war, ließ sich Karl am Stubentisch nieder. Er holte seine Brille aus der Tasche und vertiefte sich in Leas Zeichnung. Paula sah, wie sich die Miene ihres Mannes verfinsterte.

»Was ist, Karl?«, fragte sie. »Karl, hörst du mich? Wir müssen los!« Doch der konnte seinen Blick nicht von dem wenden, was dort gemalt war.

»Fertl hatte recht mit dem, was er g'sagt hat«, seufzte er.

»Was meinst damit, Karl?«

»Vor ein paar Tagen, als du unten im Tal beim Einkaufen warst, hat mich der Fertl besucht. Hör zu, Paula, du werst es net glauben, hier in Fuchsbichl ist Schicksalhaftes im Gang.«

Dann erzählte er seiner Frau von Fertls Vermutungen, von all den Zufällen, die keine sein konnten.

»Lea sieht die Dinge mit anderen Augen und deswegen mehr als wir«, sagte Karl schließlich, während er seinen schwarzen Mantel aus- und den Arbeitsjanker anzog. »Ich muss nachsehen, jetzt gleich, bevor er unter der Erde ist, der Urban. Bin sicher, noch weilt seine Seele hier, bei den Hinterbliebenen. Sie alle soll er sehen, wenn sie erfahren, was droben g'schehen ist, am Tremplerhof.« Er stieg in seine Bergstiefel, ging in die Kammer, packte dort eine Taschenlampe, Axt, Pickel in den Rucksack und band sich ein großes Seil um. »Ich geh ihn holen, den Buben«, sagte er und machte sich auf den Weg.

Als Karl am Hof des Kraxnerbauern vorbeikam, hatten sie beim Toten gerade zwei Kerzen entzündet: eine zu seinem Haupt, eine zu seinem Fuß. Dann nahmen sie Platz, die Fuchsbichler, die wenigen, die Urban noch erlebt hatten bei all seiner Leibhaftigkeit. Alle waren sie zugegen, die Zwillinge und Cilli, die der Agnes zärtlich ein schwarzes Tuch über das bunte Dirndl gelegt hatte, Robert, der schon lange nicht mehr fassen konnte, was mit Urban geschehen war, die Fenders, die sich über die Abwesenheit ihres Sohnes Karl ärgerten, Paula, die ihn entschuldigte, Josefa, deren Hände den Leichnam gewaschen hatten, die Knechte, die bange auf ihren neuen Herrn blickten, auf Vinzenz, der mit zornigem Blick auf des Toten Janker starrte.

Sie alle falteten die Hände und senkten die Köpfe, als Fertl die Stimme erhob:

»Denn als ich es wollte verschweigen, verschmachteten meine Gebeine durch mein tägliches Klagen. Denn deine Hand lag Tag und Nacht schwer auf mir, dass mein Saft vertrocknete, wie es im Sommer dürre wird.
Meine Tage sind vergangen wie ein Rauch, und meine Gebeine sind verbrannt wie von Feuer. Mein Herz ist geschlagen und verdorrt wie Gras, dass ich sogar vergesse, mein Brot zu essen.«

Mit schweren Axthieben schlug Karl auf das Gebüsch ein, das den Weg versperrte, den so lange keiner mehr gegangen war. Gebückt kroch er durchs Dickicht, bahnte sich den Pfad mit Kraft und Geschick. Er kletterte über Wurzelgeflechte, Stämme und umgestürzte Bäume, bis sich die Felswand vor ihm auftat. Die Brücke von einst lag verrottet am Grund der Schlucht. Karl schlug die Eisen in den Stein und zog sich Meter für Meter in die Höhe. Schwarze Vögel ließen sich vom Winde treiben und begleiteten ihn wie dunkle Schatten. Schließlich erreichte er den tobenden Gaisbach. Flinken Fußes sprang Karl von Stein zu Stein – hinüber zum dunklen Wald, in dem Bizarres ihn empfing und ihn geleitete durch die Wirrnis. Die Äste bogen sich zur Seite und wiesen ihm den Weg, die Halme knickten zu Boden und zeigten den Pfad. Während Karl dahineilte, so schnell, wie es die Unwegsamkeit erlaubte, gehetzt von der Zeit, die ihm noch blieb, bis der Sargdeckel sich verschloss, weinten unten die Schwarzgekleideten, doch waren sie nicht voller Trauer.

Nein, Erschütterung hatte ihnen die Tränen in die Augen getrieben, denn Agnes' Bangen und Hoffen war umsonst gewesen, denn nun war der einzige Zeuge von ihnen gegangen. Und er würde schweigen für immer.

Ich bin wie taub und höre nicht, und wie ein Stummer, der seinen Mund nicht auftut.
Ich muss sein wie einer, der nicht hört und keine Widerrede in seinem Munde hat.
HERR, höre mein Gebet und lass mein Schreien zu Dir kommen! Verbirg Dein Antlitz nicht vor mir
in der Not, / neige Deine Ohren zu mir;
Denn meine Tage sind vergangen wie ein Rauch,
und meine Gebeine sind verbrannt wie von Feuer.
Mein Herz ist geschlagen und verdorrt wie Gras.
Mein Gebein klebt an meiner Haut vor
Heulen und Seufzen.

Ich wache und klage wie ein einsamer Vogel
auf dem Dache.
Ich bin wie die Eule in der Einöde, wie das Käuz-
chen
in den Trümmern.

Durchs hohe Gras sah Karl ihn liegen, den Tremplerhof, halb verfault, die Mauern verfallen, das Dach eingestürzt.

Die Tür schlug im Wind. Karl brach die schweren Äste mit der Axt und betrat den Hausgang. Ein zerzaustes Bärenfell breitete sich vor ihm auf dem Boden aus. Der mächtige Kopf baumelte über einem schwarzen Loch, als suchte er dort etwas.

Karl holte die Taschenlampe hervor und leuchtete in die Tiefe. Am Grund, dort sah er etwas glänzen.

Vorsichtig stieg er die Stufen hinab ins Dunkel.

Ein Silberknopf war's, was glänzte – ein Silberknopf in bleicher, kleiner Knochenhand.

Verborgen gräbt der böse Bube hier andern eine
tiefe Grube;
Doch sinkt er unter Schmach und Pein
in seine Grube selbst hinein.
Auf Unglück brütet seine Tücke,
doch kehrt's auf seinen Kopf zurücke;
die Rache Gottes schrecket ihn
und stürzt auf seinen Scheitel hin.

So schloss Fertl seine Worte.

KAPITEL 26

Langsam neigte sich der Tag dem Abend zu.

Der Kapitän hatte die kurvige Straße des engen Tals verlassen. Hinter den Reisenden schrumpften die Berge, bis sie schließlich in der Dämmerung verschwanden. Auch wenn das Tageslicht erlosch, die Nacht hereinbrach, auch wenn die Zeiger von Horsts goldener Uhr rastlos von Minute zu Minute eilten, fühlte Isabel die Zeit nicht vorwärts, sondern rückwärts verrinnen, denn ihre Gedanken waren von Erinnerungen beherrscht. Tiefer und tiefer tauchten sie in all das, was geschehen war, und dachten nicht an Zukünftiges.

Sie spürte das Kuvert in ihrer Jackentasche. Noch am Stubentisch hatte sie den Brief geöffnet und gelesen, was sie sich erhofft hatte. Mit zittrigen Knien war sie zum Kapitän zurückgeeilt.

»So, jetzt wird es aber wirklich Zeit, dass wir hier endgültig Abschied nehmen«, hatte Horst ungeduldig gesagt.

»Ja«, hatte Isabel geantwortet.

Ein freudiger Schauer lief ihr über den Rücken, als sie Horst von der Seite anblickte. Zeit des Abschieds von dir.

Sie sah sich zu Lea um. Das Kind war eingeschlafen, das friedlichste und zufriedenste Lächeln auf dem Gesicht, das Isabel jemals bei ihrer Tochter gesehen hatte.

Auch in der Trauerstube wurde es langsam finster, die Kerzen am Sarg waren erloschen, eine nach der anderen. Es brannte nur noch das Totenlicht. Die Fuchsbichler erhoben sich von ihren Gebeten. Zeit, auch hier den

Abschied zu besiegeln. Gemeinsam ergriffen ihre Hände den Sargdeckel, führten ihn über den Toten, um ihm das letzte Licht der Erde zu nehmen und ihn dem Dunkel des Jenseits zu überlassen.

Da plötzlich wurde die Tür aufgestoßen, und Karl kam hereingestürmt. Atemlos und gehetzt stand er vor den Fuchsbichlern.

»Wartet«, sagte er. »Es ist noch net so weit.« Erstaunt legten die Trauergäste den Deckel zu Boden. Mit gesenktem Haupt näherte sich Karl der Kraxnertochter.

»Endlich«, sagte er zu ihr, »endlich, liebe Agnes, ist er g'funden worden, dein Tobi. Droben ist er, weit droben. Gott hat ihn zu sich g'holt. Ich hab ihn g'sehn. Nun kannst ihn in Frieden betten.«

Agnes blickte ihn mit leuchtenden Augen an und schüttelte den Kopf.

»Nein, nein«, erwiderte sie, »nicht droben. Heut feiern wir seinen Geburtstag. Weißt, Karl, sein Geburtstag.« Cilli legte den Arm um sie, und Fertl sprach zärtlich. »Ja, Agnes, hast recht, heut ist sein Geburtstag.«

»So soll's denn sein«, meinte auch Karl leise. »Aber nun zu dir, Kraxnerbauer.«

Er trat dicht an den Sarg und zog den Hut. »Ich will dich net stören in deinem Totenschlaf, aber es gibt an gerechten Gottesboten, der mich des hat finden lassen.« Karl holte aus seiner Jackentasche den Silbertaler und legte ihn dem Toten auf die Brust. »Niemals sollst vergessen, welch schwere Sünd du auf dich g'laden hast!«

Er wandte sich den überraschten Trauergästen zu. »Ja, a schwere Sünd, aber Gott hat bestimmt, dass er net a so davonkimmt. Rechtzeitig hat's Schicksal sich so g'fügt. Setzt's euch her, ich sag euch, was g'schehn ist.«

Und so saßen sie um den Stubentisch herum, im fahlen Licht von Urbans Totenkerze, und lauschten entsetzt Karls Geschichte vom grausigen Fund droben am Tremplerhof.

»Es hat so kemma müssen«, murmelte Fertl. Doch behielt er weise für sich, was er noch alles wusste.

»Der arme Bub, das grauenvolle Schicksal, der Tremplerhof, die Geister«, tuschelten die anderen Fuchsbichler beklommen durcheinander, während sich ihre Augen mit Tränen füllten.

Nur Agnes lächelte. »Vater«, wisperte sie dem Toten zu. »Jetzt ist Zeit zum Abschiednehmen. Jetzt holt dich der schwarze Engel. Ich hab ihn schon seit Langem g'sehn, wie er auf dich wart.« Sie legte ihren Zeigefinger auf seinen dünnen Mund. »Pst, nix sagen, denn du kannst nix mehr richten, in dem Leben. Zu spät, der Herrgott hat's g'richt und den Leibhaftigen g'schickt. Er wart schon lang auf dich. Vater, hörst ihn? Siehst ihn?« Da durchfuhr etwas wie heißer Odem die Stube und ließ das Totenlicht erlöschen.

Des Kraxners Seele, dachten die Fuchsbichler mit Schaudern, und ihre Hände zitterten vor Entsetzen und Fassungslosigkeit, vor Wut und Abscheu, als sie den Sargdeckel über den Entseelten senkten.

Doch war es nicht die Seele, sondern die Zeit, die sich über all jene senkte, die sie brauchten. Dort trat sie ihre lange, schwere Arbeit an. Sie setzte sich in die Herzen, um – ganz allmählich – Trauer, Verzweiflung, Wunden und kranke Seelen zu heilen, um böse Gedanken zu löschen, schlimme Träume in schöne zu wandeln und um alte Wege zu sperren, damit neue begangen werden können.

Ja, sie bedeutete eine wundervolle Zeit. Für alle, für Isabel, Luis und Lea, für Agnes und Fertl und für die vielen anderen, die in dieser Zeit zugegen waren.

Und als sie schließlich zurückkehrte, hoch hinauf, auf den Himmelsspitz, peitschten heftige Winde durch die Wälder des Himmelsspitzes. Die Raben fegten wie schwarze Pfeile durch die Lüfte. »Wie schön, wie schön«, riefen sie. Die alte Fichte wiegte sich im Sturm und breitete ihre Äste aus. Willkommen, willkommen. »Sie ist zurück, zurück«, krächzte der Hennengeier und klapperte mit dem Schnabel. Der Bär funkelte mit seinen Augen. »Endlich, endlich«, brummte er.

»Wird Zeit, kommt essen, das Mus wird sonst kalt«, klangen fröhliche Stimmen aus der Stube.

Da hob sich der Deckel im dunklen Flur des Tremplerhofs. Leicht wie eine Feder.

Und aus dem schwarzen Loch unter ihm strömte das helle Leuchten der Erinnerung an all das, was einst begonnen hatte, droben am Himmelsspitz.

QUELLENNACHWEIS

S. 10, S. 55: Clemens Brentano, *Geheime Liebe*

S. 29, S. 71, S. 196: Franz v. Löher *Eine Gemsjagd*, entnommen aus: Deutscher und Österreichischer Alpenverein: Band XIII. Verlag des Deutschen und Österreichischen Alpenvereins, 1891 Wien.

S. 51: Granstein Echo *Genau ins Herz*

S. 66: Max Dauthendey *Du und ich*

S. 104: Martin Greif *Reise in die Berge*, entnommen aus: Deutscher und Österreichischer Alpenverein: Band XIII. Verlag des Deutschen und Österreichischen Alpenvereins, 1891 Wien.

S. 181/182: Tiroler Gedicht

Weitere Titel finden Sie auf den folgenden Seiten und im Internet:

WWW.GMEINER-VERLAG.DE

Alle Bücher von Christiane Tramitz:

Himmelsspitz
ISBN 978-3-8392-0357-6

Hadesspitz
ISBN 978-3-8392-2055-9

GMEINER SPANNUNG

WWW.GMEINER-VERLAG.DE
Wir machen's spannend

#DIE NEUEN Lieblings-plätze

ISBN 978-3-8392-0154-1

ISBN 978-3-8392-2730-5

ISBN 978-3-8392-0155-8

ISBN 978-3-8392-0158-9

ISBN 978-3-8392-0160-2

ISBN 978-3-8392-0159-6

ISBN 978-3-8392-0161-9

ISBN 978-3-8392-0163-3

ISBN 978-3-8392-0164-0

ISBN 978-3-8392-2626-1

ISBN 978-3-8392-0156-5

ISBN 978-3-8392-0157-2

ISBN 978-3-8392-0166-4

ISBN 978-3-8392-0166-4

ISBN 978-3-8392-2838-8

ISBN 978-3-8392-0168-8

GMEINER KULTUR

WWW.GMEINER-VERLAG.DE
Mensch, Kultur, Region